21世纪文学之星丛书 2017年卷

卡农曲

中短篇小说集

曹潇／著

作家出版社

作者简介：

曹潇，女，1988年出生，南京大学文学院12级艺术硕士，浙江传媒学院06级戏剧影视文学专业，鲁迅文学院第十五届青年作家高级研讨班学员。先后在《山花》《西湖》《广州文艺》《文学界》《安徽文学》《百花洲》等刊物发表小说二十余万字。江苏省作家协会签约作家。安徽文学院第五届签约作家。

目录

总 序

袁 鹰

中国现代文学发轫于本世纪初叶，同我们多灾多难的民族共命运，在内忧外患，雷电风霜，刀兵血火中写下完全不同于过去的崭新篇章。现代文学继承了具有五千年文明的民族悠长丰厚的文学遗产，顺乎20世纪的历史潮流和时代需要，以全新的生命，全新的内涵和全新的文体（无论是小说、散文、诗歌、剧本以至评论）建立起全新的文学。将近一百年来，经由几代作家挥洒心血，胼手胝足，前赴后继，披荆斩棘，以艰难的实践辛勤浇灌、耕耘、开拓、奉献，文学的万里苍穹中繁星熠熠，云蒸霞蔚，名家辈出，佳作如潮，构成前所未有的世纪辉煌，并且跻身于世界文学之林。80年代以来，以改革开放为主要标志的历史新时期，推动文学又一次春潮汹涌，骏马奔腾。一大批中青年作家以自己色彩斑斓的新作，为20世纪的中国文学画廊最后增添了浓笔重彩的画卷。当此即将告别本世纪跨入新世纪之时，回首百年，不免五味杂陈，万感交集，却也从内心涌起一阵阵欣喜和自豪。我们的文学事业在历经风雨坎坷之后，终于进入呈露无限生机、无穷希望的天地，尽管它的前途未必全是铺满鲜花的康庄大道。

绿茵茵的新苗破土而出，带着满身朝露的新人崭露头角，自然是我们希冀而且高兴的景象。然而，我们也看到，由于种种未曾预料而且主要并非来自作者本身的因由，还有为数不少的年轻作者不一定都有顺利地脱颖而出的机缘。其中一个重要的原因，乃是为出书艰难所阻滞。出版渠道不顺，文化市场不善，使他们失去许多机遇。尽管他们发表过引人注目的作品，有的还获了奖，显示了自己的文学才能和创作潜力，却仍然无缘出第一本书。也许这是市场经济发展和体制转换期中不可避免的暂时缺陷，却也不能不对文学事业的健康发展产生一定程度的消极影响，因而也不能不使许多关怀文学的有志之士为之扼腕叹息，焦虑不安。固然，出第一本书时间的迟早，对一位青年作家的成长不会也不应该成为关键的或决定性的一步，大器晚成的现象也屡见不鲜，但是我们为什么不在力所能及的范围内尽力及早地跨过这一步呢？

于是，遂有这套“21世纪文学之星丛书”的设想和举措。

中华文学基金会有志于发展文学事业、为青年作者服务，已有多时。如今幸有热心人士赞助，得以圆了这个梦。瞻望21世纪，漫漫长途，上下求索，路还得一步一步地走。“21世纪文学之星丛书”，也许可以看作是文学上的“希望工程”。但它与教育方面的“希望工程”有所不同，它不是扶贫济困，也并非照顾“老少边穷”地区，而是着眼于为取得优异成绩的青年文学作者搭桥铺路，有助于他们顺利前行，在未来的岁月中写出更多的好作品，我们想起本世纪20年代和30年代期间，鲁迅先生先后编印《未名丛刊》和“奴隶丛书”，扶携一些青年小说家和翻译家登上文坛；巴金先生主持的《文学丛刊》，更是不间断地连续出了一百余本，其中相当一部分是当时青年作家的处女作，而他们在其后数十年中都成为文学大军中的中坚人物；茅盾、叶圣陶等先生，都曾为青年作者的出现和成长花费心血，不遗余力。前辈们关怀培育文坛新人为促进现代文学的繁荣所作出的业绩，是永远不能抹煞的。当年得到过他们雨露恩泽的后辈作家，直到鬓发苍苍，还深深铭记着难忘的隆情厚谊。六十年后，我们今天依然以他们为光辉的楷模，努力遵循他们的脚印往前走去。

开始为丛书定名的时候，我们再三斟酌过。我们明确地认识到这项文学事业的“希望工程”是属于未来世纪的。它也许还显稚嫩，却是前程无限。但是不是称之为“文学之星”，且是“21世纪文学之星”？不免有些踌躇。近些年来，明星太多太滥，影星、歌星、舞星、球星、棋星……无一不可称星。星光闪烁，五彩缤纷，变幻莫测，目不暇接。星空中自然不乏真星，任凭风翻云卷，光芒依旧；但也有为时不久，便黯然失色，一闪即逝，或许原本就不是星，硬是被捧起来、炒出来的。在人们心目中，明星渐渐跌价，以至成为嘲讽调侃的对象。我们这项严肃认真的事业是否还要挤进繁杂的星空去占一席之地？或者，这一批青年作家，他们真能成为名副其实的星吗？

当我们陆续读完一大批由各地作协及其他方面推荐的新人作品，反复阅读、酝酿、评议、争论，最后从中慎重遴选出丛书入选作品之后，忐忑的心终于为欣喜慰藉之情所取代，油然浮起轻快愉悦之感。“他们真能成为名副其实的星吗？”

能的！我们可以肯定地、并不夸张地回答：这些作者，尽管有的目前还处在走向成熟的阶段，但他们完全可以接受文学之星的称号而无愧色。他们有的来自市井，有的来自乡村，有的来自边陲山野，有的来自城市底层。他们的笔下，荡漾着多姿多彩、云谲波诡的现实浪潮，涌动着新时期芸芸众生的喜怒哀伤，也流淌着作者自己的心灵悸动、幻梦、烦恼和憧憬。他们都不曾出过书，但是他们的生活底蕴、文学才华和写作功力，可以媲美当年“奴隶丛书”的年轻小说家和《文学丛刊》的不少青年作者，更未必在当今某些已经出书成名甚至出了不止一本两本的作者以下。

是的，他们是文学之星。这一批青年作家，同当代不少杰出的青年作家一样，都可能成为21世纪文学的启明星，升起在世纪之初。启明星，也就是金星，黎明之前在东方天空出现时，人们称它为启明星，黄昏时候在西方天空出现时，人们称它为长庚星。两者都是好名字。世人对遥远的天体赋予美好的传说，寄托绮思遐想，但对现实中的星，却是完全可以预期洞见的。本丛书将一年一套地出下去，十年二十年三十年五十年之后，一批又一批、一代又一代作家如长江潮涌，奔流不息。其中出现赶上并且超过前人的文学巨星，不也是必然的吗？

岁月悠悠，银河灿灿。仰望星空，心绪难平！

1994年初秋

序

女孩子的这点事

张　陵

每年都参与编选《二十一世纪文学之星》丛书作品，会更注重写实能力更突出的青年作家们的作品。我认为写实是一个青年作家的基本思想艺术训练。一个小说家，没有较扎实的写实功底走不远。这只是我个人的一孔之见。还有很多编选专家更看重青年作家的艺术才华和文学语言表达的感悟力。他们认为一种天生的语言才能，是文学最可贵的东西。有了这种天分资质，才有可能比别人走得更远一些。这两种观点各有侧重，但并不对立。一碰上优秀作家的作品，所有专家都具有高度共识，都特别高兴，并不分是"写实"派的，还是"感觉"派的。

曹潇显然可以归属于"感觉"派。因为是个女孩子，所以其"感觉"更为细腻柔美。

先读的是《杭州的雨季》和《卡农曲》，一下子就感受到小说里的诗意，淡淡的，却能很长时间缠绕在心头不能散去。这诗意，就来自她语言叙事的“感觉”。《杭州的雨季》写她以及女朋友小凡与几个男孩子的情感故事，小情小调小感觉小曲折，谈不上什么风波，也谈不上什么道德困惑，最多就是几个情感心理的涟漪，不过，氛围营造得楚楚动人。《卡农曲》则写女孩子之间的情感关系，重点讲述“我”与一个叫 Lea 的女同学的一段交往过程。这个女同学性格有些忧郁，和杭州的雨季天气差不多，有点孤独，不大合群，却意外与“我”谈得来。而“我”不久前刚和一个女朋友断了往来，心情也不怎么好。于是，这两人就有了一种若即若离的友情。情节流动很慢，或者说没有情节，作者故意打乱故事的逻辑关系，不过叙述语言中传递出来的感觉却是满满的，暖暖的。

实际上，曹潇的小说写男女情感非常少。在这本集子里，只有《杭州的雨季》《绿洲·岛》等少数几篇涉及到男女情感，多数作品都在描述女孩子之间的那点事。人物也就那么几个，Lea、小欣、安安、竹子、小艾、麦子、阿南，还有“我”。有不少人在不同的作品里反复出现，故事也很单纯，多数写她们之间的分分合合，写她们之间的情绪纠结。不是写她们之间为了男孩子你争我斗，相互伤害，也不写为爱情海誓山盟，要死要活。因为不写异性之间的情感，所以也就没有了通常会看到的那种矛盾冲突。女孩子之间的情感纠葛，看上去有点“作”，却也是纯纯的。

这种小说故事，按一般的理念，通常会被列入比较“单薄”的作品之列。作品的生活圈很小——几乎封闭在杭州的一座影视类的学院里；故事内容又那么单薄——女孩子们那些小资情调；主题也很浅显——社会文化含量非常少，并不介入现实矛盾，也不讨论人生命运，甚至没有生活之“痛”。不管你能说出曹潇小说多少不足，道出多少毛病，但是有一点不可否认，那就是，她的小说能吸引我们去读。让人爱读想读，不就是好小说的特征之一吗？

读进去，就会感觉到，把女孩子之间的小情小调写好，也不是一件容易的事。曹潇能写到这样的程度，也非常不容易。她写男女同学的情爱倒不很出色，但写女孩子之间的情感关系却很精彩。作家有丰富的体验，也有到位的表现。我们会注意到，她在捕捉女孩子们情绪变化的细节上，很有自己的心得和认知。这样的细节在作品中出现非常多，才构成小说独有的品质。我们读多了此类型小说中办公室女人间的恶俗故事，有时很无奈。回过头来再读曹潇，确有小清新之感。

这些都不算什么，曹潇最让我们吃惊的是，她直率地写出了女孩子之间超越友情的那种“爱情”。并且，把这样的“爱情”描写得这样纯洁无瑕，这样自然真诚。《天台上的麦子》《哭泣游戏》《催眠》等作品中的麦子，就是这种“爱情”的执着追求者。别人要的是友情，她却要爱情。这种情感，在一些小说里会引发偏见，也会被当作情感的另类，可是，在曹潇这里，一切正常自然，没有偏见，也不是另类，而是女孩子之间正常正当的情感关系，也是纯纯的暖暖的。麦子的情感需求和情感追求，使女孩子们的情感关系变得生动复杂丰富起来了。比起“友情”，麦子的“爱情”似乎更富有情致，更有内涵，更深入我们这个时代女性的内心。也许，作家还没有意识到，正是这个人物，让整部小说不落俗套，不同凡响。有了这个人物，作家所有朦胧的感觉，都变得有意义，有价值了。

关于这类情感，我的认识还很浅薄，说不出更多的话。不过，据我所知，还很少有作家写出麦子这样的女性情绪以及这样的女性人物。仅这一点，我们就得刮目相看。曹潇不仅有才气有灵气有“感觉”，而且还有相当的写实功底。只是这种写实能力，被“感觉”淹没了。

西湖边的对话

杭州是一个充满水的城市，空气湿润得随手一抓就能拧出水来。城市的中间有个湖，叫西湖。西湖的周围是一圈山。有山有水，一个城市就像人一样，有了灵动的气息。每到周末，西湖边就多了很多人。人来西湖边不只是为了看湖，也是为了汲取点自然的灵性。被人这么一围，西湖就变得小了，有了世俗的喧闹和纷扰。

我在西湖的外围随意地走着，没有靠得太近，西湖和西湖边的人都离我很远很远。我喜欢用心里的距离去衡量人和事，或许早就习惯了这种孤独。我就这么一直走着，直到看到一个蓝衣黑裙的女子。她坐在路边的靠椅上，背影很美很美。女子回过头来，眉眼细长面带微笑，我迎着她走过去。

“我这次出来是为了见一个人，当然，是一个男人。男人并不坏，但我不能接受他。”

女子微微摇了摇头，笑里带点无奈的苦涩。她叫阿雪——一个温婉的名字。她来杭州是为了和一个追求她的男人了结。

“我觉得即使我不愿接受，也要和他说一声再见，他要出国，可能永远也不回来了。我就是为了这句话到了这里，只是没有想到这么远。”

她笑了笑：“小时候地理没有学好，以为云南就挨着杭州，结果坐了那么长时间的火车，一夜都没有合眼。刚下火车，我就到了这里，想看看他工作了五年的城市到底是什么样子。他总是告诉我，这里有个很美的西湖。在这里和你见面真是很高兴。”

我和阿雪相识只有两个月的时间，而且是在网上结识的。我上网是为了下载电影和相关资料，从不聊天也不用邮箱，也从来没有在博客上留过文字。并非不会，只是不想在网上留下太多的痕迹。那天我是为了找一个提供电影下载的博客，很偶然地进了阿雪的博客。阿雪的文字有一种隐含的力量，我不知怎的就在她的博客上留了言。第二天我觉得有点后悔，但还是去看了她的博客，发现她给我发了一封站内邮件！就这样，我和阿雪有了交流。前几天阿雪发邮件告诉我，她过两天会到杭州来，想和我见一面。犹豫了片刻后，我留下了自己的手机号码。昨天晚上我接到了阿雪的电话，非常好听的女声，让我的心里有点不安也有点期待。

我几乎一夜没睡，做梦都没有想到会和网友见面，而且对方还是从云南赶到这里的。直到上了汽车，我的手还在发抖，不知道现实中的阿雪是胖还是瘦，是高还是矮。我努力回想她博客里的只言片语去勾画她的形象时，才发现我其实一点都不了解她，一下子感到非常恐慌。我觉得这次唐突的见面也许是个错误。我习惯于把自己包裹在自己的空间里，突然插进来的人和事都会让我很不适应。直到见到阿雪，我都还没有完全打消内心的顾虑。

我和阿雪沿着西湖走，周围高声喧哗的人影响到了我们的情绪，很长一段时间里我们都沉默不语，各想各的心事。我没有告诉阿雪，我约她在这里见面是有原因的。我完全可以拒绝和她见面，因为我另有一个约会，和一个男人。我喜欢他，他并不喜欢我，我下了很大的决心才约他出来。他已经毕业了，要离开这个城市，我想在他走之前告诉他，我喜欢过他整整三年。就这么简单的一句话，可是每次想到总是一阵心痛。我一个星期前给他发了个信息，之后就再也没有联系过他，也没有告诉他具体的地点，只是说今天会在西湖边等他。我相信只要他来我就能找到他，每次他在我身边出现，我都能感受到他的存在。

我就这么一边走着一边留心寻找他，如果今天看不到他的话，可能以后就再也见不到他了。快乐的人都是同样地咧开嘴笑，而忧伤的人各怀各的心思。阿雪虽然没有言语，但能看出她内心也不平静，否则也不会一直抽烟。我没有想到阿雪会抽烟。刚见面的时候，她递给我一支烟，我拒绝了。我的确不会吸烟，也不喜欢女人抽烟，不过阿雪抽烟时喜欢微微低下头，可以清楚地看到她长长的睫毛，让我想起了高中时曾经迷恋过的一个女生。高三合并班级，我一进教室就看到了她。她的眼睛很黑，睫毛垂下来的样子可爱极了。我就是被她的长睫毛吸引了。后来换座位，我和她只隔了一条过道，正好可以不经意地看到她的侧影，侧面更可以清晰地看到她长而浓密的睫毛。尤其是她低头看书时，睫毛垂下好像眸子半睁。每次看到我都忍不住想：她睡觉的时候大概也像是半睁开眼睛一样吧。后来我到这里上了大学，再也没有见过那个女生，甚至不记得她长什么样了。但只要看到长睫毛的女子都会忍不住想到她。也许就是这点印象使我觉得和阿雪更接近了一点，不过也只是一点点，内心还是有很大的差距。我只知道阿雪住在云南的一个小镇，她在大学里学的是中文，喜欢电影，仅此而已。而她也只知道我在大学里学编剧。

“休息一下吧！”

阿雪的声音把我从思绪中拉了回来。我们找了一处有树荫的椅子坐下，没了阳光的照晒，阵阵微风吹来，有种懒洋洋的惬意。

“我们绕西湖走了有一半路程了吗？”

“还没有，大概三分之一吧。”

“哦，看来要走完需要几个小时。”

“我刚上大一那会儿一个人单独走过一次，用了三个半小时。后来又来过两次，这是第四次绕西湖走了。”

“可惜我第一次来就受不了了。这里人太多，很吵。”阿雪抱怨了几句，然后微微一笑，“我以前打耳洞的时候伤到了神经，一点点吵闹都受不了。现在耳洞都没有了，我也不戴任何饰品。”

“我也有 3 个耳洞，刚打完的时候肿了一个星期。”

我撩开头发给她看了看。

“我以前是两个耳朵上穿了 8 个洞，全在耳骨上。”

“那一定很漂亮！”

我是在一个小店里打的耳洞，本来想一口气多打几个，结果怕痛只穿了 3 个，耳骨上穿洞更是想都没有想过。

“是很漂亮。而且是从 0G 到 8G 按顺序排下来的。”

“0G 到 8G？”

阿雪告诉我，原来耳环的直径是按 G 来算的。像我耳朵上戴的是普通的 16G 和 14G 的。数字越小直径越粗，0G 是 9.5 毫米，而 00G 是 1 厘米。我听到后倒吸一口凉气：直径 1 厘米的耳洞！

“那一定很痛了？”

“很痛。不过一想到可以戴那种粗而华丽的耳环也就顾不上了。一个学姐说，戴过粗的以后，再戴细的就没有感觉了，她鼓动我不要动手术，直接用耳环扩大耳洞。我心里很羡慕，就买了一堆不同大小的耳环，从16G开始戴起，每隔三天减少1G，越往后越难，经常要肿好几天。从4G到0G，花了差不多两个月。后来想换00G的时候，发现听力已经开始下降，只能停下来。看，现在居然长好了，我也就不再穿洞了。想起来真的是很危险啊。”

阿雪还告诉我，之前她一直留着齐腰的长发，后来越发觉得长发麻烦。为了旅行方便，她索性剔了光头，也不戴帽子，结果在旅店里吹空调得了重感冒，后来决定还是把头发留起来。她现在的头发就是从那时开始留起来的。很难想象阿雪以前是戴着粗大耳环、顶着光头、穿着长布衫这样另类得难以接近的形象。而我也改变了很多，以前是留着短短的头发、一年四季穿长裤、整天疯跑的“假小子”，现在已经扎着辫子穿上了裙子。也许正是因为年轻的缘故，这些随意的改变都带着成长的痕迹。我一直以为穿耳洞是一种最简单的身体改造，没有想到这里面也有这么复杂的讲究。记得当初去打耳洞是下了很大决心的，觉得既然是成人了就应该和以前有一些不一样。之前听说过，有人打到耳神经结果面瘫，所以去的时候手心里全是汗，现在回想起来真是算不了什么。以前听哥哥说过，有很多人迷恋身体改造，比如在身体的各个部位穿环，把舌头一分为二，大面积地刺青，甚至把面部改成猛兽的形象。当时感觉很恐怖，现在已经不害怕了，这和改变发型是一样的，只不过是一种成长的蜕变，一种对于自身的探索。

结束了和阿雪的谈话后，我带她去了附近的一所大学。这是一所美术学院，校园很大，很安静。周末的时候我会到这里走一走，让内心的浮躁融化在周围的绿色里。和自己的学校相比，这里更符合我心中校园的形象。传媒学院很浮躁，到处是打扮招摇的美女和自以为是的男生。周末的时候图书馆和教室都是空的，成了情侣谈恋爱的场所。学生也大都沉不下心来，甚至没有人愿意花两个小时去看一场免费的艺术电影。偶然有一次到了美术学院，我走遍了所有的教学楼，看到周末还有很多学生在研究室里讨论作品，觉得这种氛围才是自己渴望的。在校园里走了一会儿，我和阿雪在校内的一个饮品店里坐下。她要了咖啡，我要了茶，我们相视一笑，阿雪喜欢这里，我很高兴。

“离开校园已经很久了，到了这里好像又找回了以前的感觉。”阿雪放松了很多，“你也可以像我这样，休学一段时间，到处走走。”

我摇摇头，无奈地笑笑：“我们学校不是学分制，没有你们自由。”

“其实我也想一直待在校园里，但是中间发生了一些变故，所以我离开了学校去了云南的那个小镇。”

阿雪在博客里就流露出对她居住地方的喜爱，交谈中她再次提到了那里的美好：“那里的空气很好，到了晚上满天都是星星。我就借个自行车，沿着小路骑回去，虽然没有路灯，但很惬意也很安全。在那里住了那么久，已经不适应城市的生活了。”

我一直在很认真地听，阿雪的生活离我太遥远了，而我内心又何尝不渴望这样自由无拘束的生活呢？

“你好像有心思。”

阿雪是个聪明的女子，她一直在留心观察我，在她面前我不会隐藏自己。

“阿雪，我很羡慕你的生活，不过我做不到。这对我来说太难了。”

“并不难，只要你尝试去做。”

阿雪不知道，其实我已经失眠很久了，莫名的压力折磨着我的神经，白天走在路上好像是在梦游，浑身上下都失去了知觉，脚底甚至感觉不到地面的硬度，整个就像是踩在棉花上，随时都可能晕倒。可是一到晚上大脑就特别兴奋。我很想睡觉，但即使是在非常疲惫的情况下也依然无法入眠。心里的压抑挥之不去，就好像有什么东西在牵扯我的神经。所以我一次次来到美术学院的校园里，只想寻找一种释放和解脱。

很长一段时间，我和阿雪都没有再说话，静静地喝着各自的饮料。茶很不好喝，没有苦涩的清香，还放了点别的东西，味道就不纯正了。看着眼前娴静的阿雪，我觉得有点愧疚，不应该让我自己的心情影响到和阿雪的见面。

“很抱歉，阿雪。我今天遇到了一点事情，所以心情不好。”

“我能理解，没关系的。其实在湖边的时候我就想问你，只是不知道该怎么开口。”

我把失眠的事告诉了阿雪。

“我也经历过很严重的失眠。去年年初，我和男友同居的事情被我父母知道了，当时在家里引起了轩然大波。我父母都是很传统的人，接受不了。他们把我带回家里，我就是从那时开始失眠的。”

“后来呢？”

我被阿雪的坦诚打动了。

“后来，他们断绝了我和男友的一切来往。刚开始男友还不死心，想尽各种办法联系我，后来他累了，也就放弃了。本来我对这段感情是很认真的，我们还差点结婚。真的，都去登记了才发现证件不全，他是德国人。分手后，我想过自杀，可是没有勇气，只能和家里妥协，重新回到学校。那时我的精神已经走到了崩溃的边缘，所以我决定休学一年，用旅行来治疗内心的创伤。”

阿雪谈起往事已经很平静了，但我能想象得到当时她的痛苦。现在的年轻人和以前已经很不一样了，头脑里没有那么多传统的条条框框，更多的是按照自己的意愿去选择生活方式，这种看似大逆不道的行为，其实是一种勇敢的面对。

到了中午，我和阿雪去了一家饭店，她要了生菜，我要了鱼。饭店里有自家酿的米酒，酒很浓很香，喝了几杯后，我们的精神都放松了很多。

“你和他是怎么认识的？”

不知为什么，我突然冒出这么一句话，话一出口我就后悔了。聊天到现在，我从来没有主动问过阿雪任何私人的事情。

“你说的是谁？”

阿雪一愣。

我咬咬牙，既然问了就问到底：“你要见的那个男人。”

“哦，是他啊。我和他是半年前在云南认识的。他路过我住的小镇，那里很偏僻，外来人并不多，那次相遇还是很有缘的。他回去后，我们一直保持联系，他不止一次地提出要明确我们之间的关系，我都拒绝了。因为我们不是一类人。他太传统了，不是我需要的那种安定。”

阿雪的微笑和坦诚去除了我心里的那层障碍，之后无论聊到什么话题，我们都很坦然。不过阿雪的一句话还是触动了我敏感的神经：“发邮件的时候，我有一点忘了告诉你，其实你今天可以带家属的。”

阿雪的语气听上去并不是在开玩笑,我也知道她所指的“家属”是什么。

“阿雪，说真的，我没有男朋友。”

“是分手了吗？”

“不是，我从来没有交过男朋友。”

“你为什么不找个男朋友？”

“我不能。”

我说的是实话，不是不想，而是不能。中学的时候过着两点一线的生活，学习负担非常重，很少接触男生，即使是一个班的男生也不怎么说话。进了大学后，和男生接触多了一些，可身边的男生大都心有所属，包括我喜欢的人。有时候我也想，大学如果不谈场恋爱的话，是不是有点可惜，尤其是在生病的时候更渴望身边有个可以依靠的人。不过真的留心身边的男生时，却发现可供选择的对象实在太少了——传媒学院里的男女生比例是1∶8。当然这算不上什么理由，真正的原因来自我的内心：在任何男生面前我都觉得特别的自卑，一种深到骨子里的自卑。从来没有男生注意过我的存在，我只是活在自己的世界里，在整个青春期里我也没有一个真正的女性朋友可以去倾诉。孤独难耐的时候我就会用各种方式去伤害自己，折磨自己，直到摆脱精神的痛苦。我曾不止一次地想过自杀，想过离开这个世界，但是没有勇气。我还那么年轻，不想就这么放弃了。

“你的侧脸很美。”

阿雪突然说了这么一句，我才知道在我陷入沉思的时候，她一直在注视着我。

“谢谢！”

从小到大，从来没有人评价过我的长相，但我知道自己的样子。记得有一次，我和另外一个女生一起转到一所新的学校。第一天上午就有体育课，那个女生很快就被别的同学拉到了队伍里，而我孤零零地站在队外，直到老师为我安排好位置。大家熟悉了之后，我才知道，原来在不熟悉一个新同学的情况下，他们是“以貌取人”的。后来很长一段时间，我都不愿意面对镜子中的自己，这个习惯一直保持到现在。阿雪的话也许只是礼貌性的，但我听了心里很暖。

“你应该让自己快乐一点。”

阿雪很认真地说。

“那么阿雪，你快乐吗？”

我有点抵触这个话题。

“以前不。现在，我只想为自己好好地活。我说过我曾想过自杀，并不是开玩笑。你看。”

阿雪伸出左手，手腕上有一道清晰的伤痕，还有很多烟头灼伤的痕迹。

“可是后来我想开了，为什么要去伤害自己的身体呢？这种疼痛别人是不会知道的，只会让自己更难过。所以现在我很爱自己，也就很快乐。”

从来没有人对我说过这样的话，而我自己也从来没有想过。

“阿雪，真的谢谢你。”

我也伸出了左手，上面也有很多看得见和看不见的伤痕。

“我也经常伤害自己，现在还是这样。但听了你的话之后，我也会好好地爱自己。因为不会有人爱我。”

“不要这么想，你还小。”

“真的，我很怕，很怕男人。”

我终于艰难地说出了这句话。然后我看着窗外，尽量用平静的语气说出了埋藏在心底的事：“那是我15岁的时候，我清楚地记得那是在一个夏日的中午，很热很热，地上好像都被烤出了雾气。马路上一个人都没有，连一辆车都没有。我和妈妈穿过马路到对面去，一个男人从我们身边走过。我以为，以为他是一个老头，不知怎的就扭头看了一下。他不是老头，是个光着上身的中年男人。而且，而且他的裤子没有系扣，是敞开的，我看到了不该看到的东西。我当时吓坏了，手心里全是冰凉冰凉的汗。妈妈没有看到，她还是拉着我向前走。这件事情藏在我心里很久很久，从来没有说出来过，但我知道我很怕，这是我摆脱不了的梦魇。直到现在我都不能看有男人露点镜头的电影。我真的很怕。”

阿雪握住了我的手：“不要怕，上天既然给你系了一个结，就会用其他的方式去解开它，或者会让你走上另外的道路。我曾经也很怕男人。因为……因为我在上初中的时候，曾经被一个男人强暴过，一个很恶心的老男人。我现在还记得他丑陋的样子。”

我几乎呆住了：“阿雪……”

“没关系，一切都过去了。不过当时我真的觉得我的一生就这么毁了，而且这不是我的错。”

阿雪一直很平静，但我能感到，提及往事，她的内心还是有些波动。

“现在我已经摆脱了阴影，过得很快乐，还交过男友。我相信，上天的安排是公平的。它关上了一扇窗，就会给我打开另一扇窗户。我是真的希望你能够快乐地生活，忘记过去，所以才会把自己的事情告诉你。我不可能随随便便就告诉一个人，我曾经被强暴过。”

“我明白。谢谢你，阿雪。”

我也握住了阿雪的手。

我们再次来到西湖边散步，天色渐渐暗下来，湖边的人少了很多，我们的身心都非常释然。我才发现，原来交谈是这么一件愉快的事。

“看！”

阿雪指着天空中一闪一闪的小亮点。

“是飞机！”

“也许就是他乘坐的航班。”

阿雪凝视着天空，慢慢收回目光。我这才想起来，阿雪没有去见那个男人。

“没关系，我刚才已经在心里对他说了再见。有些话也许放在心里更好。”

阿雪微笑着说。

我想到今天我也没有见到我想见的人，也没有说出我想对他说的话。我们错过了一些人和事，但我们遇到了彼此。

我告诉阿雪我的想法后，她用一个温暖的拥抱回应了我："其实你不说我也猜到了，你的眼神告诉我，你在西湖边肯定是在等什么人。"

阿雪很瘦，但她的双手很有力，我能感觉到她身体的温度。

"我等到了我应该见的人，那就是你。"

我轻声告诉她。这是我最想说的话。

我们没有说再见，也没有回头，我们都知道这不是最后一次见面。天已经黑了，我一边走，一边点燃手中的香烟，小心翼翼地吸了一口。这是阿雪分别时递给我的，这一次我没有拒绝。

杭州的雨季

杭州下雨没有个定数，好像小孩闹人一样，从来不看大人的脸色，想哭就哭，而且一哭起来就没个完。有时候整整一个月都是阴雨连绵。所以一到雨季，宿舍阳台上就晾满衣服。杭州的雨带着浓浓的凉意，晾在阳台上的衣服整日受水汽的包围，有时候一件衣服扔在阳台上一个星期，摸在手里还只是个半干。收进来吧，心里不是滋味，继续晾着好像更不是回事儿。在下雨的日子里，我就经常穿带着水汽的衣服。衣服紧巴巴的贴在身上，人也像衣服一样，皱巴巴的，伸展不开来。

我坐在教室里，阿白坐在我身边。我们都穿着半干的衣服，衣服里的水汽被灯光一照，大团大团地往外冒，笼罩在我和阿白的身上。阿白喘着气，小声对我说："我远远地看到你在前面走，就知道又要迟到了，所以赶快跑过来，还是晚了点。"我笑了笑，没有吭声。我向来是踩着铃声进教室，阿白则没那么幸运，他老是迟到。迟到的原因是在镜子面前逗留的时间太长了。阿白有事没事总爱照镜子，而且总爱在别人照镜子的时候，去插上一杠子。他宿舍的男生对此愤愤不平。所以阿白的外号就叫“镜哥哥”。阿白是个标准的南方小白脸。小白脸的共同特点是：头发梳得光溜溜的；永远只穿擦得锃亮的皮鞋；裤子笔挺，没有一丝褶皱。这些条件阿白全都符合，甚至讲究得过了头。我从来没见过哪个男生这么注意自己的外表。记得有一次，阿白也是匆匆忙忙地跑进教室，刚在我身边坐下，就从包里拿出一大堆东西。我扫了一眼：小镜子、小梳子、小毛巾，样样齐全！那一刻，我差点没晕过去。阿白这么过分地修饰自己，是因为他正在追求一个女孩。女孩叫小凡，是班花，相当漂亮。

平时，阿白总是利用下课时间，向我讲述他追小凡的种种经过，还把他发给小凡的短信给我看。不过那天，阿白看上去一点儿精神气都没有。他默默地把手机递给我，手机上有一条短信，是小凡发的。短信是这么写的：你喜欢的东西，我都没听说过；我喜欢的，你又不感兴趣，你说我们怎么谈呢？我看，我们还是做普通朋友算了。

阿白很无奈地低着头：“你瞧，她就这么着把我打发了。我实在想不通，论长相我不比谁差，论时间和精力，我花的功夫也不比谁少。她怎么就不答应我呢？”

阿白想不通的事，我能想得通。我没告诉阿白，其实私底下，我和小凡的关系非常好。她就住我宿舍的楼上，我经常去找她玩。小凡把男生怎么追她的事都告诉了我。那段时间，追小凡的男生，加上阿白，总共有三个。小凡把他们归为三类：正常、不正常和介于两者之间。阿白很不幸地被划到了“不正常”的行列。

正常男生是这么追小凡的：他先把小凡的宿舍女生都收买了，让她们轮流帮他传递东西。于是小凡的桌上经常出现东一包西一包的零食。然后正常男生开始直接约小凡出去，吃个饭或者散个步。吃饭的地点永远是食堂三楼的美食城，散步的地点则永远是操场，除此之外就再没有其他花样了。小凡有时候烦了就找借口："外面下着雨呢！今天就别出去了。"正常男生则回答道："没关系，我带着伞呢。咱们到操场上散散步，和风细雨最浪漫了。"

介于两者之间的男生采用的方式是电话轰炸式。他的想法很简单：感情都是靠谈出来的。所以他坚持每天往小凡宿舍打电话。电话里总是这么开头的：我想和你说说话。要不就是：我想听听你的声音。小凡只要搭了腔，少则半小时，多的时候一聊就是几个小时，小凡都要睡觉了，他还没个完！后来小凡被他弄怕了，一听到电话铃声就想往外躲。接电话的活儿全都由宿舍其他女生包揽了，如果听到是他的电话，就找各种借口搪塞。

三个男生中，小凡谈得最多的就是"不正常"的阿白，而且一提到他就一肚子气："我实在搞不明白，他到底懂不懂怎么追女生？整天给我发些莫名其妙的短信！今天是黑格尔的美学，明天是尼采的超人，连看到只蝴蝶都要联系上庄子！我问他为什么给我发这些东西，他说这叫交流思想！后来我跟他说，你有什么要紧事，就打电话给我，别发这些无聊短信，发了我也不看。他还真打我的手机，每次都是才聊个几句就断了线，我还纳闷，这话还没说完啊？只好打过去。然后他会继续和我瞎聊。我现在才琢磨出来，原来他是想省那几个电话费！明明是他在追我，可是到头来都是我打电话给他！你说，天底下怎么会有这么抠门的人！我看他跟你走得很近，你要注意点，别被他给影响了。"

说起来，我和阿白能玩到一起也纯粹是偶然。我大一刚进校，就被宿舍的三个人排挤出去，搬进了混合宿舍。那三个人在班上很有势力，所以班上没有人敢和我说话，就算和我交往，也都是悄悄的。而阿白由于镜子问题，也和宿舍的三个人闹得很僵。我们都是班上的边缘人。开始时，我还没注意到阿白，后来他老是迟到，老师一问他人在哪里，他宿舍的三个男生就一脸坏笑，我心里不由得对他产生了同情。有次阿白碰巧坐我身边，我就写了个纸条递给他，叫他以后别再迟到了。就这么短短的一句话，使我和阿白成了朋友。

看着阿白垂头丧气的样子，我也挺难过。但我实在想不出怎么安慰他。其实我心里也装着一件苦恼的事。我刚刚得知，我暗恋的男生和女朋友分手了。男生叫老奇，比我高一届，长得很成熟，很有男人味。他是学校电影社的放映员，喜欢放一些听都没听说过的文艺片，据说他看过几千部电影。我对老奇崇拜得一塌糊涂，就为了他，我加入了电影社团。老奇的女朋友是他同学，两个人整天形影不离。说心里话，我当然希望他俩分手，可是他们真的分手了，我心里还是高兴不起来。因为我知道，他是不会喜欢我的。

那天小凡心里也不好受。我以为小凡摆脱了阿白，就一身轻松了，没想到我刚回到宿舍，小凡就过来找我诉苦。原来，小凡给阿白发了那条短信后，阿白也给她回了条短信，就是那条短信让小凡堵了一整天。

“他在短信上说，他和我交往是一个美丽的错误。说我们是在错误的时间，错误的地点，有了一场错误的邂逅。这都什么跟什么啊？最气人的是，他最后还加了这么一句：‘我现在已经喜欢上另一个女孩了，她就是小林。’你说，这叫什么话！”

小林也是班上数得着的漂亮女孩。

我听了也很郁闷，只能安慰小凡：“你不是说他属于‘不正常’男生吗，那就别跟他一般见识。他另有所爱更好，这样就不会纠缠你了。”

我的话还没有说完，小凡的眼圈就红了。我不明白，小凡那么讨厌阿白，为什么却会为他的短信而伤心。

后来，我留心观察了一下阿白，果然，他开始向小林发起了进攻。他的自我感觉太良好了，所以对女孩也百般挑剔。这也是传媒学院的特点造成的，在这里，女多男少，平均一个男生身边会围着八个女生，男生全被宠坏了。阿白又恢复了往日的神采，继续迟到，继续一丝不苟地注意自己的形象，继续他美妙而又不切实际的幻想。而我注意到，小凡却越发地沉默了。后来我才知道，小凡不是沉默，而是失落。等我明白的时候，时间已经过去了一年。我们都长大了一岁。

这一年对我来说，发生了很多很多事。有的被我放到了心里，更多的被我抛到了脑后。日子还是一天一天往下过，就是课多了点，也累了点。我和阿白还是朋友，只不过他不再是唯一一个敢在班上和我说话的人了。自从我拿了一等奖学金之后，原来不敢和我说话的人，现在全都围到了我的身边。阿白被他们挤到了外面。我没忘记阿白，毕竟是他陪我走过了那段孤独的时光。

我继续暗恋着老奇，比以前陷得更深了。我通过努力，当上了电影社的社长。本来老奇最有资格，可他只喜欢放电影，不喜欢和社团联的领导打交道。所以这一块的事务都由我包了，老奇则掌管着放映相关的一切事情。能和老奇走得这样近，我已经很满足了，我只希望能够经常看到他。然而我想都没想过的事发生了。我和老奇吵架了，吵得很厉害。

老奇是个认真的人，有时候认真得过了头。比如看书要遵循书单，看片要遵循片单，放电影也要遵循排片表。老奇根据英国权威杂志《视与听》评选出来的225部经典电影，做了个详细的表格，然后按照排好的顺序去放映。电影经典是经典，但大部分不具有观赏性。眼看着观众日益稀少，连来捧场的铁杆影迷都看得昏昏欲睡，我看在眼里，心里实在着急。而老奇还是一副优哉游哉的样子，到点就背着电脑去放片，从来不管到底有几个人在看。他的原则是哪怕只有一个人看，也要按照排片表来放。老奇的固执让我非常为难，再这样下去，社团以后的招新都会成问题。为了社团的前途考虑，我决定搞个电影周，借这个机会，放一点好看的大片。我从来没有在放片问题上干预过老奇，我只希望他给我一次机会，就占用一个周末的时间。可是老奇根本不同意，他固执起来的样子非常可怕，而我也是个脾气倔强的人，我们彼此互不让步。我几乎快要哭了。我不想和老奇吵架，真的不想。看着固执的老奇，我心里说不出来的难受。当然，最后还是老奇赢了，我的心也碎了。此后我再也没有去过放映地点。

那段时间，我和小凡一直在图书馆的自修室里复习四级英语，我们每天都到自修室关门才离开。有一天，我和小凡正打算离开，刚走到楼梯口，我看到一个熟悉的身影，是老奇！那天晚上他本该去放映的，怎么会出现在图书馆？小凡知趣地离开了，我也想躲开，老奇叫住了我，我默默地走过去。

“你在图书馆看书呢？”

是老奇先问我的。

“嗯，我在复习英语呢，这学期准备考四级。你呢？怎么没过去放映？”

“我的高等数学挂了科，我要提前复习一下。听说补考还挺难的呢。不过我已经找了个朋友临时帮忙，没耽误放映。”

老奇不好意思地挠挠头。他剃板寸头很好看。

我和老奇默默地走在路上。我心里盘算着一件事，那时候，我正在给阿白补高数，他也挂了课。我很想提出帮帮老奇，却不敢开口。我真是怕了他的固执。

“嗨，你去不去放映地点看看？”

我才发现我们已经走到了多媒体教室的外面。我觉得有点尴尬，就拒绝了："算了，我就不去了吧。"

"去吧，还是去吧。我有东西要给你。"

我心头一动，跟着老奇一起去了多媒体教室。

我怎么也没想到，老奇给我的是一大包橘子。

"真甜。"

小凡边吃边夸赞道。

当然甜了，这橘子是老奇自己家种的。他说他从来不吃杭州的橘子，因为没有橘子味儿。我吃着老奇送给我的橘子，心里美滋滋地想着。

"说不定，他对你有意思呢！"

小凡又剥了个橘子，然后边吃边冲着我眨眼睛。

"怎么可能！他是因为和我吵架了才送我橘子的，算是给我道歉了。哎，少吃点！橘子吃多了容易上火。明天脸上冒出几个大疙瘩，可别找我。"

"我才吃了两个橘子，你就心疼了？放心，就算是真长疙瘩了，我也绝对不找你。我要去找——他。"

小凡赶紧从包里又抓了两个大橘子。

打那之后，我和老奇和好了。老奇主动帮我进行了电影周的申请，我也做出了让步，从排片表里挑了几部故事性强的电影来放映。这样一来，表格的顺序就被打乱了。看着被修改过的排片表，老奇的嘴直往旁边咧，那样子比刀架在他脖子上还难受。第二天，老奇一身轻松地来找我，原来他花了一个晚上整出了个新的排片表，比以前那个还要详细，而且上面明确注明不得改动。表格整好了，老奇的嘴巴也不咧了，我算是彻底服了他。之后，老奇就全力复习高数，把放映的事交给了我。到了电影周那天，由于宣传得力，现场比平时多了不少观众。我心里非常高兴，最让我没有想到的是，等到电影放映完了，我收拾电脑的时候，老奇来了。

“嗨，放映顺利吗？”

“很顺利。来了很多人，教室都快坐满了。”

“那就好。”

老奇有点局促地搓了搓手，我已经把笔记本电脑背到了肩上。

“我来吧，我来帮你背电脑。”

老奇伸手把电脑包拿了过去。我愣住了，这实在是做梦都想不到的事。我不好意思地低下了头，看着自己的脚一步一步挪出教室。

老奇锁门的时候又遇到了点小麻烦。多媒体教室的门要用一根铁链和一把大锁来加固，老奇怎么都合不上锁扣。几次试下来，他的手有点发颤，头上也渗出了大滴汗珠。我才发现，其实他是个挺笨拙的男生。

“我来吧。”

我把铁链重新绕了一下，然后借了点巧劲就把锁扣好了。真的不是一件困难的事。

“要是没有你的话，真不知道该怎么解决。平时都是管钥匙的老头来锁门的。”

老奇又搓了搓手。我感到脸上有点发烧，赶紧往旁边灯光照不到的地方躲了躲。

我和老奇走在通往宿舍楼的路上。路上很安静，一个人都没有。路灯的光把我和老奇的影子拉得长长的。我和老奇就走在美丽而柔和的灯光下。老奇没有说话，我则低着头，看着地上靠得很近的两个影子。又高又大的影子是老奇的，他身边那个小小的影子，是我的。我真希望自己能长得再高点，这样两个影子看上去会更加般配。我一直低着头，不想让老奇看到我眼中喜悦的光彩。然而我知道，我原本空落落的心正慢慢地被一种涌升出来的温暖充盈起来。我的心里非常平静，那是欣喜后的平静。一切都那么自然而美好。老奇一直把我送到宿舍楼下才离开。接过电脑包的那一刻，我才发现幸福是那么短暂。

此后，我每次去放映，老奇都会去帮我背电脑。在回去的路上，我们都是默默无语。我找不到合适的话题，老奇有时候会说几句，更多的时候是沉默。静静的就像我们一起走过的路。我很享受这个过程，我总爱低下头，小心翼翼地调整着自己的步子，让自己能跟得上老奇的节奏。“1、2、1”，我在心里默默地念着。这样真好。我以为喜欢是不需要用言语去表达的，其实我错了，沉默有时候并不是什么好事。

直到那个女孩出现，我才明白幸福真的就这么短暂。我眼睁睁地看着它消失在我面前，却无能为力。那天是老奇带电脑去放的片，刚放完，坐在后排的女孩就跑到了老奇身边，然后他俩一起离开。其实那个女孩之前也来过几次，她是在老奇恢复放映后，才到这儿来的。我有几次想留下来等老奇，他总是暗示我先离开，就是因为这个女孩的缘故。后来我才知道，这个女孩也是老奇的同学。知道也没有用了，我输给了一个笑起来有两颗龅牙的女孩，也输给了我天真的沉默。

再后来就到了期末。我一心全扑到了复习上面，阿白为了向我请教高数，也一趟一趟地往图书馆跑。我发现小凡看到阿白，总会扭头去找其他的自修室。后来阿白来的次数多了，小凡索性就不和我一起复习了。老奇又到图书馆来找过我一次，这次是有事相求，他的电脑坏了，想托我去放完这学期的最后一场电影。我想了想，还是答应了他。如果是在电话里，我也许还能够回绝，但当着他的面，我开不了口。

放映那天突然下了暴雨，我被困在了放映地点。那天没有带伞的只有我一个人，我呆呆地坐在教室里，非常非常的孤独。在等待雨停的过程中，我的胃病犯了。胃病是驻扎在我身体里的“小恶魔”，它总是在不该出现的时候跳出来捣乱。我趴在桌子上，用桌子的边角抵住疼痛的部位。我心里一直想着老奇，我真的很希望老奇能够出现在我的身边。只要他来，一切都会好起来。可是老奇不会来了。他是因为和我吵架才帮我背电脑的，现在他找到了女朋友，就不会再来了。

就在我胡思乱想的时候，有一个人跑进了教室。我以为是管钥匙的老头，勉强抬起头看了看。没想到，来的人是阿白。

阿白三步并作两步就走到了我身边，我也强撑着站了起来。

“你怎么来了？”

“你下午给我补高数的时候，我发现你没带伞。所以我过来看看。”

小白脸最大的好处就是心细。我勉强笑了笑。

“怎么了？不舒服吗？”

“有点。我有胃病，说不准什么时候就会犯。不过没关系，我都习惯了。”

我虽然疼得厉害，还是敏锐地觉察到阿白向我伸出了手，他想要扶住我的胳膊。我犹豫了一下，躲开了。阿白就势放下手，在裤子上蹭了几下，假装是在抹去手上的雨水。然后我们一起离开了教室。

我和阿白打着一把伞走回宿舍楼。这条路我已经走过无数遍，从来没有觉得它是如此漫长。风卷着雨向我们扑来，阿白则努力地用伞挡着雨。不过我们的身上还是湿了，只有一把伞，而且伞还那么小。我下意识地朝阿白靠了靠，阿白也把伞往我这边斜了斜。路灯的光随着雨点洒落下来，昏黄中带着一种迷惑的色彩。我感觉不到一丝温暖，然而路灯却照亮了阿白握着伞的手，白皙的手上暴着一根青筋。我是多么想握住阿白的手，但我忍住了。他的手太纤细了，承受不了我的重量。我只是用目光轻轻地抚摸了一下那根青筋，我看到它在我的抚摸下微微地动了一动。我笑了，然后继续数着路灯。我告诉自己，再过去三个路灯，我就该到宿舍了。后来疼痛让我的大脑都不听使唤了，我都不知道有没有对阿白说声谢谢。我唯一能记住的就是阿白沾满雨水的手。

那天我差一点儿就爱上了阿白。只差一点儿。我告诉自己，我只是被他感动了，这一切与爱情无关。

住混合宿舍最大的麻烦就是生活的节奏不一致。当我还在为最后一门考试做准备的时候，我同宿舍的三个女生已经收拾东西打算回家了。考试一结束，宿舍就只剩了我一个人。不过我并不寂寞，因为有小凡陪着我。她提前订了机票，但算错了时间，结果她要比宿舍的其他女生晚一天离校。我的火车票也买晚了一天，我也算错了日子。就在我离校的前一天晚上，下起了雷阵雨。小凡抱着铺盖跑到了我的宿舍，她怕打雷。

那天晚上，我俩都睡不着。小凡让我放电影给她看，我选的是一部上世纪四十年代的美国片，叫《天堂可以等待》。我们看得津津有味。刘别谦的调侃迷人、雅致，却绝不酸刻，有一种刚好挠到心里痒处的感觉。他就像一只狡猾的老狐狸，用一种貌似矜持的幽默，捕捉生活中最富趣味的刹那。当然，有趣之外，还隐隐约约有种东西，在打动着我们。

“虽然是喜剧,可不知为什么,我却感觉到一股淡淡的哀愁。这种哀愁看起来似乎不着边际，却真实地弥漫在全剧当中。而且越是在欢快的时刻，这股哀愁就越发明显。”

我和小凡都躺在黑暗里，她睡上铺，我睡下铺，看不到彼此的表情，但从她的语气中，我明白，她还沉浸在刚才的电影当中。

“你渴望爱情吗？”

“当然。我做梦都渴望能谈场恋爱。”

“可是我的爱情却在天上飘着呢，看不见，也摸不着。”

小凡悲哀地说道。

“怎么会呢？有那么多男生追你呢！”

“可是他们都不是我需要的。”

“你需要的是怎样的男生？”

“不是男生，是男人。”

小凡的话我不能理解。

“你真的是太单纯了，什么都没有经历过，所以你不知道男生和男人的区别。”

“那么你知道吗？”

“当然。”

“是怎样的区别？”

小凡沉默了。我感觉床板动了几下，小凡坐了起来。而我还继续躺着。

“我告诉你的事请不要告诉别人。你就当是听了个故事，听完就听完了，不要放在心上。睡一觉就把它忘掉，忘得干干净净。你能答应我吗？”

“我答应你。”

我感觉到自己的舌头有点发颤。小凡的声音好像是从很远的地方传来的，幽幽的，带着一种可怕的冷静。我的心也被这声音所牵绊，紧紧地揪在一起。

“我上高中的时候，认识了一个男人。他比我大很多，大概大了有十多岁吧。我爱上了他，他并不爱我。在他眼里，我只是个不起眼的小女孩。可是我是认真的，我从来没有那么爱一个人，爱到可以不顾一切。到了高三那年，我做出了一个决定。我用电话把他约了出来，然后我们一起去开了房间。房间是我提前预订的，花去了我整整一个月的生活费。”

“那么，你们，做了？”

我不敢相信这是真的。

“是的。我是第一次。可是我不能告诉你任何细节。要知道，回忆这件事，对我来说，太艰难了。”小凡停了一会儿，又用冷静的语气继续说道，“那时候离高考只有不到一个月的时间。我非常害怕，怕得很，我害怕会怀孕。如果我父母知道这件事的话，我肯定会被扫地出门的。他们做得出来，我太了解他们了。还好，我担心的事情并没有发生。我顺利地考上了大学，把这件事深深地埋在心里。我隐藏得很好，我从来没有对任何人提起过这件事，从来没有。我真的以为我已经忘记了。可是我没有。”

“那么，这个男人，他现在在哪里？”

“我不知道，真的一点也不知道。从那以后，我就再也没有见到过他。”

小凡重新躺下了，我坐了起来。我心跳得厉害。这样的事我想都没有想过。

“知道我来报到前，做的第一件事是什么吗？”

还没等我反应过来，小凡就慢悠悠地吐出了两个字：“整容。”

“什么？”

我几乎快跳起来了，小凡却异常的平静。

“我真的一点也不漂亮。如果我很漂亮的话，也许就能把他留在身边了。所以我去整了容，拉了双眼皮，垫高了鼻梁，修整了牙齿。其实都是些小手术，可我就好像变了一个人似的。手术的效果比我想象的还要好，我高兴极了。后来我学会了化妆，每天出去，我都要花好长时间化妆。一天不化妆，我就会觉得浑身不舒服。我希望自己在别人眼里是好看的。我天真地认为，这样我就能留住男人的心，可是我的努力都白费了。这都要怪一个人。说起来可笑得很，就是那个阿白。我讨厌的阿白。就是他的短信，把我全部的希望和努力都击碎了。如果他喜欢任何一个浓妆艳抹的女生，我都不会在乎，不管她有多漂亮。可是他偏偏选中了小林，从来不化妆不打扮的小林。小林的漂亮完全是天生的，我从来都不敢仔细打量她。你知道，我心里有多难过吗？”

小凡终于哭了出来，她低声抽噎着，我也是泪流满面。

我也曾被一个男人伤过，不，是一个男生。那是在初三，他是我的同桌。我们是在初三合并好坏班的时候相遇的，在那之前，我们并不认识。他是个骄傲的男生，是那种浑身上下都散发着炫目光芒的男生，就连他笑起来露出的牙齿，也是那么洁白，折射着太阳的颜色。他的骄傲是有资本的，他的成绩非常优秀。后来有一次按月考成绩排座位，我成了他的同桌。那次是个意外，是老师安排的，以我的成绩是坐不到那个座位的。虽然他是前几名，我是十几名，可是差距就是那么大，至少在他和我的心里都是这么想的。我喜欢上了他，说不清是为了什么。有时候喜欢一个人真的不需要什么理由，就是一种感觉，一种单纯的感觉。看到他，心里就会喜悦，就会开心，就会把所有的事情都抛在脑后，眼里看到的、心里挂念的都是他。我不是个漂亮的女孩，不，绝对不是，和漂亮一点都沾不上边。虽然我坐在他的身边，可是他从来没有拿正眼瞧过我。我也不敢正视他的目光，那是要透过厚厚的镜片才能捕捉到的锐利。那厚厚的镜片就是他优秀的最好证明。我唯一能做的，就是努力地学习。我要缩小我们之间的差距，我要让他注意到我的存在。我真的这么做了，很用功地在学，学得很累，但很快乐。因为我的心里有个隐隐的期待。

在之后的月考中，我取得了从未有过的好成绩，而他则出现了较大的波动。我们之间只差了一个名次！只差了一个！我的心里是多么的高兴，我甚至敢去看他的眼睛了。可是他却非常失落，尤其是在物理老师批评过他之后，这个骄傲的男生崩溃了。他哭了，眼泪从厚厚的镜片后面滑下来，落在了我的心上。我鼓起勇气，安慰了他。我看见一丝冷笑挂在他的嘴角，他的嘴动了动，说出了一句让我至今记忆犹新的话："你和我不是一个层次的人。"一个男生用他的骄傲使我整个人都跌到了谷底，暗无天日的谷底。我用了三年的时间，想忘记他，可是我做不到。这个散发着太阳光芒的男生占据了我心里所有的空间，他和他的话我都忘不了。直到在大学遇到老奇，我才知道，原来我还是可以去喜欢另外一个人的。

我把这件事告诉了小凡，我想去帮助她，她的故事让我心疼。可是小凡却说："不，不一样，完全不一样啊。其实真正让我难过的还有一个原因，很重要的一个原因。虽然阿白和我喜欢的那个男人长得一点都不像，他们是完全不同的类型。可是有一点，最关键的一点，他们都长着一双漂亮的手。就是因为那双手我才喜欢上那个男人的。我想知道，那双手抚摸我的身体是怎样的感觉。"

小凡说不下去了，我也听不下去了。我仔细地回忆着阿白的手，只有一个非常模糊的记忆。我知道，我帮不了小凡。

那天晚上我一夜没睡，回想着我经历过的一切，我觉得非常悲哀。我是那么努力地渴望能够获得男生的爱，无论是对初三的男生还是对现在的老奇，我都是无怨无悔地付出。为了老奇，我拼命地看片，疯狂地收集碟片，从网上了解各种电影方面的知识。而在这之前，我根本没怎么看过电影。可是我的生命中从来不曾出现过什么浪漫，我也从来没有过任何的奢求。如果有，也就是在那个下雨的晚上，我希望出现在我身边的是老奇。如果老奇真的出现了，那对我来说，就是最大的浪漫，也是上天对我最大的眷顾。可是出现的是阿白。他感动了我，却抚慰不了我受伤的心灵。我躺在黑暗中，倾听着窗外的雨声和小凡的哭声，眼泪打湿了被单。

时间过得真快，转眼就到了大三。对我来说，大一开学时的军训似乎还只是昨天发生的事。我就这么糊里糊涂地又长大了一岁。大三这一年，对我来说，过得还是那么快。时间从来没有想停下来的念头，它不知疲倦地奔跑着，而我则在后面拼命追赶它。我、小凡、阿白、老奇，我们都被时间驱逐着，做着这样那样的事。

阿白终于搬出了那个排挤他的宿舍,他和老奇住到了一块。我们还是朋友，却很少有时间在一起相处。偶尔见面，他总是和老奇在一起。“嗨——！”每次我向他们打招呼，两个男生一齐向我微笑。一个是我喜欢过的男生，一个是感动过我的男生。老奇退出了电影社团，我也退出了。我们之间最后的一点联系也断了。我从别人口中陆续知道了他的一些事情：知道他的成绩不好，放弃了考研；知道他正在学法语，打算出国；知道那个曾经发誓要和他一起去法国的龅牙女孩，在最后的时刻退缩了，转投到另一个男生的怀抱。可是这些点点滴滴的事情再也不能在我的心湖中荡起一丝涟漪了。我不再像以前那样喜欢老奇。我已经明白他不是我需要的男生。我喜欢聪明的男生，可是老奇并不聪明，是我把他想得太完美了。

小凡还是找了个男朋友，一个高高瘦瘦的男生。我留意过他的手，有点黑，很大，但算不上漂亮。他追了小凡三年，小凡最终答应了他。他俩在学校外面租了个房子。

“他对我太好了，好得让我没法拒绝。”

“那么你喜欢他吗？”

小凡没有正视我的眼睛：“我需要有个男朋友照顾我。我会很认真地对待他的。”

两个月后，小凡和他分了手。我再见到小凡的时候，她瘦了很多，变得更加沉默了。我知道，她还是没有摆脱内心的创伤。可是，我帮不了她。她的心结只有她自己才能解开。而且那个时候，我也没有时间再去顾及别人了。我准备考研。我在努力，这次为了我自己。

当然，有时候我还是会渴望爱情。那是在夜深人静的晚上，在别人都进入甜蜜梦乡的时候，我会想到爱情。我还是渴望会有一个人来爱我，不过我已经学会了等待。在下雨的夜里，我会想到一年前那个下雨的晚上。我感谢阿白给我的感动，也庆幸老奇没有出现。如果老奇出现的话，我一定会向他表白的，那是我最脆弱的时候。我可能会被拒绝，也可能会被接受。然后我和老奇一起恋爱，一起享受美好的爱情，可是我们没有未来。我不可能陪他去法国，我只能去做另一个龅牙女孩。还好，我们什么都没有说过，什么都没有做过，我们还是朋友，这是最好的结局。

杭州的雨还在继续下着，不紧不慢地下着，丝毫没有想要停下来的意思。我也在耐心地等待着，等待的过程中带着一点期待，一点不安，和一点小小的心动。就像此刻，我站在被雨水洗刷过的操场上，把手机举到耳边，等待一个从遥远国度传来的熟悉声音。我的心情就是如此。只不过，这一切，与爱情无关。

卡农曲

卡农是一种音乐谱曲技法，也是一种曲式的名称，这种曲式的特征是间隔数音节不停重复同一段乐曲。卡农同时也指以此种技法创作出来的音乐作品。文中提到的“卡农曲”是约翰·帕赫贝尔创作的《为三把小提琴和通奏低音创作的D大调卡农和吉格舞曲》。

一

已经是4月份了，春天迟迟不肯露面。阴沉的云气鼓鼓地把雨水一阵一阵地往地上泼，好像和这里较上了劲似的，怎么都不愿意离开。杭州这地方很奇怪，只要下雨就特别冷，只要出太阳，就算是腊月天，也是暖意洋洋。一到雨季，人就特别懒，已经是早上10点了，我还窝在床上不想起来。大四下学期没有课程，我的作息时间也跟着混乱起来了。

人待在床上，手机也在床上，人醒了，手机也就闲不了了。一下子收到了 Lea 的 5 条短信，短信上都是同样一句话：“起床了吗？”

我很果断地回了一个字：“没。”

很快收到 Lea 的回复：“昨晚几点睡的？”

“3 点半。”

“彼此彼此，我也 3 点多才睡。起来，吃饭。”

“不想吃，困。”

附带发去一张苦笑的表情，我把手机扔在一边，手机立刻不满地叫起来。这下，不想起床也得起了。

半个小时后，我和 Lea 就坐到一块儿喝大麦茶了。这个时间吃饭是最尴尬的，向来很热闹的韩国料理店里，只坐了我们两个，显得格外冷清。这是大四下学期我们第一次聚在一起吃饭。

“你在学校忙什么呢？”

Lea 打去年 12 月回了家后就再没来过学校，这次是为了交论文初稿才匆匆赶回来一次，吃了饭就又要回去。

“我就是每天待在宿舍里，过着猪一样的日子。Lea，我想看你的论文。”

“给。其实就是罗列了一大堆史料。老师说这样写的话，答辩铁定通不过。他指定我去写大陆与港台的合拍剧，我想来想去，只能写琼瑶电视剧了。”

“比我强多了，我还一个字都没动呢。不过 Lea 你真够惨的，琼瑶电视剧……”

瞬间爆发出的笑声将刚才紧绷的情绪一扫而光。接下来，我们都没有再说话。两个顶着黑眼圈的人默默地沉浸在美食当中，犒劳自己饿了一夜的肚子。

“Lea，你什么时候回宿舍住？”

肚子填饱了大半之后，我终于腾出嘴来问问题。

“等论文答辩吧。现在不打算回来。我宿舍的几个姑娘要等考研复试完才能回来，我总不能一个人住宿舍吧。”

手机响了，最最普通的铃声。我和Lea都下意识地去摸包，是Lea的电话在响。她犹豫了一下，还是接了。

“小欣打来的。”

Lea不说，我也能猜得到。从接电话的第一刻起，她的脸色就变了。

“她在哪里？”

“她已经回到学校了。她说我们宿舍四个人的关系很冷淡，大家可能不会在一起聚餐了，她想和我单独吃个饭。”

“别去。”

Lea摇了摇头。眼神中有些无奈，又有些释然。

我在心里默默地问自己，如果小欣的电话是打给我的，我会不会答应？我很想果断地拒绝，可是我不能。

我和Lea是在大一的迎新晚会上认识的。那是军训的最后一个晚上，天极闷热，我来不及换下汗湿的军训服，就跟着班上的队伍去了图书馆前的喷泉广场。地面上的余热还没有消散，随着人群的走动，一浪一浪地翻滚着，乱哄哄的场面让人的心也随之躁动着，安静不下来。等到位置确定了，落了座，才发现视线全被挡住了。我们专业被排到了最靠边的位置上。身边的人一一落了座，抱怨声一声接一声地响起来。我也忍不住起身看了看，发现实在没有办法看到舞台，索性又坐下来了。其实心里也有点痒痒的，毕竟是第一次看到有正规灯光装置的露天舞台，心里说不想看是假的。我不甘心就这么坐着，也不甘心就这么回去。

这时，一个小小的声音从身旁传来：“咦，那边有转播车呢。可以回去看电视啊。”

我扭头一看，是一张陌生的面孔。对方看到我的时候微微有点惊诧，我却怎么都想不起来班上有这样一个女孩子。

“不如一起回去吧。”

“好啊，反正什么都看不到。”

我们就找了个机会在辅导员的眼皮底下逃走了。我们一路小跑，跑累了就停一会儿，然后再继续跑，就这么跑着回了宿舍，好像两个做了错事的孩子。现在回想起来其实本没有必要跑的，当时却顾不了那么多，只记得在跑的时候，心里还隐隐地有一丝兴奋。

“我……我还不知道你叫什么名字呢！”

我大口喘着气，上二楼都感觉有些吃力。

女孩子说出的名字被喘气声吞没了，她也累得不轻。我只听到她后面的一句话：“我的名字难认难记……你就叫我 Lea 好了。”

“Lea？你的英文名？”

“不……是德语名字。”

我愣了一下，然后反应过来应该把自己的名字告诉她。

没想到 Lea 眨了眨眼睛：“我知道你的名字啊。”

再次出乎我的意料。

班上的女生宿舍都安排在二楼，Lea 的宿舍就靠着楼梯，而我的宿舍则在走廊的另一边。

“去我们宿舍吧。”

“好。”

我听见自己说好。我本就没打算回我自己的宿舍。

布局相同的学生宿舍，一边是上下铺四张床，一边是各带一个柜子的四张桌子。扫眼一看，就能把每个人的品位爱好猜个差不多。Lea 的宿舍和我的宿舍一样，东西很多，从桌子上堆到了桌子下面，凌乱地延伸到阳台。唯有属于 Lea 的那块空间，收拾得干干净净，整整齐齐。桌上没有任何杂物，只在最上面的格子里放了一排课本。

“我家就在杭州市区，一到周末我就回去了，所以没带多少东西。”

Lea 的笑容淡淡的，如她的人一般。话不多，听着却有种说不出来的舒服。

那天她给我泡了一杯咖啡，我们一边看着电视直播一边吃着零食。我至今还记得那堆零食里有一盒巧克力，那是我见过的做得最为精致的巧克力。

第二天，Lea 带我去了市区。是 Lea 的父亲开车送我们去的，那是我唯一一次见到 Lea 的家人。Lea 的父亲是个很儒雅的中年人，和 Lea 一样，脸上挂着淡淡的笑容。后来我在点名册上看到过 Lea 的名字，那是两个非常冷僻的字，突兀地组合在一起，不知道什么含义。我从来没有问过 Lea 她的父母从事什么职业，总觉得随便问别人家里的事不大好。不过我心里时常会忍不住去回想她父亲的模样，我总觉得一个用冷僻字给女儿起名字的父亲，也应该是个有故事的人。

那天，Lea 带着我在清河坊转了很久。古色古香的老街，穿着时尚的人群，时空一下子被打乱了，有一种很不真实的感觉。有时候从一个店铺出来，看着来来往往的人和对面的街，恍若隔世。总感觉路上的行人应该穿着古代的服装，或者那些百年老店应该换上时尚的装潢。直到逛完了所有的店铺，我还是很长时间都没有回过神来。

我很努力地回想那天我和 Lea 说过什么话，做过什么事，除了这残存的一点点记忆之外，其他一片空白。之后我和 Lea 再没有过这样单独相处的机会。我和宿舍闹翻了，换了新的宿舍。我成了班上的边缘人。我花了近一年时间，才重新一点一点融入集体。又过了一年，我和 Lea 宿舍的其他三个姑娘都成了朋友，唯独和Lea，一直维持着不冷不热的关系。路上见到了，点个头，笑一笑，别无他话。

从来都没有想到过，会一下子和Lea变得那么陌生。她是来到大学后，第一个让我感到温暖的人。有时候，Lea从我身边走过，我会忍不住回过头看一眼她的背影，再看一眼。脚却死死地定在原处，一步也迈不出去。

如果没有大三的选修课，我可能就真的要错过Lea这个朋友了。我清楚地记得上第一节课的情景。选修课的名字叫《文献检索》，选这门课的人不是很多，能来听课的人就更少了，就算是来上课的人，也是一副懒懒散散的样子。一般偏冷门的课都比较好通过，这是大家心照不宣的事实。我选了最后一排比较安全的地方，然后大大方方地打开了笔记本电脑。

“咦，你在看电影啊？”

感觉到有人用手轻轻地碰了碰我，我连忙摘下耳机，扭头一看，没想到是Lea。

“不是啊。我在校对电影字幕。”

“你不打算做笔记吗？”

“大二的时候不是学过嘛。”

“我全都忘了。”Lea小声嘀咕着，马上回了我一句，“那你选这课干吗？”

“选这个好赚学分啊。”

“嗯……好吧……”

一时找不到可以继续下去的话题，我把目光重新转回电脑屏幕上，Lea则在一边看书，书皮用报纸包着。我很想知道她看的是什么书，又不好意思开口问。

“你看的是德语片吗？”

Lea又碰了碰我。

“是英语片啊。”

“可是我好像看到有德文呢。”

“电影是英文对白的，德文字幕就几句。你会德语？”

“嗯，断断续续学过两年。”

难怪 Lea 会有德语名字。

“那你帮我翻译这几句德语好吗？”

“可是我好久都没有背过单词了啊。”

“就几句话而已嘛。”

“没有你说得那么简单啦。”

事情真的没有我想象的那么简单。Lea 掏出用来做笔记的本子，开始正儿八经地给我解释德语的语法结构，看着如此认真的 Lea，我实在有点哭笑不得。就这么着稀里糊涂地上了一堂德语课，下课之后还被 Lea 拉去找老师拷贝课件。

后来 Lea 告诉我，其实那天她事先查过，班上选这门课的就我们两个人，所以她早早地就去了教室等着我。我心里有点愧疚，为自己对她一开始的冷漠和抵触。我很想告诉 Lea，其实我心里有多么高兴。就算 Lea 说的那些东西，我全都听不懂，还是一样的开心。那种感觉就好像是——找到了一个同类。

二

Lea 来电话的时候，我正在卫生间往身上抹肥皂。我胡乱地往身上套衣服的时候，Lea 已经站在门口了，她浑身上下全都湿透了。我俩的头发都往下滴着水，说不清谁比谁更狼狈。

“怎么回事？”

“外面下暴雨了，一路上电闪雷鸣的，吓死我了。”

“你今天回学校做什么？”

“我到学校来上雅思课的，忘了带杯子。想到你这里喝点水再去上课，没想到刚一下车就遇到暴雨。”

“真是傻丫头。图书馆离校门口最近，你应该到那里去避雨啊。想喝水的话，图书馆有自动售货机，买一瓶饮料不就行了？”

“你才傻呢。我是想过来看看你啊。”

一句简简单单的话，说得我心里暖暖的。我傻笑了半天才想起来给Lea找条干毛巾。然后趁着她用吹风机吹衣服的空当，煮了一大杯奶茶。已经是5月份了，天气时阴时冷，这种感觉倒像是进入深秋似的，嗅不出一丝夏天的气息。

奶茶煮开后，我倒了一杯给Lea，她只抿了一口，就皱起了眉头。

“怎么？不好喝吗？”

“你自己尝尝。”

我尝了一口，也不禁皱了皱眉头。茶和奶的比例没有调好，再加上蜂蜜，味道确实怪怪的。

“你就当药喝吧，反正可以暖暖身子。再说，总比白开水强吧。”

“我倒真愿意喝白开水。”

Lea一歪头，说了句大实话。她从来都不会用言语掩饰自己的真实想法。有时候我真觉得她比小孩子还要单纯。

当然Lea只是说说而已，她还是咬着牙把那杯比白开水还难喝的奶茶全灌了下去。

“你怎么突然想起来读雅思了？是下决心要出国吗？”

“学雅思对考研英语有帮助啊。我明年还打算再考一次。”

类似的话我以前也问过。我总觉得Lea更适合去国外学习。

“那你还考这个专业吗？”

“嗯，还是同样的学校，同样的专业。你呢？”

“我也一样啊，再考一年。还是同样的学校，同样的专业。”

“可我真的觉得，你应该去学电影。”

Lea 的眼神很真诚，真诚得让我都不敢去注视。我知道我在逃避什么。我们其实从一开始就都在逃避。

大四上学期课程比较轻松，毕业生该考研的考研，该找工作的找工作，还没等到期末考试，班上同学的心就早早地分散到各个地方去了。我和 Lea 则死守在学校里，手里紧紧握着考研的复习资料，为远离社会找了个堂堂正正的借口。

说是借口，也许有些过了。毕竟之前三年多的时间里，我和 Lea 从来没有荒废过。那本用报纸包裹的书，被 Lea 翻了又翻，内里的封面都已经残破了。那是 Lea 的专业书，她要考的学校是中国美术学院。

“Lea，我一直都以为你要出国呢。你不是在学德语吗？你不是非常喜欢德国吗？”

“我是想去德国，可是我害怕。我从来都没离开家过，我不敢一个人在外面生活。”

Lea 的亲戚大多都在国外，她的父母早就有意让她出国，是 Lea 一再坚持才留下来的，只因一个“怕”字。因为害怕，Lea 放弃到外地读师大德语系的机会，念了这个她完全不感冒的专业；又是因为害怕，在临近毕业的时候，她放弃了出国，选择跨专业考研。

“没关系啦，我本来也挺喜欢美术史的。倒是你选择话剧创作，我实在没有想到。你不是那么喜欢电影吗，为什么不考北京电影学院？”

Lea 的问题我没有办法回答。我不愿意承认，我的放弃也只因一个“怕”字。

永远都忘不了高三的时候，北电艺考失利后，我在旅馆里蒙着被子哭得昏天暗地的情景。考研没有选择北电，我心里其实是很不甘的。不管我是否承认，我在大学所做的一切努力都是为了这个目标。可是我真的怕了，我输不起，所以宁愿选择放弃。

“你知道吗？小欣被北电录取了，昨天在网上公布的。你也可以去尝试一下的。”

Lea 突然冒出来的话，打断了我的思绪。

“Lea，别人怎么样我管不着，我只能管得住我自己的心。我是不会去考的。”

话虽然这么说，我心里还是疼了一下，狠狠地疼了一下。我早就猜到了这个结果，可我不愿意是她。

我和小欣曾经是很好很好的朋友。我不知道我在她心目中是什么地位，我只知道，在我们最要好的时候，我的眼里心里只能装得下她一个人。要说起来，我和 Lea 一直到大三才成为朋友，也是和她有关的。

Lea 和同一宿舍的人关系很淡，她一周只有五天待在学校，周五下了课就回家，直到周日晚上才回来。

“每天不是静静地坐在电脑前，就是静静地躺在床上。不知道她什么时候入睡，也不知道她什么时候起来。和她说话，问一句答一句，问三句还是答一句。这个人呐，就好像是一棵植物。”

我清楚地记得，小欣说这话的时候，带着似笑非笑的表情。

我没有问过 Lea，小欣在她面前是怎么说我的，Lea 也没有问过我，小欣在我面前是怎么说她的。能够让我们在三年间行同陌路的话，不用问也能猜得出来是怎样的内容。

其实，就算小欣没有说过那些话，我和 Lea 也很难从一开始就成为朋友。

小的时候，下过雨后，我总爱蹲在楼外潮湿的土墙边，沿着一道银色的踪迹，寻找缓慢爬行的蜗牛。我喜欢用手指去触碰蜗牛绵软的小触角，看它惊恐地缩回壳里，过了一会儿，蜗牛又会把两条小触角试探着伸出来，一直在旁边等待的我又会去触碰蜗牛的触角。我会不停地重复这个有点邪恶的小游戏，直到蜗牛乖乖地缩在壳里，再不愿出来。

刚进大学的我，就像一只受了太多刺激的蜗牛，不管外面如何阴晴变化，始终缩在壳里，不愿伸出柔软的触角。被伤得怕了，索性连尝试的勇气都没了。

我的心里装着个盒子，盒子里放的是属于自己的小乐趣。攒得多了，就想和别人一起分享这份快乐。这种心理就好像小孩子某一天突然发现有一种糖果特别好吃，就会一路叫嚷着跑回家，迫切地想把这份快乐分享给全世界的人。小的时候，自会有人宠着你，惯着你，就算再不喜欢，再不感兴趣，也只会背地里无奈地笑笑,当着面还是要说两句好听的话来敷衍你的。都知道小孩子有小孩子的脾气,没有人会傻到去伤害一个孩子。长大了以后就不同了，人与人之间突然变得平等了，直接了。喜欢就是喜欢，不喜欢就是不喜欢，无须什么敷衍，那些冷冰冰不带任何感情的话也会毫无顾忌地说出来。一次、两次……久了，便学会了把自己喜欢的事物藏在心里，自己一个人默默地守着。

虽然不会孤独到真的去和墙说话，可是内心还是期望有个人能静静地听自己倾诉。当初选择和小欣做朋友，也是抱着这样一个态度。可惜我选错了对象，小欣并不是一个很好的倾听者，她总是按照自己的想法去审度他人，少了一点包容，多了一点偏执。人与人之间是很讲究分寸的，哪怕只是轻微地越过了一点点界线，都会在相处的时候，留下一些细小的缝隙。慢慢地，缝隙越来越多，就变成了深深的裂痕。

小欣跟我说过很多有关 Lea 的事情，我都信了。那个时候的我从来不会去质疑小欣说的话。后来和 Lea 相处之后，我才发现小欣说的那些事情，就算不是完全虚构，也夸大了很多倍。这很符合小欣的性格，对于不理解的人和事，她总是随意地贴上标签，然后四处散播，不管事实如何，只随自己心情。

“哎，你知道吗？”

小欣每次跟我说起 Lea，都是用这样的语气开头的，带着八卦的色彩。

“我终于知道她是什么星座的了，原来她是水瓶座的。”

“水瓶座怎么了？我不懂星座学。”

“这个星座的都是火星人，根本没办法沟通的。举个例子，上次我的朋友给我传了张图片，是一种长着四只眼睛的鱼，正好被她看到了，她就问我是什么，我说是长着四只眼睛的鱼。然后她就回到她的座位上，我继续看我的电影。大概过了 10 分钟，她突然问我，为什么会有长着四只眼的鱼。我说我怎么知道啊，我朋友就是觉得好玩，发给我看看的，她就不吭声了。过了十来分钟，她又问我，那条鱼为什么会长四只眼睛。我说我怎么知道，是我朋友发给我的。接下来的事不用我说，你也能猜出来了。这次只过了 5 分钟，她就又问了一句，长四只眼睛的怎么能叫鱼呢。我当时就抓狂了。”

我知道 Lea 喜欢去想一些奇奇怪怪的问题，喜欢在一些小细节上纠结，不过她从来都只是在心里想想，更不会把疑问挂在嘴上。这一次我相信了 Lea。

三

坐在饭店里的时候，我脑袋还是蒙的。这顿散伙饭我本不打算吃的。我跟自己说，来这里是为了见见 Lea。其实我是想来看看小欣。

小欣报的学校是我最想考的学校，小欣考的专业也是我最喜欢的专业。

还记得填报志愿的最后一天，我在图书馆遇见了小欣。我们互相报了各自选择的学校和专业，然后相视一笑。我们笑里的含意是不同的：她少了一个竞争对手，笑得轻松自然；我是觉得心酸嫉妒，笑得倔强艰难。我们在图书馆经常会碰面，每见一次，我心里都会难受一次。有时候我路过她坐的座位，看到她桌子上的专业书，总是忍不住想去瞄几眼那些熟悉的封皮。越是这样，我越是无法面对摆在自己面前的参考书。再后来我就索性不去图书馆了。

离考试还有两个月的时候，Lea 回了家，我则在学校外面租了房子。我们一直保持着联系，联系的方式是在各自的网页上留言。

在网上，我喜欢叫 Lea 小孩。模糊了性别和年龄，安全而亲切。Lea 对我则干脆地省去了称呼。

"小孩，我看了你推荐的那部吸血鬼电影了，挺好看的。"

"《梦十夜》这部小说很不错，改编的电影我还没看。"

"小孩，你的头像好深沉啊。"

"《龙马传》的电视剧现在在拍呢，好期待啊。"

"小孩，天冷，注意身体。"

"我最近要好好整理一下我脑子里看的那些乱七八糟的东西。"

我们的留言大部分都是突然出现的一些小心情，没有什么特别紧要的，也没有什么需要回复的。偶尔有时间上网了，看看 Lea 的留言，揣测她在做什么，在想什么，心里会暖上好一阵子。

当分数华丽丽地摆在我面前的时候，我虽然无法坦然地吞下自己酿的苦酒，心里也还是认了。Lea 的考研分数也没有上国家线。唯一让我们有点欣慰的是，我们都没有复习的《艺术学概论》，考出来的分数却没有想象中的那么难堪。

真正让我意识到自己的失败的是小欣。她被录取的消息就像是一记耳光，响亮地打在我的脸上，把我全部的自尊和自信毁得一干二净。我还是那只蜗牛，一直躲在自己的壳里，用幻想麻痹着自己，把空虚的日子一天天过下去。

散伙饭安排在晚上，我在宿舍里，呆呆地坐了一个下午。差不多到时间了，我给 Lea 打了个电话。

“Lea，你去了吗？”

“我已经到了，你来吧。”

“好。”

等我赶到市区的饭店，已经整整晚了一个小时。大家都已落了座，我加了个塞儿坐到了 Lea 的身边。看到她，我原本有些紧张的心情放松下来。可让我没有想到的是，我刚坐下，Lea 就举着杯子向我告辞。

“抱歉，我要去上雅思课，只能先走了。”

“Lea，我来之前，你为什么没告诉我？”

“我每周五晚上都有雅思课的，你不是知道的吗？”Lea 脱口而出。

我本来想说：“如果知道你要提前离开的话，我就不来了。”却只能硬生生地咽了下去。

Lea 和班主任打了个招呼，然后回来拿包。我抓住了她的手，小声说道：“Lea，我没办法留在这里。我跟你一起离开吧。”

“你刚来就走，又没有理由，这样不好。”

“Lea，没关系的。再待下去，我会受不了的。”

“真的不行。”

“可是 Lea……”

“你一来就走，这样不好。你先坐一会儿，然后想办法偷偷溜走。我上课要迟到了，再见！”

Lea 的手在我的肩头停留了片刻，把我拍回到椅子上。

我坐到了 Lea 的位置上，那个加塞儿的椅子碰都不想碰一下。看着周围相互交谈的同学，我心里一阵难受，把眼睛转到一片狼藉的饭桌上，一点胃口都没有。就这么低头也不是，抬头也不是，尴尬地坐在那里，呆呆地发愣。

Lea 若是留下来的话，也不会有什么不自在。班上的同学有一大半没和她打过交道，而她能叫得出名字的就更少了。

记得有一次，我和 Lea 去图书馆的路上遇到了班上的一个男生，他和我们打了个招呼。

“他是谁啊，我好像不认识。”

男生走过去很远了，Lea 才小声地问我。

“他是我们的同班同学啊。”

“实在没有什么印象。”

“他就是那个……嗯……你还记不记得，我们第一天开班会的时候，每个人都要做自我介绍，他说自己的黄头发是天生的，不是染的。你想起来了吗？”

“说实话，我那天能记住的就只有你啊。”

Lea 皱了皱鼻子。

“啊？也对。那天我是第一个做自我介绍的。”

“不是这个原因。我记得其他人上去了都要说上一大堆，听过就忘了。你呢，就说了三句话，你叫什么，你来自哪里，你的兴趣是什么。又简洁又清楚，我一下子就记住了。”

我的学号是 1，Lea 的学号是 49，她是最后一个做自我介绍的。她能清楚地记得我说的话，而她说了些什么，我早就抛在了脑后。所以听到 Lea 这么一解释，我心里有一种说不出来的滋味。

我也劝过 Lea，就算是和班上的同学关系冷淡，至少要跟宿舍的姑娘走得近一点，不然在宿舍里实在太郁闷了。Lea 总是淡淡地一笑：“我和她们没话说啊。”

Lea 说这话的时候，眼神又无辜又单纯。

其实 Lea 的内心一直都很孩子气。她走路的时候总爱紧紧地拉着我的手。冬天还好，夏天被她这么握着，不出一分钟就汗津津的了。

“Lea，这样挺难受的。”

我知道如果我不开口的话，Lea 是不会松开的。

“可是我觉得两个人一起走路，就应该拉着手啊。”

Lea 外表看上去柔柔弱弱，骨子里其实挺固执的。

“Lea……真的很热。手上全是汗啊。”

“那，这样吧。”

Lea 松开了我的手。没有纸巾，我把手上的汗擦在了衣服上。可只松了片刻，Lea 就用小指勾住了我的小指，紧紧地扣着，不留一点缝隙。她轻轻地晃两下，确定不会松开，才继续拉着我往前走。我不用看都知道，Lea 笑得一脸灿烂，笑容里还带着小小的满足。

我坐在 Lea 的座位上，回想这些点点滴滴的事情，有一丝异样的感觉渐渐爬上心头。在不知不觉中，我和 Lea 已经渐行渐远了。Lea 可以待在自己的世界里，不去管别人的喜怒哀乐，而我没有地方可以藏身，所以有些事情我必须要去面对。

同一个饭桌上的人渐渐地都到别的桌子去敬酒了，我仍旧坐在 Lea 的座位上，没有动过。偶尔会有一两个男生晃悠到这桌来夹点菜吃，一看他们涣散的眼神就知道，开饭的时候他们只顾着喝酒，等到服务员开始收拾桌子时才觉出饿来。我看了也只是在心里笑笑。其实我的眼睛一直盯着坐在对面沙发上的小欣。

我一进门她就坐在那里，我记得她好像冲我笑了笑，也可能没有。我不确定她脸上的笑容是递给我的。小欣现在已经是满面红光，整个人软软地陷在沙发里。我知道她没有喝醉，她一直很敬业地挂着笑容，镇定自如地应对着一个又一个敬酒的人，嘴角上扬的弧度始终没有变过。我面前的桌子上有一包烟和一个打火机，不知道是谁丢在那里的。我下意识地摸了根烟，拿着打火机，扭头去了洗手间，把自己关在一个还算干净的空间里，点了烟，狠狠地吸了一口，然后逼着自己一点不剩地全部吞下去。平时我几乎不碰烟，一碰就会胃疼。可现在，我需要有东西来刺激一下自己的大脑。

烟抽完后，我走到水池边开始洗脸，一边洗，一边等身上的烟味散去。然后我盯着镜子中的自己，像打量一个陌生人似的，直到确定自己的目光变得柔和下来之后，才装作没事的样子回到了自己的座位上。我给自己的杯子里倒满啤酒，面带微笑地朝小欣坐的地方看过去，沙发已经空了，只留下尚未平复的凹陷。我从一个桌子走到另一个桌子，每个座位都搜索了一遍，始终没有找到她，手里的这杯酒也没能喝下去。

那天小欣提前离开了，她是夜里的火车，没有给任何人留下联系方式。

四

6月13号是我留在学校的最后一天。我整理最后一堆书籍，打算邮递回家。一直等到这个时候，杭州的夏天才算是真正来到，一堆书把我折腾得满头大汗。我担心有什么遗漏，又仔细地查找了一遍。在一堆废弃的笔记中，我发现了一张纸片，上面只写着三个字：卡农曲。是Lea的笔迹。除了留言板，小字条也是我和Lea喜欢的交流方式。小字条上记着的是我们推荐给对方的电影、漫画、书还有音乐的名字。起初我还会找来看看，后来发现不是很对口味，便渐渐地淡下了这份心。时间长了，这些小字条攒得多了，就不记得放在什么地方了，也从来没有想过去找。

我当时忙着把打好的包裹送去邮局，随手把小字条压在了电脑下面。可不知为什么，一路上老是惦记着“卡农曲”，好像在哪里听过似的，特别亲切。回到宿舍，我就下载了钢琴弹奏的《卡农》视频，音乐响起第一声的时候，我的脑袋一下子炸开了。原来这就是《卡农》！原来《卡农》的旋律是这个样子的！心底某个角落好像有一扇门突然打开了，明晃晃地射入了一丝微弱的光线，蒙着一层灰尘的记忆就在这光线中荡漾着，一点一点涌升出来。

曾经有一个女孩子告诉过我，她最爱的曲子就是《卡农》。

我已经记不清她的名字了。只记得她特别喜欢穿白色的裙子，她似乎有很多条白裙子，除了白色，我没见她穿过其他颜色的裙子。她喜欢把辫子扎得高高的，走路的时候，辫子在身后一跳一跳，像一只活泼的小鹿。在我的记忆中，她是个非常非常美好的女孩子。

初三的时候，下午最后一节课和晚自习之间有一个小时的休息时间。她总爱把 CD 随身听带到学校，一个人坐在角落戴上耳机静静地欣赏。听到入迷的地方，她会把课桌当钢琴，手指轻快地弹几下，小声地哼出一段旋律。她有一双天生就该去弹钢琴的手，音乐的悲与喜都被她小心翼翼地收在唇边，那是属于她一个人的音乐世界。

那个时候，CD 随身听对很多学生来说，算是一件比较奢侈的东西。把 CD 随身听带到学校来是很招摇的，时间长了，免不了有人议论。渐渐地，议论的人多了，她也渐渐知晓了，却依旧听自己的音乐，毫不在意别人的言论。再后来，连议论的人自己也觉得无趣，慢慢地就冷了下来。

许是因为都是边缘人的缘故，我和她越走越近。从一开始平平淡淡的点头之交，到可以一起分享音乐，只经历了短短的一个月。似乎太快了，又似乎是那么的理所应当。有时候我们会趴在窗台上，边听音乐，边看着楼下嬉闹的学生。更多的时候，我们坐在靠窗的角落里，听她讲藏在音乐后面的故事。有段时间，她迷上了班德瑞。她告诉我，在班德瑞的音乐里可以听到森林的声音。我问她什么是森林的声音，她说就是一切可以让你联想到森林的声响，比如风声、水声、鸟叫声。然后她会给我戴上耳机，让我试着去触摸音乐里的阳光和空气。其实我天生没有音乐细胞，她说的很多我都没有办法理解。不过她轻柔的声音好像可以驱走阴霾似的，能让我喧噪的心获得片刻的宁静。

那是一个很平常的下午。我们坐在靠窗的位置上，像往常一样，一人戴着一个耳机。初春的阳光照进窗里，带来一丝丝的暖意，顺带着把我的困意也挑起来了。初三的作息时间本来就不规律，我又是个夜猫子，以前没和她一起听音乐的时候，我总是利用这段时间来补一会儿觉。现在，我只能拼命地睁大眼睛，强迫自己把注意力转移到音乐上。我不想让她感到失落。就在困得最厉害的时候，我迷迷糊糊地听到她换上了一张从未听过的 CD，并轻轻地附上了一句话："我要放给你听的这首曲子是我最爱的《卡农》。"

日后，当我回想起我的中学时代，只觉得那是一段孤独寂寞、暗无天日的自闭生活，却在有意无意间忘记了，我原来也有过那么温暖那么美好的时光。那本是我从来不曾有过的奢望，却真真切切地发生过。Lea 的小字条如一把钥匙，打开了我心底深处的那扇门。被春困带走的旋律现在听起来还是那样的熟悉，记忆鲜亮地浮现在我眼前，近得就好像是刚刚才发生过一样。

有些记忆因为太过于纯净，太过于美好，所以只能封存起来。一旦开启，带来的不是甜蜜，而是心被抽干之后的疼痛。

整整一个下午，我坐在空无一人的宿舍里，把《卡农》循环播放了一遍又一遍。我纵容自己放声痛哭，一直哭到痉挛。

从回忆中苏醒之后，第一件事就是去找寻 Lea 给我的那些字条。我很努力地找寻了好几遍，却一无所获。或许早就被我当作废纸扔掉了，或许还有些夹在不知名的书里。Lea 写下的那些名字，除了几个隐约还记在脑海里，其他的都已经被时间抹去了。我心里明白，这样的找寻是没有任何意义的，只能让自己的心更加空虚。

我知道她喜欢看灵异小说，迷恋堕落天使路西法；我知道她喜欢戴挂耳式的耳机，听音乐要开很大的声音；我知道她喜欢带点淡淡粉色的紫罗兰，那是她房间墙壁的颜色；我知道她穿短裙的时候，要加上一条打底裤，否则会觉得很没有安全感……我知道 Lea 很多很多事，比我能够回想起来的还要多上许多，可我却突然意识到，其实我连她真正的名字都不会写。我感到一种悲伤散尽之后的茫然。

不过我也知道，我是注定忘不了 Lea 了。她以另一种意想不到的方式闯入了我的内心，让我措手不及，却又感慨万千。

离开学校的那天晚上，我在 Lea 的网页上留了言：小孩，我想你了。

Lea，我是真的想你了。

绿洲·岛

一

夜已经深了。没有开灯，唯有电脑屏幕的光幽幽地蜿蜒在黑暗的小屋里，爬上了阿南的半边脸。像一双手，手形狰狞，触感却温柔得很。阴湿的空气停在被子周围，一直想找机会钻进去。阿南腿上盖一条被子，身上披一条被子，裹得倒还算严实，唯一遮不上的是操控着触摸板的右手，冻了这么久，早就是冰凉的了。阿南把手放进被子里暖了一小会儿，又伸出来，有些无聊地一遍遍刷新着网页。

如果是岛的话，熬夜肯定没有问题吧，毕竟比我小两岁呢。阿南这么想着，完全没有意识到嘴角边滑出了一丝微笑。不知道为什么，这段时间，岛时不时地就会出现在阿南的脑袋里，明明已经半年多没有任何联系了，心里也不是太挂念。

岛在阿南的脑海里，就是个模模糊糊的影子。赶也赶不走，抓又抓不到，飘飘忽忽，游移不定。

阿南在网上的名字叫绿洲，一个单纯的符号，没有什么特殊的含义。岛和阿南同校不同专业，比阿南低两届，是个学摄像的男生。对于岛，阿南知道的就是这么多，QQ 聊天也很少涉及特别私人的话题。

“学姐，你在吗？”

“在的。”

每次 QQ 聊天差不多都是这样开头的。阿南其实并不太喜欢学姐这个称呼，总觉得有些矫情。不过她又找不到更合适的称呼，于是就任由着岛这么叫下去了。久了，习惯了，阿南的心就被叫得柔软了，心里的空间也变大了，可以容得下许多其他的事情。明明只是两个不带一点温度的文字，却仿佛流连在耳畔似的，带着点软软的鼻音，让人不忍拒绝。于是，聊天就在这样闲适的氛围下进行着，根本觉察不到时间从身边静静流走。

阿南随手点开了最近一次的聊天记录。

“学姐，我总觉得这段时间有点消沉。”

“上次聊天的时候，你不是还给自己制定了读书计划吗？怎么会有消沉的感觉？”

“就是担心自己完不成。总觉得自己太贪心了，想多学一点东西，心里又很急。”

这句话配上一个无辜的表情，倒挺相符的，没有装可爱的嫌疑。

“慢慢来嘛。大学的时光还很长，不需要一下子把自己填得太满，一点一点地积累就好了啊。”

“我也知道。可就是不由自主地去想……”

“我也会遇到这样的情况。有时候会很懒散，明知道是在浪费时间，可就是什么事情都不想做。这个时候就需要你自己好好地调整一下状态。谁都会有倦怠的时候，把书本放下，好好放松自己。然后等兴趣来了，再继续看。”

“谢谢学姐。和你聊一聊，心里舒服多了。”

那个时候，阿南正踌躇满志地准备考研，心中充满了对未来的种种幻想。现在再看到自己当初的回复，只能在心里黯然苦笑。自从回了学校，阿南每天都过得浑浑噩噩，好像掉进了一个无底洞似的，没有尽头。每天窝在寝室里，一天只出门一次，就是去食堂吃中饭。晚上则靠着各种零食打发。熄灯后就抱着笔记本电脑去宿舍楼的自修室。直到困倦得眼睛都睁不开了再回去睡觉。这样日夜颠倒的生活已经整整持续了两个多月，阿南明显感觉到自己这两年的体力不如以前了。大一的时候接连熬几个通宵，第二天都跟没事一样，现在少睡一个小时都难受得不得了，感觉像是被子黏着自己不让走似的，非赖到快迟到了才磨蹭着挣扎爬起来。嘴上说没事，其实心里明白，只是习惯了这样的生活，不愿意改罢了。大四没有课的生活把人都惯坏了。

当然，这些她是不会告诉岛的。

手机的铃声把阿南拽回到现实当中，今天是她和以前的室友小琦见面的日子。阿南在衣柜和洗漱台两头奔走，很是忙乱了一番，然后门一锁，平复下呼吸，脚步又恢复了之前的从容。

小琦坐在学校小广场的花坛旁边。简单的T恤和牛仔裤，笑容很干净，根本不像已经工作了一年的人。阿南向小琦走去，眼睛微微有些湿润。

“还和在学校的时候一样，没什么变化呢。”

“你也是啊。真是好长时间没见到你了。”

“别煽情，丫头。再说下去，我真的要哭了。”

“在学校还好吧？快毕业了呢。”

“嗯。我很好。”

这算是阿南两个月来，唯一一次在穿着上费了点心思，只是为了在小琦面前说一句：我很好。

“你呢？工作还顺利吧。”

“我换工作了。”

“什么时候的事？”

“就这个月。之前的工作太清闲了，我觉得好无聊，就辞了。现在的工作……又太忙了点，老是要加班，收入却还没有之前的高。我真是有点后悔了。”

“今天不聊这些事，咱们找地方吃饭去。你刚下班，肯定饿了。”

阿南紧紧握着小琦的手。她从小琦刚才的眼神中读出了这一年来她的改变，以前的小琦从来都不会有这么忧郁和无奈的情绪。

阿南之前的三年住的是混合宿舍，其他三个人都是学涉外文秘的专科生。小琦和阿南住上下铺，又是老乡，无形中更亲近一些。小琦在阿南眼里，就是个长不大的孩子，晃晃悠悠地上了三年大学，单纯得跟张白纸似的，还没来得及在上面涂涂画画，就一下子被推进了社会。社会比学校残酷多了，不管你有没有准备好，该面对的必须要自己面对。记得大四下学期，小琦为了找工作的事情，几乎夜夜失眠，经常睡到半夜，就坐起来了，一直坐到天亮。阿南知道小琦那段时间过得很难，可那个时候，她并没有办法完全体会到小琦的感受。而且她正考虑自己的学业和考研的事情，无暇顾及小琦，只能很表面化地劝小琦几句。如今，阿南也开始体会到那种茫然失措的滋味，她不禁为自己那时候的冷漠心生愧疚。

简单地点了几个菜，连饮料都省了，直接上了米饭。小琦和阿南都饿了，所以一直到一碗米饭快见底了，才意识到还没开始聊天。两人不觉相视一笑，笑容里隐着一份拘谨。毕竟分开那么久了，难免有些生分。接下来，吃菜的速度明显放慢了，两人却遗憾地发现，想要找到彼此都感兴趣的话题实在太难了，毕竟分开了太久，生活的圈子完全变了样，只能又绕到工作和毕业的话题上来。小琦谈工作和房租的压力，阿南谈考研失利后的难受。原本很美好的聚会，变成了各自抱怨和诉苦的场所。分别的时候，两个人脸上的表情都有点僵。

阿南望着小琦乘坐的出租车飞驰而去，融入夜晚忙碌的车流中。马路中间车水马龙，路灯车灯四下闪烁，恍然有一种不真实的感觉。就像是在看一部超现实的电影，各种光怪陆离的画面，唯有暗藏其间的脆弱和悲伤是真实的。

回到宿舍后，阿南做的第一件事就是打开笔记本电脑。网络是她逃避现实的最佳途径。她以为自己会哭的，眼睛狠狠地眨了几下，没有眼泪，只是干涩得疼。

二

这段时间杭州的天气格外的冷。明明四月份就该很暖和了，可现在穿着羊毛衫还觉得有些单薄。天始终阴沉沉的，时不时下点小雨，就是见不到半点阳光。阿南宁愿现在一步跨入夏天，至少热得爽快。

都说杭州是天堂，其实冬天阴冷夏天湿热，滋味相当不好受。夏天的时候，宿舍里面只有一个风扇，很没有存在感地旋转着，不抬头看，根本感觉不到是开着还是关着。阿南算是挺耐热的人，也会有睡不着的时候，身上汗津津的，连带席子都是闷热的，要多难受有多难受。热急了，就到阳台上透透气，然后被蚊子逼着赶进屋。

“最近天气很热啊，杭州真是个天堂，离太阳太近了。”

大三临近暑假，宿舍热成了火炉。阿南忍不住在 QQ 上和岛抱怨了几句。

“男生这边都打地铺睡的，空间那么小，根本挤不下四个人。”

“女生这里打地铺的比较少，但晚上真有睡不着的时候。”

“唉，没办法。夏天一到，宿舍里根本待不住，所以我提前两周就在走廊上搭好了帐篷。”

“帐篷……”

“对啊，就是户外露营用的帐篷。我正好有一顶，就拿来安在了走廊窗户的下面。一开始蚊子老是往帐篷里钻，驱蚊水根本不管用。后来我又在帐篷里搭了个蚊帐，这下可以睡踏实了。晚上小风吹着，真是又凉快，又舒服。”

岛说得很惬意，阿南这边可就惨了。她边喝苹果醋边打字，冷不防被狠狠地呛到了，眼泪哗的一下流出来，鼻子又酸又疼，连带着整个脑袋都麻掉了。最让阿南郁闷的是，“罪魁祸首”本人对此毫不知情，还在那边悠哉悠哉地等着她回复呢。

“这办法也只有你能想出来啊。”

阿南咳了半天才回了这么几个字。她实在想象不出在走廊上搭帐篷，然后帐篷里又搭蚊帐是怎样的景观。90后的小男生，这思维还真不是一般的跳跃啊。

“那是。一开始睡帐篷的时候，别人都觉得我是个古怪的人。其他楼层还有人专门跑来看。现在天气热了，他们知道帐篷的好处了。我有个哥们儿挺眼红的，跑我这里窝了几晚，被我赶走了。一个帐篷挤不下两个人。”

阿南感觉得出来，岛是个很特立独行的人。他和宿舍其他人的关系并不好，之前还差点换寝室。

“他们总是觉得我很怪，不大爱和我说话。我也懒得搭理他们。本来不是一个世界的人，没有共同语言啊。”

矛盾最集中的那段时间，岛隔三岔五地在QQ上给阿南留言。阿南看到了也只能尽量开导他。其实那个时候阿南也面临着宿舍矛盾。宿舍其他人毕业后，她被塞到了比她低两级的小学妹宿舍里。虽然是同专业，但彼此差距太大，作息时间也不一样，时间一长，阿南就吃不消了。不过她从来都没有和岛提起过这些事。

男生处理矛盾的方式大都快而粗暴，几番较量之后，岛和其他几个人总算能够维持表面上的和平了。之后，他的心情也渐渐好了起来。

“学姐，你在阳台上能看到夕阳吗？非常美。”

阿南住的宿舍楼是S形的，分ABCD四个区。以前在D区住的是朝阳面，现在搬到了A区后，是背阴面，不用去阳台也知道是看不到的。

“看不到。有点遗憾啊。”

“没关系，我可以拍照片给你看。稍等一下。”

阿南被宿舍的问题折腾得够呛，根本没有什么心情去看风景。不过她还是删去了已经敲出来的拒绝的话。

过了几分钟，岛真的传来了照片。那是太阳在地平线上的最后几个瞬间。晕染在天空中的颜色，调和得那么绚烂，真的非常美丽。照片是在阳台上匆忙拍摄的，取景难免受到限制，其中有一张照片就把对面宿舍楼的一角也摄了进来。阿南一眼就认出，那是自己曾经住了三年的宿舍。虽然早就知道岛住在D区对面的宿舍楼上，可看到照片的时候，心里还是禁不住为这个小小的发现微微颤动了一下。一丝惊喜在心里弥漫开来，那是阿南许久没有体会到的幸福和温暖。

每一次聊完，阿南都会用记事本把聊天内容仔细地保存下来。如今一段一段翻看着，模糊的记忆重新变得清晰起来，一些莫名的情绪慢慢涌上心头。

“学姐，十一放假有什么打算吗？”

“我肯定是待在宿舍里了，出去哪儿都是人，没有意思。”

“那么就是在宿舍里看书、听音乐、看电影？”

“嗯，和平常一样，没有别的事情可做。你呢？有什么打算？”

“我打算去远足，只不过还没想好地方。”

像这样的对话，阿南就接不下去了。

阿南不喜欢到处走动，她是个缺乏安全感的人，喜欢戴帽子，喜欢有插手兜的衣服，喜欢把自己安置在熟悉的环境里，久而久之便成了一个地道的宅女。整体书柜上的电影海报已经陪伴了阿南整整三年，那还是她第一次在杭州淘碟时的附赠品。《八部半》《阿拉伯的劳伦斯》《放大》《铁皮鼓》《魂断威尼斯》《最后的莫西干人》，六张电影海报拼在一起，贴满了一个小小的空间。就算是换寝室，也要一并带过去，按照之前的排列方式重新贴好。虽然海报早就残破不堪了，可是看到就觉得心安，就觉得这是自己的空间，上面贴着属于自己的标签。阿南没事的时候，总爱用手指轻轻地抚摸海报，印刷纸粗糙的质地，有一种特别踏实的感觉。过去的时间好像都凝固在那些渐渐淡去的颜色上，本来无形的东西也因为有了依附，变得可以感知了。

岛是个喜欢旅行的人，用他自己的话说，在一个地方待太久了，大脑就不愿意运转了。所以他每学期都要离开学校一段时间，在行走中寻找不一样的感受。岛给阿南看过很多旅行时拍摄的照片，这些照片都有一个共同的特点：前景的人物都正对着镜头，眼神或淡漠或涣散，有时候甚至身体的一部分都被切到了边框外。照片真正的主角是后景中的人或物。蜷缩在角落里酣睡的小猫、飘在半空中的报纸、造型独特的垃圾桶、相互搀扶的老人……这些被照片中的人抛在身后的小细节，连同拍摄者本人的细腻敏感，都被忠实地记录在了照片里，形成了一种很有反差效果的张力。也就是透过岛的作品，阿南才体会到，原来照片也是有情绪的。

在所有的照片里，阿南最喜欢的是一张岛的自拍照，落日的余晖洒在玻璃门上，竟有一种近似黄铜的金属质感。岛的身影映在门上，变成了一道拉长的光晕。真是一张非常神奇的照片，把光影、景物和人那么协调地融合在一起，好像施用了什么魔法似的。当然，更深层的原因是，这是唯一一张有岛存在的照片。

三

“姐姐，姐姐！”

小学妹人还没到，声音就从走廊的一端飘了过来。阿南摘下耳机，一个高挑的身影闪进了宿舍。她呼吸还没调整过来，就又开始嚷嚷起来：“姐姐，我今天真是太高兴了！”

阿南用微笑示意她继续说下去。大四下半学期，她和几个小学妹的关系融洽了许多，也渐渐可以分享到她们的喜怒哀乐了。

“是这样的。今天下午，我接了个电话，说我有一份快递，让我去学校生活区拿。我当时就纳闷了，最近没从网上买过东西啊，不过我还是去了。你猜怎么着，是他！他到我们学校来了！老天，我根本都不敢相信。他让电话亭的老板冒充快递公司给我打电话。我看到他的时候，哇的一声就哭出来了。他翘了两天课，直接从日本飞过来，就是为了陪我过生日。姐姐，我真的好感动。”

“我也替你高兴。见一面太不容易了。”

小学妹的男朋友在日本留学，两个人是在网上认识的，平时只能靠语音和视频联络感情。谈了半年多，这次是第一次见面，也难怪她会这么激动。

阿南重新戴上耳机，把那个沉浸在幸福中的小学妹阻隔在了自己的世界之外。

虽然整日靠着网络打发时间，阿南却很少痴迷其中。她不写博客，不发帖子，QQ 常年隐身，所有的个人信息都是假的。网络上的阿南只是一个叫“绿洲”的虚拟符号，默默地潜水，没有人会注意到她的存在。阿南从来都不相信网络上的友谊和信任，小学妹的网恋在她看来只是不靠谱的游戏而已。

有时候阿南也忍不住感叹：就算是游戏，能有个人和你说话，关心你，时刻能够想到你，也是一种幸福吧。所以阿南纵容岛进入了她的世界，甚至在心里还希望能够一直保持这样的关系。其实每一次聊天，阿南提及的都是实实在在的自己，实实在在的事情。唯一有所保留的，只是自己的名字。不同的名字成了区分虚拟和现实的标志。

阿南曾经有过一次可以见到岛的机会，一次很意外的机会。

“学姐，给我推荐几部好看的电影吧。”

“我最近还真没有留意有什么好的新片。不过你周末可以来电影社团看片啊，免费的。我看了电影群里的通知，这次安排的电影都很好看。”

“好啊，你把时间和地点告诉我，我周末去看。学姐，你去吗？”

“不，我周末有事，就不去了。不过电影我都看过，等你看完了，我们可以一起交流讨论。”

阿南没有说实话，她其实是去了，而且去得很早。那是她卸去社长职务后，第一次去社团看片。或者，更准确地说，是去看人，看那个 90 后的小男生。阿南在心里始终把岛当成一个小孩子，一个喜欢伪装成熟的小孩子。

阿南坐在最后一排的角落里，很仔细地观察着进进出出的男生，心里暗暗进行揣测。摄像系的男生一般都比较高大，扛机器是个体力活。除了这点之外，一切都只能靠感觉。但那天来的男生里，并没有人符合阿南心中的形象。电影开始后，阿南盯着一排排的后脑勺，心里明白岛真的没有来。一场放映完之后，阿南离开了放映地点。

后来阿南才看到岛给她的 QQ 留言，他那天临时有事，等他赶到放映地点的时候，第二场都已经开始了。那一刻，阿南一方面为自己的准确判断而高兴，另一方面，她总算见识到了什么是阴差阳错。不过遗憾归遗憾，错过也就错过了，阿南并没有太把这件事放在心上。那天，她真的就只是好奇而已。

现在翻看当时的聊天记录，阿南觉得如果真的见到了岛，或许她就再没有办法和他网上聊天了。也就是在翻看的过程中，阿南才发现，原来他们已经聊了那么多内容。大多数的时间，都是岛在向阿南倾诉，倾诉苦闷，倾诉烦恼，倾诉悲观的情绪。成长的背景或许不同，但成长的心路还是有相同之处的。岛碰到的那些问题，阿南或多或少都遇到过。所有的话题中，提及最多的就是孤独感。

小时候的阿南不太合群，唯一的发泄对象就是自己的书桌。她喜欢用铅笔在书桌上胡乱写啊画啊，书桌的木料比较软，稍微用点力，就能用铅笔在上面留下抹不去的痕迹。就这样一幅画接着一幅画，直到桌子上全部都画满了，然后新的画再覆盖上去。这些重重叠叠的画只有她能够看得懂，这成了阿南童年最大的乐趣。后来这张书桌被重新漆过，并在上面加钉了三合板，现在还放在阿南的房间里。阿南有时候会忍不住摸摸桌面，她知道那下面有她的画，那是被封存的记忆。

阿南总是想办法把自己当初的感觉和事后的总结都分享给岛。无论自己开心还是不开心，都不会在聊天的时候表现出来。因为阿南知道，人有时候真的只是需要一个耐心的倾听对象。

“学姐，想和你聊聊好吗？”

“好啊。”

“学姐，我喜欢上了一个人。”

阿南愣住了，她的心狠狠地跳了几下，然后被整个提起来，不上不下。

“她是我的同班同学。高个子，白皮肤，真真就像书上描绘的那样，丹凤眼、樱桃嘴，精致得像个洋娃娃。”

看到“同学”二字，阿南长长地舒了口气，心也落到了实处。她被岛随后的描述逗乐了，连带心里那点隐隐的遗憾都给笑没了。真是个可爱的孩子，这样的形容词，自己是绝对说不出口的。她本来还想问问岛，是不是单纯因为长相才喜欢上对方的，这话终究没有问出口。

“你们平时有接触吗？相互了解吗？”

“我们的关系挺好的。平时出去拍外景，都是在一个小组里。她人很随和，说话挺温柔的。因为她年龄小，班上同学都很照顾她。我知道很多人都想追她，所以一直想着要向她表白。”

“那么你和她说了？”

“没有，今天我们上课时坐在一起，我有好几次都冲动地差点说出来，但最后还是忍住了。学姐，我心里真的挺难受的。”

“为什么？”

“我确实是喜欢她的，应该说是很喜欢。摄像专业本来女生就少得可怜，像这么出众的女孩子更是凤毛麟角，就这么放弃很可惜。可是我又不能允许自己那么随性。”

“其实大学里谈场恋爱也不一定是坏事啊，可以给自己一次机会的。”

“我觉得自己实在太冲动了。学姐，你也知道，恋爱很浪费时间，大学就那么一点时间，一晃就过去了。我是有计划想多看点书，多学点东西，如果把精力分散到其他事情上面，我会有一种负罪感。再者，她是个公主一样的女孩子，家境很好的那种。我当然是想宠着她，可是现在经济都没有独立，这样根本做不到。所以我还是决定放弃，虽然心里真的很舍不得。”

“你既然已经做出了决定，那么就请相信自己的选择。遗憾是会有的，但放弃有时候也意味着得到。”

“学姐，谢谢你，总是那么有耐心，和你聊天，感觉心里特别宁静。”

这是她和岛的最后一次聊天，也是唯一一次没有保存内容的聊天。

四

阿南摘下耳机，随手扔进了垃圾桶。一个月用坏三副耳机，她感觉很无奈。同样让她感到无奈的还有似乎怎么都完不成的论文。完不成的不是内容，而是格式。不知道为什么，论文的形式总是要比内容重要很多，改来改去，最后都没搞明白到底什么才是正确的格式。

晚上熄灯后，阿南照例抱着笔记本电脑去了六楼的自修室。说是自修室，其实就是在走廊的内置阳台里摆了几张桌子椅子而已。去了之后，都是熟悉的面孔，大家忙着各自的论文，准备着各自的材料。过了半夜两点，就陆续有人回宿舍休息，阿南通常都是最晚离开的那一个。身体有疲倦感，可一躺到床上就睡不着了，哈欠一个接一个，眼睛却怎么都合不上。

阿南也曾尝试着提前回去，强迫自己培养睡眠，结果根本没用。黑夜让听觉变得异常敏感，任何一点声音都不会放过，全部收在脑袋里，然后拼接成杂乱无章的噪音。在隔壁宿舍的“杀人游戏”玩到第三轮时，阿南终于忍不住从床上爬起来，又抱着笔记本电脑去了自修室。不过那天晚上，她一点都不寂寞。一只掌心大的飞蛾，静静地趴在墙壁上；一只个头挺大的甲壳虫，欢快地绕着窗帘飞；一只看不见听得到的蚊子，在阿南耳边嗡嗡地宣告自己的存在。阿南看看这个，再瞅瞅那个，恐惧顺着脊柱一寸一寸地往上爬，从骨头里面渗出来一丝一丝的寒气。她告诫自己不要去看不要去想，可人就是很怪，你越害怕什么，就越想去看什么。阿南度过了极为漫长的半个小时后，果断决定回去。翘在椅子上的脚刚打算放下去，她就看到，一只长脚蜘蛛正惬意地趴在她的拖鞋上。这是阿南第一次为自己不雅观的坐姿感到庆幸。

当然，这样的事情并不经常遇到，更多的时候是阿南独自坐在自修室里，一个人默默地守到天亮。到了后半夜，就算是拼命往肚子里灌热茶，该冷还是冷，该饿还是饿。这个时候，阿南就会产生疑问，自己干吗非要耗在这里无所事事？然而到了晚上，这样的生活又会继续重复着。唯有极度的疲惫，才能将阿南从混沌当中唤醒。

如果有可能的话，阿南宁愿就这么迷糊下去，把自己关在一个谁都看不到的世界里。可就算她隐匿得再深，还是会有东西突然闯进来，让她措手不及。比如偶然遇到个同学，打个招呼，闲聊几句。本来挺正常的谈话，偏偏会涉及许多敏感话题，这是阿南最尴尬的时刻。她努力伪装得很冷漠，事事都不放在心上，可各种消息还是无可避免地传到了她的耳朵里。

“阿南，小欣有没有考上研究生啊？”

“不知道啊，我最近一直没见到她。”

“阿南，听说阿三去报社实习了呢。”

“是吗，我还不知道呢。”

“阿南，昨天阿白回学校了，这个家伙现在在电视台主持晚会呢。”

“阿南……”

每一个字就像是一根针，无情地扎在阿南的心上，一次又一次，让她面对自己是一个失败者的事实。她一直想要选择性遗忘的事情，却要一再地从她口中说出来。其实从知道考研分数那一刻起，阿南就知道，她回到学校后的日子会很不好过。可当自己真正去面对的时候，才明白，真的不能简简单单地用“我很好”三个字敷衍过去。个中的滋味，明眼人一看就知道，只是大家都很有分寸，谁都不会主动戳破那层纸。

比起同学的问候，阿南更怕的是接到家里的电话。短信还好办，回几个字就行了。可是电话那头母亲的声音，会让她心里内疚、疼痛。每次放下电话，阿南做的第一件事就是打开网页，搜寻工作信息。也只有这时，她才会想起来，自己连份像样的个人简历都没有做过。

为了及时了解学校的各项安排，阿南还是会时不时地登录QQ，查看群通知。阿南每次上线的时间都很短，匆匆浏览完信息，就立刻下线。她知道岛一直在给她留言，可她一封都没有看过。

阿南记得那天，她刚和岛聊完，小琦就抱着个新电饭锅进了门。那天宿舍里就她们两个人，小琦煮了一大锅汤，甜玉米、西红柿、火腿再加上几片小青菜，色泽搭配得非常漂亮，光是看着就有食欲。再尝尝味道，咸鲜适口，相当不错。

“真好喝。同住了三年，没想到你还有这么一手。”

“那是。本姑娘的手艺一般人见识不到的，你真是很有口福啊。”

“你男朋友才是最有口福的呢。”

“他想得美，我才不会煮汤给他喝呢。”

“他又怎么得罪你了？”

“他，我真不想去提他。想起来就觉得很可笑。”

“到底怎么了？”

“他昨天给我打电话提出分手。就因为毕业，就把两年的感情放弃了，你说可笑不？”

“你有找他谈过吗？”

“有什么好谈的，他那人就这样，现实得不得了，一旦理智起来什么都不顾。你也知道的，平时一到快考试了，就理都不理我了，连短信都不发一条。我气极了就跟他说，哪怕他上厕所的时候给我发条短信也成啊，反正我又不知道他是上厕所的时候发的。我要的不多，只要他心里有我就好，可就连这点他都做不到。好像和我在一起，都是我拖累他似的，这个人，我算是看透了。”

小琦狠狠地搅拌着剩余的汤底，把全身的力气都使在了汤勺上。

阿南想到刚才和岛的聊天，同样冷静而又现实的选择，不觉得心也慢慢冷了。

一直以来，阿南都认为，这是中断她和岛继续聊天的原因，现在她明白了，这只不过是个引子。真正的原因在于，她不想让岛知道她失败的一面。

天气没有预兆地热了起来，阿南的论文也到了收尾的时候。她和同组的几个同学一起去办公室交论文初稿，下楼的时候遇到了老爷子。

老爷子在系里德高望重，也是阿南最尊敬的老师。大家围在老爷子身边，七嘴八舌地汇报着自己的毕业去向。阿南站在楼道的角落里，心里默默祈祷着能找到借口离开。

突然老爷子的声音传到了她的耳边：“阿南，你找到工作了吗？”

那一刻，所有的目光都集中到了阿南身上，根本没有她躲避的机会。

阿南瞬间调整了自己的表情，换上了轻松的笑容：“找到了，刚应聘上的，在杭州一家影视公司做策划。”

老爷子满意地点点头，大家四散而去。

阿南回到宿舍后，把自己反锁在卫生间。她正视着镜子中的自己，那是个完全陌生的幻影，陌生得让她不敢相信。她不清楚自己为什么会说出那样的话，明明简历石沉大海，她还要拿来当作挡箭牌。当然没有人会去在意这话的真假，但阿南在心里把自己塑成了一个可笑又可悲的小丑。她慢慢蹲下来，蜷缩起身体，背靠着冰凉的瓷砖，用手压住了抽噎的声音。

阿南平静下来后，拿起手机，第一次主动拨通了家里的电话。

“阿南，最近在学校还好吗？”

“妈妈，我想回家。我想明年再重新考一次研。”

阿南终于说出了自己内心最真实的想法。她彻底粉碎了伪装的外壳，在最亲近的人面前露出了内心的脆弱和无能。

跌落到最低谷，也许并不是什么坏事，至少，阿南找到了自己的方向。

回到家之后，阿南查看了岛给她的留言，然后一一删去。她重新注册了 QQ，把岛加成了好友。

“岛，你在线吗？”

岛的头像亮了：“我在。你是谁？”

“我是绿洲。”

阿南盯着电脑屏幕，感觉眼睛变得有些模糊了。

“学姐，是你？真的是你？原来你换号了啊，怎么没告诉我？我给你留言，你一直不回。我还以为你不愿意搭理我了呢。”

看到岛附带发过来一个开心的表情，阿南也不觉笑了起来：半年不见，还是那么的孩子气。不经意间，脸上有冰凉的东西流下来，停在了阿南的心上。

阿南重新注册的 QQ 名就是阿南。

天台上的麦子

一 天台

困是一种气味，从哈欠中带出来的气味。看不见摸不着，却实实在在地弥漫在宿舍里。不一会儿，整个宿舍就安静了，每个人都不由自主地张大嘴巴，好把困给呼出去，可一闭上嘴巴，困又从鼻孔钻进来了。就这么来回酝酿个几分钟，身子就开始软了，不听使唤了，想往床上靠。头一挨上枕头，眼皮马上就耷拉下来了，剩下的就是一个动作——睡。

我躺在床上，静静地听着其他三个女孩子的呼吸声。白天感觉不到，到了夜里就能觉察到，其实每个人呼吸的声音都是不同的。我上铺有点感冒，鼻子不通，所以每一次的呼和吸都不那么容易，阻力很大，动静也就很大。紧跟着的呼吸声就小了很多，这是从我对面的下铺传过来的。她是蒙头睡觉，呼吸声从被子的缝隙中挤出来，细细地，带着点羞涩，好像发出声音是一件不好意思的事情。而她上铺的呼吸声不大不小，气息也不长不短，恰到好处地插在前两个女孩的呼吸声之间的空隙中。一起一伏地，就有了韵律。三种呼吸声，带着女孩子特有的甜美，衬托得夜更加宁静。我却一点困意都没有。

我躲在被窝里翻看着短信，一遍遍地看着，连一个字都不肯放过。我想用这些字把头脑都填满，心却还是空得很。我合上手机，闭上了眼睛，突然一阵颤动从手心里传过来。我心头一怔，赶紧打开手机。不是小欣的短信，发信人是麦子。短信只有一句话：我在天台上等你。这句话瞬间驱走了萦绕在我心头的孤独落寞。

天台其实就是宿舍楼的楼顶。我们的宿舍楼整体上呈S形，依着楼形分成了ABCD四个区。从三楼开始，四个区相通。楼顶是个宽敞的平台，只在A区设有一个可以上到楼顶的小门。天台当然也是S形的，不过天台整体连成一片，不分区的。

我赶到天台的时候，麦子就坐在小门旁边的角落里，静静地吸着烟。细长的手指夹着同样细长的烟，黑暗里微微的一点火光，时隐时现，有一种说不出来的美。

“麦子。”

我轻轻地叫了一声。麦子转过头，笑起来的样子非常可爱。

“这么快就来了，过来坐吧。”

“这么晚了发短信给我，也不怕我关机吗？”

“我知道你不会睡的，所以才把你叫上来。”

麦子实在是太了解我了。她说我总是什么都写在脸上，高兴还是不高兴，一看脸色就知道。而她明白，有些事是要放在心里的。她厚厚的嘴唇不知封住了多少不该说的话，我却怎么都学不会。

“叫我上来干什么？”

“给你过生日啊。”

麦子指了指旁边，我才发现，她买了饮料和水果。

“谢谢。”

我几乎说不出话了。在我的印象中，麦子不是个浪漫的人，她把我叫上天台给我过生日的举动实在是让我惊讶。还没等我回过神来，麦子已经给我开了瓶可乐，而她自己喝的是啤酒。麦子无论喝什么都爱用吸管，喝酒也是如此，不过今天她没有用吸管，直接大口大口地喝着，中间没有停顿。

“我还以为你要花点时间才能找到这里呢。”

麦子用一种轻松的口气打破了沉默。她知道我向来没有方向感。

“其实我以前来过天台。”

“哦，原来是这样。我还以为就我一个知道这里呢！”

我话一出口，就后悔了。麦子失落的表情已经明明白白地落在了我的眼睛里。我看着麦子，心里有一种莫名的悲哀。

“你好像不怎么开心。”

麦子盯着我，很认真地问。

“没有啊。”

“算了，你那点小心思我还看不出来？是因为小欣吗？你们又吵架了？”

“没有。我们两个星期前就绝交了。”

说这话的时候我的眼圈红了。

“麦子，我想喝酒。行吗？”

麦子没说话，只是默默地递过来一罐啤酒，开口处插了根吸管。我咬着吸管，一滴眼泪很艰难地掉了下来。

“麦子，谢谢你给我过生日。我不应该不高兴，但我心里真的很难受。你知道吗？今天我收到了所有朋友的祝福，只是没有她的。没有短信，也没有言语，甚至连一个交流的眼神都没有。我不怪她，毕竟是我先提出的绝交。不过我心里真的很空很空。今天上课的时候，我一直偷偷看着她的。我真的很在乎这个朋友。麦子，我是不是很傻？”

“有什么心里话就说出来吧,不要放在心里,那样会更难受。我知道你们相处了那么长时间，一下子分开，肯定受不了。过去了就好了。”

麦子也只能这么安慰我。她把玩着空的啤酒罐，突然抬起头，笑着说：“其实，我今天也不开心，我和小林也绝交了。”

“什么时候？”

“就在今天晚上。”

“麦子……”

二 小欣

我找不到合适的词来描述小欣是一个怎样的人，能够回想起来的只是一些零碎的片断。

“我们在一起的时候，我是很依赖她的。记得我们一起去上海买碟，我印象最深的就是我们累得筋疲力尽，坐在延安路边，一人捧着一杯关东煮，看着来来往往的行人。我当时真的饿坏了，一天没怎么吃东西，把关东煮的汤都喝得干干净净。空杯子舍不得扔，一直捏在手里，明知道里面没有东西了，还是会忍不住举起来看看。那时候天已经全黑了。我是第一次去上海，分不清东南西北，一路上全靠着小欣。她去过几次上海，知道该往哪儿走。去碟店的路上，我一直紧紧拉着小欣的胳膊，心想要是没有她的话真是全完了。

“小欣对我好起来是真好，什么都想着我。记得在上海的时候，她一直好心地提醒我说，不要过于张扬，这样会给旁边的人造成压力。校话剧节，我的剧本获了奖，她在彩排现场知道消息后，马上就给我打了电话。彩排现场乱哄哄的，我在电话那头什么都听不清，她就跑出去告诉我，结果回来的时候才发现，她一激动，竟把口红当眼影涂了。幸好是晚上，外面没有人发现她的红眼圈。平时，要是老师留了创作题，小欣总是找我一起讨论，我也把她当作最要好的朋友。

“不过，说心里话，有时候我挺怕收到小欣的信息，她总是要我和她一起商量事情，都是些零零碎碎的事，一商量就是大半天。我做事的时候，她也总是在我身边，给我出出主意啊，帮帮忙之类的。所以我们天天在一起，大部分时间都是在说，不停地说，然后就会因为某一句话不合而争执起来。麦子，朋友之间应该是很轻松很快乐的，可是我和小欣在一起的时候，怎么说呢，很累。是心累。”

“你和小欣在一起的时候，有过快乐吗？”

麦子的问题让我想了很久。

“我也说不清楚。应该有过快乐，但更多的是争吵。我希望给彼此留一点空间，不要整天泡在一起。不过又总觉得离不开她。也许就是这种依赖的感觉让我很矛盾吧。要知道以前我都是独来独往的，整整六年，没有任何的朋友。上大学后，开朗多了，不过有时候还是喜欢一个人独处。我们之间只要发生争执，我总觉得都是因为我不好，我不懂得怎么与人相处。我只知道，我很珍惜和小欣之间的友谊。她让我帮忙，我从来都没有拒绝过。”

“那么她拒绝过你吗？”

麦子的话让我非常惊讶，我从来都没有考虑过这个问题。

“好像没有。不，我想起来了。对，是有一件事。那天要放映电影，放映员提前请了假，本来该我去放的，我临时遇到点事，应该是挺重要的事吧，我必须得离开。在走之前，我得找个人来帮忙。那天我几乎给所有我认识的人都打了电话，可是大家都没有时间。后来我的手停在了一个号码上，是小欣的。我没有给她打电话。我心里特别怕，不知道怕什么。我其实第一个想到的人就是她，但就是不愿意打给她。我后来还是打了电话给她，果然，我最不希望的事发生了。”

“她拒绝了你？”

“如果仅仅只是拒绝也没有什么。小欣说她在市区不能回来，我说，那好，我再找别人，然后就挂了电话。她立刻打回来，说我的语气有责怪她的意思。我承认我当时很着急，但是在电话里，我一直小心翼翼地不让自己流露出一点失望的情绪，我怕她多心。那天我怎么解释都没有用，她就是不相信我。我们通话大概有半个多小时吧，直到我手机没电了，也没有说清楚。麦子，我就知道会有这么个结果的。真的，我都预感到了。”

麦子重新点了一根烟，静静地看着我，我忍不住低下了头。

“我也不知道怎么会说这些，我从来没有和别人说起过她。我很在乎她的，就算是伤害我自己，也……”

天台上的风很大，我感到有点冷，才发现自己只穿了一件背心。

“麦子，我从来没有在人前提起过这件事，没有人会相信的，可它就真的发生了。如果不是发生在我自己身上，我连做梦都想不到。麦子，你还记得电影社团举办的讲座活动吗？”

“当然，连续三天。我还去听了呢！”

“活动就是我和小欣一起策划的。为了纪念07年故去的三位电影大师：伯格曼、安东尼奥尼和杨德昌，我们组织了三场讲座和三场放映活动。筹备过程一直不太顺利，好在有她为我出谋划策。终于到了第一场讲座开始的那天，我找小欣去提前布置教室，没想到她还在为做海报的事生气。我们在她的宿舍僵持了一个多小时，她的情绪还是无法平静。我心里特别着急，眼看就快到讲座开始的时间了，必须赶过去，可是我又不能把她丢下不管。以前我们也经常争吵的，不过她从来没有像那次一样，情绪那么激动。后来……”

“后来怎么了？”

“小欣说做活动耽误了她的学习，眼看英语考试在即，她还没有做过一份试卷，而这一切都是为了我。现在弄到这个地步，她必须要出气。她要我和她去操场，把我们之间的事情做个清算，这个清算就是她打我一顿。”

麦子一脸惊讶：“怎么可能？”

麦子的反应是很正常的。小欣在同学面前始终是一个温和开朗的人，连一句粗话都没说过，而且人缘非常好。

“那么，你答应了？”

“是的，我跟她去了。我知道她生气，只觉得都是我个性太孤僻造成的，她也总说我不会与人交往。最重要的是，我以为她是说着玩的。我们去了操场，天都快黑了，就我们两个人。然后……”

“她真的动了手？”

“是的。”

我痛苦地闭上了眼睛，哽咽着，没法再说下去。其实在去操场的路上，我左边的胳膊就被小欣掐得很痛。我一直忍着，没有吭声。我们走出宿舍楼的时候，我遇到了我的三个室友，她们好像觉察出了什么，而我什么都没有说，只是很艰难地笑了笑。直到那个时候，我都不相信她会真的动手。事后想起来，也许那时，我应该给室友一些暗示的。到了操场以后，小欣一下子就把我推倒在地，然后就是一番拳打脚踢，每踢一脚都很用力。当时，我已经顾不上了，真的就在地上滚起来。在她踢的过程中，我有几次试图站起来，都被她重新按到地上。直到我开口求饶之后，她才停下来。小欣就站在那里，低着头，看着倒在地上的我挣扎着爬起来，在这个过程中，她一直盯着我，冷漠的表情让我心里不寒而栗。我真的不知道，她那时究竟是怎样的心态啊。

一直等我的情绪平复下来，麦子才小心翼翼地问道："那么后来呢？"

"后来，她硬把我拉去了讲座地点。我是不想去的，我知道我的样子肯定狼狈不堪。去了之后，都是熟悉的朋友，我连头都不敢抬。幸好放映员去接了老师，布置好了一切。大概在后排坐了5分钟后，小欣出去倒水，我就趁着这个空当，几乎是逃回了宿舍。等身体好了一点之后，我又回到了讲座地点。你知道的，老师是无偿做的讲座，我作为社长，必须要去感谢一下，另外放映用的碟片也在我那里，我得交给放映员。我到那儿的时候，她已经离开了。"

麦子忍不住说道："我想起来了，那天晚上她发现你不见了，特别焦虑，讲座没怎么听就要走。我陪她去了好几个地方找你，还去过你的宿舍。那时你应该又回到了讲座地点，而我们不知道。我从来都没见她那么着急过。一直到很晚，你才来我宿舍，说要感谢我们帮忙宣传活动。正好，她就在我宿舍里，见到你的时候特别高兴，你却表现得很冷淡，只是说有点不舒服。我和她还把你送到了楼梯口。"

其实比起之前的事，楼梯口才是我最不愿意回忆的地方。

"我当时身上又痛又累，一心想着回宿舍。那天晚上好冷，我又没有一点热水。好在那时还没有熄灯，我可以烧点水用。可是，她就在楼梯口拦住了我。"

"她又伤害你了？早知道我就该把你送回宿舍的。"

麦子紧紧地握住了我的手。

"没有，她只是非要把事说清楚。还有什么好说的呢？我连站着说话的力气都没有啊。我告诉她，我们性格不合，不能再做朋友了。她还没听我说完，就崩溃了，不停地哭。她说是她的错，要我原谅她。我心里没有责怪她的意思，发生过的一切我都不想再计较了，只想赶快回到宿舍。可是她就是不肯放过我。我狠下心，甩开了她的手。我匆匆下楼，她紧跟在后面。我的宿舍就正对着一楼的楼梯口，眼看还有几个台阶，我就到宿舍了，结果她抢先一步下了楼，然后……”

之后发生的事我真的没有办法说下去了。那一瞬间我全部的意识都被冲毁了。小欣居然给我跪下了，实实在在地跪下了，非常干脆地，没有任何犹豫地跪下了。她就跪在楼梯口和我宿舍之间，而我站在最后一个台阶上，双手努力地支撑在扶手上。她没有说话，眼睛紧紧盯着我，我看到大滴大滴的眼泪从她眼眶里滑落，每一滴眼泪都重重地落在我的心上。

“麦子，从来没有人这么待我，从来没有。她给我跪下了。麦子，我还能怎么办呢？我有的只是心痛，特别特别痛。她击中了我内心最脆弱的地方。”

麦子脱下外套，把我们俩裹在一起，我紧紧靠着她，感到从她身上散发出来的温暖，心也慢慢充实起来。

我依偎在麦子身边，继续说道：“那天晚上，她就是用这种极端的方式把我留在了她身边。我们坐在台阶上，她紧紧地抱着我，头靠在我的肩上，像个不知疲倦的孩子，不停地向我诉说。说她的家庭，她的父母，她的爷爷奶奶，她的叔叔；说她的童年，她的中学，她的理想；说这次的英语考级对她有多么重要，她一心想要出国的。那天晚上她几乎把她进大学前的所有经历都告诉了我。在这个过程中，我的眼睛一直盯着我宿舍门上的天窗，看着原本亮着的灯在我眼前熄灭，看着时间就这么一点一点过去，而我的记忆还一直停留在那个瞬间。后来，她说着说着几乎快要睡着了，这才肯放开我。回到宿舍，我用凉水草草洗漱后，终于躺到了床上。我蜷在被窝里，感觉特别特别的冷，手脚都是冰凉的，浑身都在发抖，身上每一处都在隐隐作痛。最疼的是左边的胳膊，碰都不能碰，后来我才发现，被她掐青的地方肿了一片。那天晚上我一夜都没有合眼。”

“那之后你们好像又在一起了。”

“是的，又在一起了。可是不一样了啊，我们不可能像以前那样了。虽然我努力想忘记发生过的事，可是怎么都忘不了啊。每次和她单独在一起的时候，心里都很慌，不知会发生什么。小欣告诉我，她有时候会控制不住自己的情绪。她说只有在最信任最亲近的人面前才会暴露出这一点。不过她向我发誓，不会再伤害我。她说的话我都相信，我知道她的内心其实就是个孩子。麦子，她最打动我的就是这一点。有件事是我永远都忘不了的。那天下着大雨，我从图书馆出来，一路小跑往宿舍赶。大概跑到体育场附近，我看到有个人呆呆地站在那里，仰望着天空。我想这是谁啊，仔细一看，是小欣。那时我们还不是朋友呢。我连忙跑过去问她：‘下这么大的雨，赶快回去啊，你还傻站在这里干吗？’她用手指了指前面的树：‘你瞧，那上面有个鸟窝。我想看看雨会不会淋到鸟窝啊。’我每次想起这个事都忍不住想笑。她那天刚做了头发，满头的小发卷都被雨淋湿了，却还想着鸟窝。有时候我们吵架，我气得不行，一想到这件事，我就原谅她了。她只不过是个有点任性的孩子啊。麦子，如果没有之后发生的那件事，我想我会慢慢好起来，然后和她继续做朋友的，不过……”

这次麦子没有追问，她明白我要调整一下情绪。

“那天是在小欣的宿舍，宿舍里就只有我和她，我们要讨论剧本。本来说好到我宿舍来的，我的三个室友都在宿舍，我在宿舍里等了她三个小时，哪儿都不敢去，结果她临时变卦，非要我去她那里，说她宿舍里就她一个人，安静。我就去了，心想反正第二天我就要坐火车回家了，不会有什么事的。可是，没想到，我们又发生了争吵，就是因为一句话。麦子，那天我刚收拾好行李，没有力气也没有心情吵架，只想把手头的事赶快做完。可是她一点都不理解我。她哭了很久，说我不在乎她。

我想尽办法安慰她，她听不进去，而且情绪越来越激动。我当时心里特别乱，就感觉脑子里好像有一根绷得紧紧的弦，随时有可能会断。我知道那根弦断了，我也就完了，所以我一直控制着我自己，可是心里急得不行。而她还是在生气，用言语刺激着我。僵持了很久之后，她突然爆发了，把我狠狠推在了地上，准确地说是推到了行李箱上。我的后背撞得生疼，就是在被推到地上的那一刹那，那根弦断了。”

麦子用外套把我裹得更紧了。

“那天我都不知道是怎么回到宿舍的。直到第二天坐出租车去车站的时候，整个人还是恍恍惚惚的，把行李都落在了车上，幸亏后来及时找到了。暑假里，我关了机，没和她有任何联系。一回到学校，我就和她提出了绝交。如果再这么继续下去，我们俩都会完了。她那天也还算平静，只是希望我在同学面前不要对她过于冷淡，她是很爱面子的。麦子，我很难，真的很难。我很想和她在一起的。”

我软软地靠在麦子身上，眼泪打湿了她的 T 恤。

三 小林

小林是麦子的室友，也是麦子在大学里最好的朋友。小林是一个近乎完美的女孩。她的成绩在班上是最好的，几乎每个老师都很喜欢她。小林的优秀征服了所有的人，她所取得的一切在旁人看来都是她应得的。而且，小林长得非常漂亮。小林选择了麦子做她的朋友，两个人整天形影不离，好得像一个人似的。所以我实在想不出，她们为什么会绝交。

“麦子，你和小林到底怎么了？”

麦子没有说话，默默地点了一根烟。我发现她的手抖得厉害。

“其实从开学到现在，我们没有说过一句话。”

麦子非常平静，可是在我听来却不是那么一回事。我知道，麦子是一心一意对小林的，她把小林看得比什么都重要。是什么让小林忍心和麦子绝交呢？我急于想知道答案，却没有办法开口，我怕麦子伤心。

“是我先提出分开的。其实谁说都是一样，我们是不可能再继续下去了。”

麦子的话语那么悲哀，可她却是微笑着说的。

“小林看起来很坚强，喜欢为朋友打抱不平，其实她特别单纯。有时候简直就是太傻了，被别人骗了还不知道。我就是想保护她，不想让她受到伤害。在我心里，她就是个天使。真的，她就是个天使。”

“也许小林并不像你想的那么完美，”我受不了麦子内心的悲哀，“不要这么伤心。也许我的话会让你生气，可我还是要说。小林真的不像你想的那么好，她不值得你为她付出这么多。记得有一次，你生病了，我去看你。你躺在床上连抬头看看我的力气都没有，可是小林却在一旁开着音响又唱又跳。我当时差点就火了，真想把音响给关了。你需要安静，她却只顾着自己。后来大概过了十来分钟，小林说要上床休息，其他人一听，马上就把电视什么的全关了，那时候才9点半，还不到睡觉的时间。后来我才知道，这是你规定的，只要小林一说要休息，别人就不能发出一点儿声音。这不公平，真的。你太宠她了。可是，你对她的好，她并不知道。”

麦子笑了：“小林的神经很脆弱，只要有一点点响声她都睡不着的，所以我才定了这个规矩，同住一个宿舍，大家得彼此照顾。就算是这样，也不行，半夜谁打个呼噜，她都会被惊醒。只要睡不好觉，她就不想吃饭。不吃饭怎么行啊，我就买点面包和饼干，在下课的时候悄悄塞给她，我知道她会肚子饿。

她还嘴硬，说不要，其实呢，她是很想吃的。每次我都会看着她乖乖吃完。”

“那她也不该在你生病的时候还唱歌啊。”

“是我让她唱的，我喜欢听她唱歌。看到她开心地笑，我心里高兴。其实小林很苦的，她的苦都藏在心里，跟谁都不说。这个丫头，她以为自己很坚强呢。我也是在很偶然的情况下才知道的。有一次，小林和老乡聚会，她一口气喝了 5 瓶啤酒，最后硬是被别人劝住了。她回到宿舍的时候，已经醉得不成样子。我带她去了天台，她趴在我怀里一直哭。就是那天晚上，我才知道小林有多可怜。”

麦子把烟摁灭了，深深地吸了一口气。

“小林的妈妈当年是个大美女，一心只想找个漂亮的男人。挑来挑去，最后相中了小林的爸爸。小林爸爸除了长得好，其他一无是处。一开始，小林妈妈跟着他还算是心甘情愿，后来她自己开了家公司，生意越做越大，而小林爸爸却什么忙都帮不上。小林妈妈明白了，自己选的这个漂亮男人只能当饭桶养着。想清楚后，小林妈妈和小林爸爸离了婚，不久就改嫁了，那时候小林刚上小学。她爸爸离婚之后就远走他乡再没有回来，小林是跟着她妈妈过的。”

我不知该说什么才好，小林从来没有向别人谈起过她的家庭。

“小林妈妈不喜欢小林，老是说她不够漂亮，做她的女儿太丢人了。她妈妈平时和朋友聚会什么的，从来不带小林。当着外人的面，她也不让小林喊她妈妈，而是要叫她张小姐。”

“啊？”

“想不到吧。小林妈妈虽然年过四十，不过真的显得很年轻。我看过照片，非常漂亮。记得有一次，小林妈妈打来电话，说给她买了一条很贵的裙子，纯手工绣的花。她妈妈还说过两天就给她寄过来。小林从放下电话的那一刻起，就在等那条裙子，结果一直等到学期结束了，也没见寄来。后来放假回家，小林还真见到了那条裙子，不过已经被她妈妈穿身上了。她妈妈说想来想去，觉得小林穿上肯定不好看，就留着自己穿了。”

“可是小林也很漂亮啊。”

我心里还是很不理解。

“小林长得像她爸爸。”

这下我全明白了。

“小林的妈妈后来又给她生了个弟弟。有了这个弟弟之后，小林在家里就更没有地位了。她妈妈的眼睛全长在她弟弟身上，从来就没拿正眼看过小林。小林为了让她妈妈注意到她，只能拼命地学习。可就算是她门门都考一百分，她妈妈还是一样不喜欢她。”

我忍不住插了一句：“她妈妈太狠心了。”

“好在小林的爷爷奶奶很疼她。小林的初中和高中都离她奶奶家近，小林有时索性就住在她奶奶家里。她爷爷奶奶很宠她，天天变着法子给她做好吃的。小林妈妈知道以后，说什么都不让小林去她奶奶家里。小林不听，还是要去。后来一到放学时间，她妈妈就开个车，在学校门口等她，看见小林一出校门，就把她拉上车带回家。小林不知哭了多少回，后来她实在想爷爷奶奶了，就只能趁她妈妈外出开会的时候，偷偷去。”

我几乎听不下去了。在学校里，小林唯一提过的就是她的爷爷奶奶。小林到大学的第一学期，她的爷爷奶奶还大老远地跑来看她。

“小林在家里不受重视，在学校却是大家的焦点，老师同学都喜欢她。高中三年是小林最快乐的时光。不过很快，她又遭受了一次打击。小林的成绩一直非常好，她最大的梦想就是要考上北大。结果，高考的时候，她失误了，差几分没上重点线。你知道吗？三次模拟考试，小林每次都是600多分啊。小林一心想着复读，却没想到她妈妈已经给她填报了志愿。小林来这个学校是不甘心的，她就算把奖学金全拿了，也弥补不了她内心的缺憾。”

麦子又点了一根烟。相处这么长时间，我从来没见过她吸烟。这会儿，她一根接一根地吸，眼见一包烟就快没了。

“那天晚上，她对我说的话，我一辈子都忘不了。我发誓要好好待她，哪怕全世界的人都抛弃了她，我都会一直陪在她身边。我要让她知道，有个人会对她好。”

麦子正要把烟往口中送的时候，我握住了她的手。

“麦子，别勉强自己了。你对小林的好，大家都看在眼里的。你已经做到了。”

麦子很无奈地摇摇头：“还不够啊。真的，我做得还不够好。你知道小芳吗？就是小林整天挂在嘴边的小芳，那是她高中的同学。在小林心里，小芳才是对她最好的人。她总是把我和小芳做比较。有时候，我不让她做一些事，她就说如果是小芳的话，就不会干涉她。我最受不了的就是这一点。她不明白，这对我的打击有多厉害。不管我怎么对她，我都比不上小芳。有时候，我觉得根本就没有什么小芳，这全是她自己凭空想象出来的。你说，世界上怎么会有那么完美的人呢？”

麦子的手在颤抖。何止是手，她的全身都在颤抖。我从来都没有见她那么激动过。她低下头的那一刻，我看见了她的眼泪。

“抱歉，让你看笑话了。”麦子抹去了眼泪，重新换上了笑容。

“没什么，我理解你的心情。”

“不，没有人会理解我的。就连我自己都不能理解我自己。说心里话，我对小林，也许并不仅仅是友情。你明白吗？是实实在在的喜欢啊。”

我几乎呆住了。麦子看着我，她的眼睛清澈得让我无法回避。她刚才说的话好像全都融进了周围的黑暗里，消失得干干净净。我们就这样对视着，屏住了呼吸。直到实在忍不住了，我才深深地吸了口气。

“真奇怪啊，我从来没想着要把这件事说出来。连我自己都不知道为什么要告诉你。”

“别担心，我不会说出去的。”

我知道麦子对小林好，可是我却没想到这种“好”是因为“实实在在的喜欢”。

“麦子，我很想知道，你是什么时候开始，喜欢小林的。”

我犹豫了半天才说出这么一句。

那一瞬间，麦子的微笑是那样单纯而美好，就好像一个孩子在品尝一滴蜜露一样，带着回味和留恋。

“那还是在刚进大学的时候。有一次，小林不知遇到了什么开心的事，一进门就抱住了我。我当时心里怦怦直跳，一点都不夸张，跳得可真厉害啊。最要命的是，我闻到了她头发上的香味，我实在形容不出那是怎样的香味，但非常非常好闻。那香味就像她柔软的发丝一样，一直缠绕着我。过了好几天，我还能清楚地感觉到残留在我身上的香味。也许我对她的感觉就是在那一刻产生的吧。后来，我专门去买了她用的洗发水，一模一样的洗发水。我回去就兴冲冲地洗了头发，可是却怎么也闻不到那种香味。我试了好多次，后来就放弃了。也许只有用在她的头发上，才会有那种香味吧。是的，一定是这样。”

“仅仅就是因为这种香味吗？”

我的问题让麦子的笑容凝固了，好一会儿，才慢慢舒展开来。

“也不完全是，但这肯定是最重要的。那时候的小林在我眼中，就是个让人心疼的孩子，胆子特别小。她没和陌生人一起住过，连喝水都担心水不干净。每次都是我用吸管喝一口，告诉她没事，她才肯喝。我就这么养成了用吸管的习惯。现在的小林和那时候相比，变了很多，很多很多。她变得太快了，有时候，我觉得我已经跟不上她了，感觉她随时都会离开我。于是我就拼命地想把她拉回来，但这么做只会让小林更想摆脱我。我其实只想把她永远捧在手心里，不让别人伤害她。”

麦子的话让我心里很难受，我又想不出安慰她的话。在麦子看似沉默的外表下，却隐藏着如此细腻的心思，实在是我没有想到的。好在小林已经和她分开了，也许麦子以后会慢慢淡忘小林，会慢慢淡忘“那种感觉”的。

那天我们聊到深夜。后来我实在支撑不住，想回去休息，我们第二天一早还要上课。麦子却执意不肯离开，说还要在天台上坐一会儿。我只好独自离开。我走到小门的门口，回头看见麦子还坐在那里，手中的火光时隐时现。那一刻，我感到一种深深的悲哀。为麦子，也为我自己。

四 麦子

以前，我只是把麦子当成一个普通的朋友，经历了天台的谈话以后，我发觉空落落的心一下子有了可以依靠的地方。而麦子也似乎有意无意地，和我走得更近了。

和麦子在一起，我感到特别快乐。那是一种突然释怀后的解脱。我不用去掩饰什么，也不需要去考虑什么，这种放松，和小欣在一起的时候是体会不到的。然而我内心深处又有一种恐慌。我不知道和麦子的友谊会维持多久，我很怕失去她。如果有可能的话，我想把她紧紧攥在手里。也许就是因为这个缘故，我总是想要和麦子在一起，只有看见她，心才会安定下来。我没有办法控制自己，我只知道，我需要麦子。

麦子并没有觉察到我内心的变化。她虽然和小林已经绝交了，但其实心还是放在她的身上。在教室里，小林总是爱坐在第一排的中间位置，而麦子喜欢和我一起坐在第二排靠窗的位置上。我知道麦子是为了能看到小林。我不敢去看麦子的眼神，我知道她心里有多么快乐又有多么悲哀。

相比麦子对小林而言，我觉得自己实在太冷漠了。我对小欣已经没有了最初的心疼。虽然每次看到她，都会让我想起很多以前的事，不过我总是能从失落的情绪中很快挣脱出来。我曾经以为的痛彻心扉只存在了那么短暂的时间，以至于让我怀疑我是否真的付出过那么多的努力。可是回想起来，我们相处时的每个细节都是那么的真实，我才发现，原来，连我自己都读不懂自己的心。

感恩节那天晚上，麦子把我约了出去，她说要带我去个好玩的地方。我想都没想就答应了。约好 8 点钟在生活区门口见面，我去的时候，麦子已经等候在那里了。

我连忙跑过去："等很久了吧？"

麦子抬手看看表："也就 10 分钟吧，现在正好 8 点钟，真准时啊。"

我得意地说:"那是,别忘了,我一向是踩着铃声进教室的。这可不是一朝一夕就能练就的功夫。"

"不过也有例外啊。"

麦子说这话的时候一脸坏笑。

"例外"指的就是天台谈话后的第二天早上。我破天荒地睡过了头，定的两个闹钟全都吃了"哑巴药"，要不是麦子打电话说老师开始点名了，我还赖在床上不肯起来呢。等我从后门溜进教室的时候，已经足足迟到了 20 分钟。下课的时候，我很不好意思，主动跟老师道歉。老师翻看点名册，上上下下查了一遍，说："哦，今天我是抽查，没点到你的名啊。既然你自己主动承认了，那我就记上迟到吧。”老师的话差点没让我背过气去，扭头一看，麦子已经在我身后乐开了花。

麦子骑着借来的自行车带着我到处转，我不知道她要把我带到什么地方去，我也不想问。反正自己分不清东南西北，也就不管了，我信任麦子。马路两旁整齐地种着花草树木，路灯昏黄的灯光透过树叶的缝隙照下来，洒落了一地零零碎碎的影子。麦子的自行车就在这光与影之间灵巧地穿梭着。我坐在车上，晃荡着两条腿，小风吹过来，舒服又惬意。记得上小学的时候，学校离家很远，爸爸就是用一辆破旧的自行车载着我去上学。我总爱趴在他的背上小睡上一会儿，爸爸结实的后背就是我的枕头，而老自行车发出的嘎吱声就是我的催眠曲。后来我就一直渴望着会有个男生用自行车载着我到处转悠。不过还没等到这个男生出现，我就先坐上了麦子的车。

转悠了差不多有半个小时，麦子终于停了下来。我连忙下车，扫视了一圈。周围好像是个大学的生活区，两边都是各种店铺，店铺上面的楼层大概是学生宿舍，路上走的也多是学生。不过环境完全是陌生的。

“这是哪儿？”

“理工大学的生活区啊。”

我知道理工大学是在大学城里，不过方位还是没搞明白。

杭州的大学城大概是 2003 年才开始兴建的。据说到了 04 年的时候，这里还是一片荒凉，到处都在施工。晚上过了 9 点以后，街上除了农民工，没人敢在外面转悠。现在已经很热闹了，各种配套设施也陆续建了起来，几乎每个学期放假回来，都会发现新的变化。就说我们学校门口的商业街吧，店铺都已经重新“洗牌”好几次了，现在正在重新修路。我刚进大学的时候，还以为这里只有我们一所学校。后来才知道，杭州电子科技大学是我们的对门，杭州职业技术学院是我们的邻居。大学三年里，我只去杭州电子科技大学“串过门”。当时就一个感觉，这个学校太大了。在我看来，住在这么大的学校里面是件挺可怕的事。宿舍离教学楼太远了，想去食堂吃个饭还得过马路，实在太不方便了。想来想去还是我们自己的学校好，十来分钟就能走个来回。现在我有点后悔了，早该出来转转的。以前只知道闷在学校里，不是去图书馆看书，就是在宿舍看电影，偶尔翻译点电影字幕，就算是最大的乐趣了。

麦子要带我去的是理工大学生活区路边的“下沙大学生创意一条街”。其实说白了就是街道办事处划了块地方，规定以后每周三、五、六、日这四天晚上，学生可以到这里摆摆地摊，做点小买卖。我和麦子逛了一圈，发现不到 100 米的路上，设了近 70 个摊位。来卖东西的除了学生，还有一些外来打工的人。卖的东西其实都是从服装市场和小商品市场进来的，这些东西在商贸城里已经见惯了，不过还是吸引了大批的学生。这里光线很暗，光靠路边几个稀稀疏疏的路灯，什么都看不清楚，所以每个摊位上都备有一两个充电小台灯。

那天，我们一直逛到很晚才回去。我坚持要步行，毕竟好久没出校门了，刚才逛街的热乎劲儿还没散去。走到一个小店铺门口，麦子停下了。

“那天我就是在这里买的烟。”

我看了看，果然，店铺的架子上放了好几排烟。

“要不要进去再买点？”

“不用了。”麦子不好意思地笑了，“你没发现吗，其实那天晚上是我第一次吸烟呢。吸一口，赶快就吐出来，所以一根烟很快就吸完了，其实根本就没进到肺里。说实话，我可不喜欢那个味儿，以后再也不敢尝试了。”

“原来是这样啊。你是因为和小林分开，觉得难受，才买烟酒消愁的吧。”

话一出口，我就后悔了。我向来不知道哪些话该说，哪些话不该说。听了我的话后，麦子一声不吭。我心里内疚得很，却找不到合适的话题来打破僵局。我们就这么默默地走在空荡荡的路上。

不知走了多久，麦子又停了下来。

“现在有两条路，要么直走，再拐个弯就到学校了。要么就从花园里绕一圈，里面很好玩的。你来决定吧。”

“当然要去花园里看看了，我还没去过呢。”

“你这个地道的宅女，也不怕我把你拐卖了？”

麦子有心情和我开玩笑，说明她已经忘却了刚才的不快。

“我要是害怕的话，早在你骑车带我那会儿，就喊救命了。”

我跟着麦子进了花园后，才发觉真是上了当。花园里面一个人都没有，黑灯瞎火的，什么都看不见。麦子怕我摔倒，所以一直扶着我。

“怎么样，害怕吗？”

“不怕。”

我的眼睛慢慢地适应了黑暗。

麦子一边走，一边告诉我，底下有台阶，旁边是湖，前面还有条长廊。我顺着她指的方向看过去，一一辨认了出来。她告诉我，正是由于这里没安路灯，所以很多学生情侣都特别喜欢来这里约会，我们刚走过的地方就有好几对依偎在一起。

“晚上这么冷，约会的滋味肯定不好受啊。要是夏天的话，估计人会很多吧。”

“夏天才不好受呢，蚊子多啊。”

麦子一句话就把我逗乐了。杭州的蚊子可是出了名的厉害。

“你冷吗？”

“有点儿。”

刚才逛街的时候，人多，没觉得怎么样。现在突然感到一阵阵凉意。

“你就穿了一件衣服，还是短袖的，这怎么行？”

“我没想到晚上这么冷啊。”

“呀，手这么凉啊。”

麦子突然抓住了我的手，没有任何预兆地。她刚才下台阶扶我的时候，我还没有什么感觉，而现在，我的心跳得飞快，脸上也有点发烧。麦子的手很大，她把我的手紧紧地握在手心里，我能清晰地感觉到她手掌间那几道深深的纹路。她的手很软很轻，手心微微出了点汗。麦子就这么把我的手放进了她外套口袋里，而她的手一直握着我的手，始终没有放开。口袋被两只手撑得鼓鼓的。由于手放在她的口袋里，我必须得贴着她。这么走路是有点别扭，不过我得承认，我心里很喜欢这样靠着她。我的手放在她的手心里，紧紧贴在一起。走着走着，我感到麦子好像用拇指轻轻地触碰着我的手心，那种痒痒的感觉使我心里也跟着颤动了一下。我第一个反应就是去看麦子，她没有看我，眼睛一直盯着前方，脚步也没有停下。我怀疑是自己的错觉，嘴角抽搐了一下，忍住了自嘲的微笑。紧绷的神经刚一放松，我又感到麦子的手指在轻轻地挠着我的手心。没错，是她的手指在动。这下我的心彻底乱了。我不知道这意味着什么，也不知道自己该不该做出什么反应来回应她。不过我并没有想着要把手抽回来。我从来没有如此依赖过一个人，即使是对小欣。不，当时，我的心里没有别人，只有麦子。这个时空是只属于我和麦子两个人的。

“暖和吧？”

麦子突然说了一句，把我从幻想拉回了现实。

“是啊。”

两只手一直紧紧地握着，挤在一个口袋里，早就汗津津的了。

“那么，现在，就用这只已经捂暖的手去温暖另一只冰凉的手吧。”

没等我反应过来，麦子已经把我的手从她的口袋里抽了出来。我才发现，原来我们已经走到了学校对面的商业街上。

我用那只已经温暖的手握住另一只手的时候，产生了一种错觉，感觉两只手好像都不是我自己的了，它们沾染上了麦子的体温和麦子的触觉。等我回到宿舍的时候，两只手又是冰凉冰凉的了，不过麦子手上的余温好像还残留在我的手上。我从来不曾想过自己的手被别人握住的时候是那么温暖，可是我承认，我很喜欢，非常非常的喜欢。我还用手指轻轻地挠着自己的手心，回忆着麦子触碰我手心时的感觉。我有点后悔，当时没有去回应她。突然一个念头冒了出来，我怀疑自己是不是喜欢上了麦子。这个想法让我吓了一跳。我只知道她抓住我手的时候，我的心着实跳得很快，我的脸也在发烧，我的的确确非常依恋她，这算是心动吗？那么麦子在抓住我的手那一刻，她是否也有异样的感觉呢？她又为什么会用手指挠我的手心？我实在不敢再想下去了。我只知道，从那一刻起，她在我的身上留下了永远也抹不去的感觉。

“麦子，麦子，麦子。”我躺在床上在心里念着她的名字，一遍一遍，直到泪流满面。

五 我

之后的好几天里，我和麦子在一起的时候，总是有意观察着她，我想从她的举动和眼神中发现一些什么。然而我的想法总是一次又一次落空。麦子还是像以前一样和我交往着，可是我明显感觉到我们之间并不像我想象的那么亲密无间，而是保持着一定的距离。而且麦子一直掌控着这种距离，我没有办法靠得更近。我心里很恐慌，我迫切地想知道我在麦子心里的位置。所以麦子越是平静，我越是想要探入她的内心深处。我有点控制不住自己了。

后来，有一次上选修课，麦子有事来不了，托我帮她做笔记。课的名称叫：收藏与收藏投资，一听就挺无聊的。选这个纯粹是为了“赚学分”，所以听不听课也没什么区别。班上选这门课的就三个人：我、麦子还有阿三。阿三是个矮个子男生，长得特别黑，所以落了个“印度阿三”的外号。我们一般都只叫他“阿三”，他自己也挺喜欢，觉得亲切。阿三整天笑眯眯的，就是有一点不好，话特别多，尤其喜欢和女生聊天。这也不怪阿三，他上学晚，又复读了几年，所以一心想着在大学里就把个人问题给顺带解决了。

上课的时候，阿三小声告诉我：“小林外出拍戏，不慎掉到了沟里。”

“怎么可能？”

我根本不相信他的话，觉得他在瞎掰。

“真的，我没骗你。”

阿三一急，嗓门提高了不少。我连忙给他使眼色。虽然选修课上老师管得不太严，但也不能太过分啊。阿三连忙放低了声音。

“那天他们小组拍短片，我也跟着一起去的。剧本是小林写的，里面有一场戏，说是发生在月黑风高的野地里，所以他们那天跑到农村去拍的。拍戏中途，小林和一个女生去上厕所，这一去就是老半天，可把我们急坏了。后来我们找了一圈，才发现俩女生都掉到了水沟里。其实也不能怪她们不小心，那鬼地方连个路灯都没有，啥都看不见。对了，还是我把小林给拉上来的呢，嘿嘿。”

阿三边说边眨巴着小眼睛，一脸得意的样子。

“那么后来呢？”

“后来，小林抹抹眼泪，还要继续拍戏。她俩都那样了还怎么拍啊，我们硬是劝住了，把她送回了宿舍。就那都快 10 点半了呢。”

下了课，我刚出教室门，就看到了麦子，原来她提前回来了。她打算再带我去理工大学生活区那里玩，不过这次没有坐自行车的待遇了，得步行去。

“那时间能来得及吗？”

“当然，我知道有条近路。上次我其实是带你兜了个大圈子。”

我再次相信了麦子的微笑。

在去那儿的路上，我把阿三的话告诉了麦子。

“阿三这个家伙真是多嘴。整天缠着小林不说，还到处宣扬这件事！”

麦子向来不喜欢阿三，听了我的话，更是生气。

“好了，我跟你说这事儿，只是好奇，想问个明白。到底是什么时候发生的事啊？”

“就是我带你去创意一条街的那天晚上。”

我惊讶得说不出话来。

“那天我们大吵了一架，我说晚上出去拍戏太危险，她偏不听我的。我一赌气，就没有跟她去。如果我和她一起去，也许就不会发生这件事了。”

我立刻明白了。原来麦子是因为和小林生了气，才和我出去散心的。那一刻，我心里特别不是滋味。她对我的好，给我的触动，甚至我们之间的友谊，这一切的一切统统都是虚假的。麦子只是把我当成了小林的替代品，不，连替代品都算不上。我对她来说，什么都不是。

麦子没有觉察到我的情绪变化，还是自顾自地说着：“那天晚上，宿舍楼都快关门了，小林才回来。我看到她那个样子，别提有多心疼了。小林浑身上下又湿又脏，衣服裤子都破了，她平常最爱干净，折腾成这个样子，她哭得眼睛都肿了。听那几个男生说，要不是他们把小林劝住，她还打算继续拍呢。这个丫头，就是这么要强。”

麦子的话使我心里的温度降到了冰点。

“后来，她洗了澡就睡了。我把她的衣服洗得干干净净，鞋也刷好了，都晾在阳台上。第二天，她就全扔了，说不想再穿了。我知道她是想赶快忘记这件事，可是阿三那个家伙到处乱说，不就为了把他自己宣扬成救美人的英雄吗？没错，是他把小林拉上来的。他是男生，本来就该这么做。下次他还敢这么说的话，我就不客气了。这件事你心里知道就好，别再提了，尤其别当着小林的面说，她自尊心太强了。”

我避开麦子的眼神：“你们不是分开了吗？你为什么还是那么在意她呢？”

“没有办法，我怎么可能抛下她呢？”

麦子低下头，说出了实话。实话有时候是很伤人的。我宁愿麦子说谎，我想让她说，她已经不在乎小林了，虽然我知道麦子做不到。

“总会有分开的那天啊。如果毕业了，你还打算去找她吗？”我冷冷地问道。

都到这个时候了，我还在努力想要麦子说出一些能够安慰我的话。

“我想过这个问题，也问过自己。我会在心里给她留个地方，一个只属于我和她的空间。也许到了社会上，我们都会有很多改变，不过这些发生过的事是不会改变的。等到我回忆起这些事的时候，我还是可以问心无愧地说：‘我曾经是真心地对她好。’也许我会控制不住自己，会去找她，那我也只会站得远远地看着她，不让她知道。”

“值得吗？你对她的好，她是不会明白的。”

我说这话的时候，心已经碎了。麦子还是那么执着，可这算什么？我不顾一切地说出了最想说的话：“麦子，你今天是不是因为又和小林吵架了，所以才带我出来玩的？”

麦子果然吃了一惊：“不，不是这样的。”

我笑得很艰难，几乎已经站不住了，不过我的心里已经全明白了：“麦子，送我回去吧，我不想出去玩了。我，我不舒服，很抱歉。”

我感觉很累，但没有再追问下去，要不只会让自己伤得更厉害。在这之前，我从来没有想过要在麦子面前伪装什么。我不能让自己的情绪崩溃。我的眼泪在眼眶里打转，随时都会掉下来。麦子的形象在我眼中已经是模糊一片，她离我越来越远，我是指心里的距离。我感觉到她的手碰到了我的肩膀，我躲开了。

“麦子，我们回学校吧。”

“你真的不打算陪我了？”

“不，麦子，我不能去。”

我已经没有心情再去任何地方。我只想回去，回到自己的宿舍，然后躺在床上，把纷乱的思绪好好理一理。

“你如果真的不想去的话，那么好吧。”

麦子没有再说什么，她可能已经觉察出了什么。麦子把我送到了学校生活区的门口，然后她独自一个人离开了。麦子一句话都没有说，我也一句话都没有说。不过我知道小林肯定是在宿舍里，所以麦子不能回去。

那天晚上我没有回宿舍，而是直接上了天台。还是坐在靠近小门边的位置上。来了天台多次，我还是第一次真正地打量这里。天台离天空很近，近得似乎伸手就可以触到天上的星星。

天台的边缘融在黑夜中，无边无际的空阔，就好像置身于隐秘而安静的内心世界。在这样的地方，没有任何的界限，也没有任何的束缚。我坐在天台上，仔细地想着麦子，想着自己，却没有任何的感觉。跟麦子分开后，我的心一下子被抽空了，连带着大脑也不听使唤了。我就这么呆呆地坐着，直到一个人向我走过来。

“是你！”

好熟悉的声音！我仔细一看，心头一怔。是小欣！我揉揉眼睛，没错，不是做梦，是小欣。她就站在我的面前，微微弯着腰。我坐在地上，仰着头看着她。我突然感觉这样的姿势有点不对劲，连忙站起来。

“你怎么也在这里？”

“心里很烦，想找个安静的地方坐一坐，就到这里来了。”

小欣停了片刻继续说道：“我以为只有我一个人。后来我发现门边还坐着一个人，我有点害怕，所以走过来看看，没想到是你。”

我不知道该怎么回答，因为实在太尴尬了。

小欣也觉得有点为难，总不能老是这么站着，转身离开好像也不妥。于是她试探性地在我身旁的空地上坐了下来，很小心地和我保持着一大段距离。小欣坐下来之后，我才发现，其实我心里也很不希望她离开。

我们就这么静静地坐着，静得能听到彼此的呼吸声。我在心里拼命搜索着词句，想打破沉寂，却怎么也想不到可以说出口的话。我偷偷地看了看小欣，发现她也正看着我。我赶紧扭过头去，却忍不住又看她一眼，小欣还在看着我。对视的刹那，我们几乎同时笑了起来，一开始还只是微笑，后来笑出了声。笑着笑着，我感觉有咸咸的东西流进了嘴里。我慢慢止住了笑，小欣也停住了，她已经坐到了我的身边。我们之间不再有距离。

“我以为我们再也没有说话的机会了呢。分开之后，我想了很多。以前我对你确实有点过分了，请不要介意。”

以前我们吵了架之后，小欣也是这么给我道歉的。她的气来得快，消得也快。往往头一个短信还在骂我，好像全是我一个人的错，到了第二个短信语气就缓和多了，不过她还是会强调我们两个都有错。等到第三个短信，她就已经消了气，把所有的错都揽到自己身上，还主动站在我的角度为我考虑。而我不是那么容易想开的人，要在心里郁闷两三天才能把吵架的事搁在一边。每次吵完架，第二天都是小欣先来找我讲和，所以听到这么熟悉的道歉声，我不禁觉得有点好笑。按照以前的经验，小欣道歉完之后，接下来就该我给她道歉了。理智告诉我不要这么做，但话还是溜到了嘴边。

“小欣，其实我有时候真的很冲动，我知道这样不好，但控制不住自己。很抱歉。”

“还记得以前，我们刚开始接触的时候，也在天台上交谈过一次。那次谈了些什么我都忘了，只记得我们聊得很开心，很晚才回去。从那以后，我就真的把你当成了朋友。”

小欣已经忘了谈话的内容，但那天晚上谈话的情形却历历在目。那天晚上我们是 8 点钟到的天台，一直聊到半夜两点多钟才回去。小欣的宿舍有晚睡的习惯，而我住的是混合宿舍，大家生活一直都很有规律，等我回到宿舍的时候，宿舍的其他三个女生全都熟睡着。那天非常闷热，为了不打扰她们休息，我不敢洗澡，当然也就不能上床睡觉。我趴在书桌上，讨厌的蚊子一直围着我打转，根本没有合眼的机会，只能一直坐到天亮，等宿舍的人全都醒了才去冲了澡，然后昏昏沉沉地上了一天课。这些事情我从来都没有告诉过小欣，我不想破坏那天晚上的畅谈所带来的快乐。我记得她说过的每一件事，每一句话。我一直以为她也很在意的，有很多事情我只对她一个人说过。

“对了，上次合作剧本，我拿到了前期的款，就给了两百块钱。我明天给你一百。”

“好的。”

我心头一紧，小欣的话触到了我心里最深的伤痛。我没有告诉麦子，也没有告诉过任何人。我和小欣绝交的真正原因是一次失败的合作。

上个学期，大概是5月中旬，系里最有名的老师牵头要搞个校园情景喜剧，面向全校征集故事。要是放在以前，我肯定会参加，编故事对我来说，不是件难事。但那时候我的身体状况非常糟糕，持续的失眠加上营养不良让我的精神很不稳定。自从上了大学后，我从来没有那么脆弱过。我连功课都无心应付，一心只想着放假赶紧回家，然后好好调整一下状态。我很怕再回到从前那种自闭孤独的境地。小欣非常想参加这个活动，她一直在我身边鼓动我，并提出要和我一起合作。那时我和小欣的关系一直时好时坏，我老觉得是因为自己的身体不好而忽略了她，心里很愧疚，就没听父母的劝告，答应了她。

在考试期间，小欣就开始和我商量编故事的事。考试那个星期对我来说，过得非常艰难。由于精神状况不好，平时上课，我除了和创作有关的两门专业课还能坚持听课外，其他功课基本上都是一片空白。我不想挂科，所以复习的压力特别大。每次小欣找我讨论，我都要找其他借口推托。我不敢说实话，小欣非常看重成绩，一心想要拿奖学金，我怕提到考试她会多心。

好不容易把考试应付完，我已经是筋疲力尽了。当天下午小欣就要和我讨论故事，她之前写了个故事梗概，但不敢给老师看。我看了她的故事之后，觉得完全不行，就提出了一个全新的创意。小欣听后特别喜欢，几乎快要跳起来了。我也很高兴，再加上她的鼓励，于是写故事梗概的活儿也由我一个人承担了。

没想到两天后，老师开会讨论时，对我的故事大加赞赏。那天小欣非常得意，因为故事梗概上署的是我们两人的名字。我回家的前一天，去找她商量写分场故事梗概的时候，与她发生了严重的争执。即便如此，我还是独立完成了分场故事梗概并按时发给了老师。假期我一直打不通小欣的电话，而老师又要求我们必须在 8 月之前完成剧本。我只能一边写，一边想办法联系小欣。大概到了 7 月中旬，小欣才给我打了电话，说她的手机坏了。她在电话里问我剧本完成的情况，我如实回答。然后在电话里，小欣又开始和我争吵，她觉得我是想撇下她，一个人做剧本。我听了之后，差点昏倒。我从来就没有动过这个念头。小欣的手机坏了，我联系不上她，可是她有我的号码，她不想着主动联系我，反而怀疑我另有居心。后来在电话里，她终于相信了我。然后小欣告诉我，她马上要去外地实习。电话里小欣一直强调两点：一、我必须按时发剧本给她看，不得有误。二、她要实习，很忙，不能发剧本给我看，但她会写，然后由她汇总整理，交给老师。我一听这话，全都明白了，原来从一开始她就一直在利用我。想明白这点以后，我彻底崩溃了。

我上中学的时候，没有任何的朋友，我不懂得如何与人交往，所以谁对我好一点，我都会加倍地回报，而且把点点滴滴都记在心里。小欣是第一个和我彻夜长谈的人，我们交换过内心最隐秘的事情，我在心里一直把她当作最重要的朋友，我怎么也没有想到会是这样。剧本的事成了我的心结。为了假期能够平静地度过，我选择了退出，放弃署名权，把剧本的事全都交给了小欣，然后假期回来和她绝交。如果没有父母的督促和支持，我不会做得这么干净利落。他们从一开始就知道，合作剧本是没有好结果的。

小欣保留了我的署名，刚才又谈到钱的事，明显是在向我示好，我心里很清楚。可是见到小欣之后，她的一个微笑又会让我把之前的事全都抛到脑后。我能想到的只是她对我的好，和我们曾经的快乐。我甚至会为自己重新想起那些不愉快的事而感到愧疚。现在小欣就坐在我身边，我又控制不住自己了。

“最近你好像一直和麦子在一起。”

小欣的话把我从思绪中拉回了现实。

“她和小林之间出了状况，所以和我走得近了些。”

我觉得自己说得很轻描淡写，但其实一句话就把什么都道出来了。我就是个什么都藏不住的人，而且说了自己都不知道。

“你有没有觉得麦子对小林有点不对劲？”

“我不明白你的意思。”

我已经感觉到小欣话中有话。

“你难道真的没觉得麦子对小林，怎么说呢，好得有点过头了吗？”

“是有一点。不过她和小林一直是朋友啊。”

“其实小林知道麦子对她好，而且小林知道麦子喜欢她。当然，不是普通的喜欢。你应该能理解我的意思。”

我大吃一惊，小欣怎么会知道麦子对小林真实的感情？而且小林知道麦子喜欢她！

“怎么可能？”

“我和小林是老乡，有一天小林在老乡聚会上喝多了，她把什么都告诉了我。”

小欣有意放低了声音，我不觉和小欣靠得更近了些。那天晚上，因为麦子和小林的事，我和小欣重新走到了一起。

六 孔明灯

手机有时候是个好东西，它能缩短人与人之间的距离。手机有时候又是个坏东西，有了手机，别人很容易就能找到你。

我经常忘记带手机，有时候是真的忘记了，但更多的时候是我故意不带的，我需要自己的空间。结果，我只半天没带手机，就错过了两条短信：一条是麦子的，她问我在哪里；另一条是小林的，她问我，知不知道麦子在哪里。我看到短信的时候，已经熄灯了。我只给麦子回了一条，告诉她我准备睡觉了。正打算关机，麦子的短信来了，还是那句话：我在天台上等你。我犹豫了一下，删去了短信。我不想再夹在她们中间，更不想去做麦子的精神安慰。我真的累了。

从那之后，我再也没和麦子有过单独交谈的机会。不过我注意到，在我恢复了和小欣的友谊之后，麦子也重新和小林走到了一起。有时候看到她们开心地谈笑，我心里很不是滋味。

小欣的生日是在 12 月，她提前就在下沙的一家饭店订了餐，说要请客吃饭。我很高兴地接受了她的邀请。去了饭店之后，我才发现，麦子居然也在！我感觉有点不对劲，我以为小欣只邀请了我和她宿舍的同学。直到这时，小欣才告诉我，她还邀请了小林。小欣低声向我解释说，小林和她宿舍的三个女生合作拍片子，知道她过生日，非要来庆祝。她不好拒绝，又怕尴尬，就请了麦子。我心里还是很别扭，不过表面上我并没有表现出来，这毕竟是小欣的生日宴会。

那天小林和小欣宿舍的女生外出取景，四个人正好在刚上菜的时候赶到饭店。小欣又很会来事，轮流敬了一圈酒，气氛就热闹起来了。小欣点了啤酒，在座的人中只有我喝的是饮料，她知道我的肠胃不好，不能受酒精刺激。那天麦子坐在我的斜对面，小林和她隔了两个座位，而我和麦子只隔了一个座位。我发现小林表现得很活跃，而麦子比较闷。我知道，她心里肯定有点尴尬，我心里也有点疙疙瘩瘩的，所以尽量不去看她。不过我倒是忍不住会去看小林。有时候聊着聊着，突然聊到一个点，我会立刻去看小林的反应。我们之间隔了个小欣，我总会装作无意地向小林那里瞄一眼，还好，小欣一直没有觉察到。或者她有所觉察，但没有表现出来。小林真的非常漂亮。她的漂亮更多的是天生的，而不是打扮出来的那种。小林平时不怎么化妆，稍微修饰一下，就非常精致可人。看着她光洁的额头，不知为什么，我感到特别的悲哀，心疼得厉害，就好像看到一个精美的瓷器，越是欣赏，就越是怕它会突然破碎。小林就是这样的女孩。她走到哪里，都会有无数的目光集中在她身上。她天生就有这种魅力，而且她知道如何去利用自己的魅力。

“第一次见到小林的人很容易被她的外表所欺骗。她给人的第一印象是非常的清纯可爱，比最纯净的水还要清澈。但真正相处了以后，才会发现她的可怕之处。她太聪明了，一个像她这么漂亮的女孩子，是不该这么聪明的。”这是小欣对我说的话，她看人一向很准。

等菜吃得差不多了，大家开始玩游戏。游戏的名字叫“真心话”，和击鼓传花的形式差不多，拿到“花”的人必须接受“严峻的拷问”，而且必须说实话。这个游戏的目的就是为了挖隐私，所以很刺激。麦子突然说要退出，不参加游戏。她整个晚上都不在状态，我不清楚她和小林之间又发生了什么。大家以为麦子是在开玩笑，但麦子的态度很坚决，这让小欣有点难堪。后来在大家的再三要求下，麦子最终还是参加了。

我之前没有玩过这个游戏，不知道有多厉害。现在想来，也许那天麦子真的退出就好了。

游戏开始进行起来，我也没能幸免，被问了好几个刁钻的问题。其实这些问题的核心归结起来就是在问一个问题：你心里喜欢的人是谁？每个被问过问题的人，都心存一种报复的心理，想在下一轮的问话中，从揭发别人的隐私中得到补偿。

游戏进行了几轮后，我又一次“不幸”地拿到了“花”——一个空易拉罐。问我问题的是小林。

小林笑得很微妙："你还喜欢那个人吗？"

我知道她问的"那个人"指的是我暗恋的男生。

说是暗恋，其实熟悉我的朋友都知道我喜欢他，甚至连那个男生本人都有所察觉。听起来实在让人哭笑不得，就像一个小孩子小心翼翼地藏着一枚糖果，其实所有的人都看见了，她就放在手上举着呢，她自己却完全不知道，还以为自己藏得很好。我在处理情感方面，确实是很笨拙的。

"是的，喜欢他已经成了一种习惯。不过，我已经明白，他不是我需要的人。"

我没有思考，脱口而出。不过没有人关注我后面说的那句话，第一句回答就已经让她们得到了满足。说出来的时候，我心里有种隐隐的不快。我是那么认真地在对待这个问题，我说出的话完全是发自内心的。整整两年的暗恋，傻得可笑，但很真实，很投入。如果不是因为了解而主动放弃，我会很受伤的。从心理上来说，现在这样是要好过点。回想起来，我真的说不出为什么会喜欢那样一个男生，但当时就是什么都顾不上，就是喜欢，打心眼儿里的喜欢。有很多次，我看着他，忍不住想要告诉他我喜欢他。每次话到嘴边都被我硬生生地咽了回去。他也什么都没有说过。如果那时候他有任何暗示，我很可能会深深陷进去。在这一点上我很感激他，也庆幸自己没有说出来。我们还是朋友，非常一般的朋友，点头之交而已。这就够了，一个不错的结局，对他对我来说，都是。

游戏渐入佳境，越来越多的秘密恋情被挖掘出来，每个人的脸上都散发出一种光彩，那是欲望被满足后的光彩。只有麦子平静地坐在那里。她没有问过问题，也没有被问过。我也想置身事外，不过我做不到。尤其是小林问过我问题之后，我很想看看小林会被问到怎样的问题，有可能的话我想自己问她。

终于，我等到了那一刻。小林也被问了"你心里最喜欢的人是谁”，是小欣问的。我眼睛一亮，心也止不住地狠狠跳了几下。我紧紧地盯着她的嘴唇，等着她开口说出答案。小林显然早有准备，她胸有成竹，不紧不慢地说出了两个字：小芳。听到答案的那一刻，几乎所有的人都轻轻地叹了口气，轻松之余，又隐隐地感到不满足。当然，最不满足的人是我。这个回答既在我的意料之中，也在我的意料之外。小林确实太聪明了，她把爱情转换成了友情，也就逃避了问题的核心。我注意到小林说完之后，小欣给她添了啤酒，那一刻，小林给了小欣一个意味深长的微笑。我突然意识到小欣和小林的关系没有那么简单。这个念头一闪而过，又随即被我抛开了，因为游戏还在继续。

终于轮到了我来击鼓。我一心想让小林接到空易拉罐，我知道我的眼睛放射着异样的光彩，用来代替鼓的瓶子也被我敲得“咚咚”作响。我没有任何杂念，心里想的只有一个念头：要问小林问题。我一定要问她，把她逼到死胡同里，直到她说出真心的话。可是老天和我开了一个很大的玩笑，等我回头看的时候，才发现拿到空易拉罐的是麦子。

我的脑中一片空白，我没有想到会是她。其实我可以学学小林，把问题的核心巧妙地换一下。可是我已经深深陷入了游戏的惯性思维里。我甚至没有理会麦子递给我的眼神，那一刻，我只想着让麦子说出小林的名字，我只想着看到小林脸上惊诧而无奈的表情。我被一种强烈的情绪完全控制住了，根本没有考虑这会产生怎样的后果。

现在回想起来，当我问出问题的那一刻，麦子的眼神实在太复杂了。而我还在微笑，眼睛在小林和她之间来回地扫视。麦子大概沉默了有 10 秒钟。就在那 10 秒钟后，我突然意识到，我错了。可是麦子没有给我改错的机会，她静静地站起来，说了声对不起，在大家惊讶的眼神中，离开了包厢。

麦子的离开使得生日宴会提前结束，大家三三两两地散去。

我走出饭店的时候，和小林擦肩而过。小林紧紧地挽着小欣的胳膊，我清楚地听到了小林对小欣说的话：“其实麦子她只要随便说出一个名字就行了，谁会傻到说真话呢？”听完这句话，我连走路的力气都没有了。我在心里恨小林，用尽全身的力气恨。我想起小欣告诉我的话：“你知道吗，小林连年龄和生日都是假的呢！她怕我们知道她的年龄大，她喜欢装小，装单纯。那天她喝醉了，酒后吐真言，我才知道原来她还复读过两年。你算算，她怎么可能比我们还要小一岁？而且小林的成绩也没有那么好，她第一年高考的时候连三本线都没上，第二年刚过二本，她不甘心，又复读了一次，还是没有过重点线。你想，她要是成绩那么好，为什么会去参加艺考呢？”“不可能啊！”我记得当时一冲动，就把麦子在天台上和我说的话告诉了小欣。小欣淡淡地一笑：“你别忘了，小林心里清楚麦子有多喜欢她，她会和麦子说真话吗？”现在连小欣的话我也不能相信了，她和小林的胳膊是紧紧地挽在一起的。

那天晚上，我一个人走在灯火通明的大街上，旁边繁华的商场和高声欢笑的路人都离我很远很远。欢乐是属于别人的，我拥有的只是孤独和愧疚。我多么希望麦子没有离开，我希望她留在我的身边，我渴望她的微笑。可是如果麦子没有离开，会有怎样的结果呢？我突然明白了，麦子选择离开是最好的解决办法。即使她说出了答案也没有任何的意义，只会使我和她都受到伤害。她用这种方式化解了这一切，把我从悬崖的边缘拉了回来。麦子用这种方式维护了我们之间的友谊，我却亲手撕毁了她对我的信任。我呆呆地站在马路中间，看着来来往往的车辆。冷冷的风吹打着我的头脑，我感觉自己已经失去了一切，什么都没有了，一切都结束了。这时一阵颤动从我的包里传来，我愣了好半天才反应过来，是手机在响。我连忙掏出手机，是麦子的短信！短信上还是那句短短的话：我在天台上等着你。我把手机紧紧攥在手里，那一瞬间，我重新找到了方向。

我赶到了天台，麦子已经等在那里了。她没有坐在角落里，而是站在天台的中间。我慢慢地走过去，脚步很迟疑。麦子也慢慢地走过来。

“对不起，麦子。”

我终于说出了这句话。

“你以为我真的舍得抛下你这个朋友吗？世界上找不出比你更单纯的人了。不，是更傻的人了。”

我哭了，是喜悦的眼泪。

那天晚上，我和麦子依偎在一起，感觉着彼此身上的温度。就在我们打算回去的时候，一个温暖而美丽的火球出现在我们面前。

“那是什么？”

“是孔明灯。”麦子轻声说道，好像说话的声音太大了，它就会消失一样，“经常会有人在操场上燃放孔明灯，有时候是恋人，有时候是朋友。孔明灯代表着祝福，它会把所有的不愉快都带走。”

我和麦子静静地看着孔明灯，看着它冉冉升上天空，慢慢地变成一个小小的亮点。我和麦子的手紧紧地握在一起，感觉我们平凡而沉重的灵魂也随着孔明灯一起升起，变得轻盈而有意义。

哭泣游戏

一 安安

拉了窗帘，放了蚊帐，钻进了被子里。在这样阴雨连绵的日子里，光线总是暗淡的，有一种说不出来的清冷，所以要打开白炽灯，用灯光增添一些暖意。我喜欢下雨天，喜欢用鼻子去触碰那种湿润轻软的味道，就好像亲密的人贴近在一起，交换着彼此的气息。不下雨的时候，我也常常捧着一杯热茶，嘴唇贴着杯身，鼻尖支在杯口，让热腾腾的水汽环绕着自己，直到水雾舔开低垂的睫毛，洇漫整个眼眶。

放在枕头上的《剧作法》是在大一的时候就看过的，现在读起来还是觉得有些晦涩。书就这么摊开着，让眼睛有个落脚的地方，然后任由着思绪肆意地飘荡着，散开来就不再收回。我从小就是爱走神的孩子，上课的时候也常常发呆，每次都被老师抓个正着。上了大学后，再没有对走神的顾虑，突然有了太多的自由，反而不知道该怎么“挥霍”了。

就这么半睡半醒地躺着，朦胧间听到有人在叫我的名字。我没有力气爬起来，只能努力撑开眼皮。跟着小学妹一道进门的是安安。我心里不觉得“咯噔”一下，然后迅速调整好了情绪。

“听说你病了，过来看看。好点了吗？”

“已经没事了。谢谢你来看我。”

就这么不咸不淡地聊了几句，彼此的生分让气氛显得十分尴尬。

“要注意身体啊。那个，我发给你的短信还有留言都看到了吗？”

安安犹豫了一下，还是说出了真实的目的。我就等着她的这句话呢。我知道她妈妈来了要请我吃饭，但我不想去参加这个饭局。

“没有。抱歉，我手机几天都没开机了，等下我去找一下。”

“没事，我到时候再打电话给你。”

安安坐了片刻就起身告辞。快走到门口的时候，她又折了回来。

“你吃牛奶吗？我刚买了一盒。你也知道，我吃牛奶不消化，你留着吃吧。”

“不用。真的不用。”

我用最快的速度爬起来，安安已经出了门，连我的眼神都没有抓住她的背影。那盒牛奶静静地立在我的桌子上，好像还印着安安标准的笑容，看上去显得分外刺眼。一种沉重的疲倦感把我重新拉回到床上。

真是的，为什么不多停留一会儿，哪怕只是一分钟？我苦笑着，把目光从牛奶上移开。

我和安安就是因为一盒牛奶才成为朋友的。

现在回想起来，我还依稀记得那是个特别炎热的下午，我们在教学楼中间的空地上练正步。头顶上明晃晃的太阳好像要把人烤干一样，楼旁草地里的虫子似乎也受不了太阳的折磨，纷纷爬出来朝阴凉的地方转移。一开始只是一两条，手指大小，黑乎乎地在地上蠕动，后来越来越多，稀稀疏疏地覆盖了整个路面。我心里开始有点发毛了，也有其他女孩子开始小声议论起来，不过教官一点都不理会，还继续一队一队地单独练习。轮到我和我旁边的那个同学的时候，我的腿已经有点软了。教官在路的另一边不断催促着，我只能硬着头皮勉强往前面走，自己都能感觉到自己的动作僵硬变形,但那时什么都顾不上了，只知道用眼睛紧紧地盯着那些爬来爬去的虫子，生怕它们爬到我身上。突然，虫子变成了一团黑雾，转移的速度也越来越快，我感觉虫子已经爬到了我的身上，一种毛茸茸的感觉像过电一样传遍全身，我的大脑瞬间一片空白。

等回过神来的时候，我们已经转移到了另一块没有虫子出没的空地上，大家三三两两地坐在周围休息。我完全想不起来在那几秒钟内发生的事情，仅有的一点反应就是把军帽拉低，然后偷偷抹去眼泪。就在这个当口，我的眼前出现了一盒牛奶。

"吃点牛奶吧。刚才看你吓坏了呢。"

说话的是个脸晒得黑黑的陌生女孩。

"谢谢，不用了。"

"吃点吧。定定神。"

她又递过来一张纸巾。我心里有种说不出来的感动，很少有人这么关心我。

"那好吧，谢谢你。不过……你怎么会说'吃'牛奶？应该是'喝'牛奶啊。"

"哦，我是苏州人。我们那里都是说'吃'。比如'喝茶'，我们就说'吃茶'。"

她的笑容有一种自然的亲和力。我有点不好意思，只知道低下头咬着吸管。

等到第二天军训的时候,我才发现原来她就站在我的旁边。我向来很排斥这样的集体活动,也没有心思去留意身边的同学。安安是第一个走进我视线的人，也是第一个这么关心我的人。就这样，我和安安成了无话不谈的好朋友。而“吃牛奶”也成了我们之间的暗号。有时候我和安安还是会为“吃”和“喝”争论上大半天,就像两个孩子,不厌其烦地重复着同样的游戏,每次都能笑上好一阵子。

就算刚才安安没有离开，我们也没有办法再开这样的玩笑了。我从来没有想过会和安安变得这么疏远，就连表面上的平和都维持得那么虚假。我曾经天真地以为我们可以做一辈子的朋友。

“怎么了姐姐？”

“没什么，有点不舒服，躺一会儿就好了。”

问话的是小学妹，还没等我的话说完，就抱着电脑爬到了上铺。我看地上纵横交错如蜘蛛网一般的电线，想着刚才例行公事一般的问话，轻轻地叹了口气，自己爬起来关了这边的日光灯。

重新回到床上后，第一件事就是开了手机。为了躲避这场饭局,我已经关了三天手机。我想快速浏览下有没有新的信息,却发现手机里面充斥了太多没有及时删除的垃圾广告，那些刻意保留的聊天记录和有用的信息早已被淹没了，手机对我来说已经成了可有可无的摆设。连同手机一起被遗弃的还有许久没有登录的QQ号。我似乎已经习惯了把自己扔在一个无人知道的角落里，如尘埃一般，即便在最明亮的阳光下，依然细微到难以觉察。

一通翻找之后，还真被我翻到了一条有用的信息。Lea约我下午去看美术学院的学生毕业作品展。就是这么短短一句话，让我有了爬起来收拾自己的动力。

二 Lea

打车赶到美院门口的时候，雨终于停了。被雨水洗刷过的空气干净清爽，附着在衣服上的汗似乎也不那么黏腻了。Lea早早地等候在那里，一身浅色衣服，半长的发卷随意地披在肩上，不出挑，却很抓眼睛。

“真好看。”

“什么啊？”

“你今天的这身装扮啊。”

“我一直都是这样的嘛。走啊。”

Lea递过来一瓶绿茶，然后紧紧地抓着我的手，我任由她把我拉进展厅，心里是满满的愉悦和感动。Lea总会在我最沉寂的时候，突然插进来，带着我走出那些似乎很难排解的情绪。这是开学两个月来，我第一次走出校门，若是没有Lea的短信，恐怕我又要在宿舍里面窝上一天了。

我清晰地记得Lea第一次来我宿舍找我玩的情景。清清淡淡的Lea抱着笔记本电脑站在我宿舍的门口，带着一点点拘谨和不确定。那一瞬间，我真的以为这将是一个极端沉闷的下午。可惜我错了。也幸好——是我错了。

“这是最新出的漫画，挺有意思的。”

“这个电影讲的是一个穿越的故事，我来给你讲讲剧情。”

“对了，给你推荐几部泰国的电视剧吧。”

“我这里收集了很多可爱的小正太的图片哦。”

“你对悬疑小说感兴趣吗？你最喜欢哪个作者？”

“你看过九把刀的作品吗？没看过一定要看哦！我拷一些给你。”

整整一个下午，这个表面上很淡然的姑娘带着我在她的电脑里面不停穿梭，我们从一个文件夹跳到另一个文件夹，从动漫跨越到电影，又从电影跨越到小说，这中间省略了太多必要的连接，又穿插了太多我没有听说过的名词，我根本来不及转换思维，只能用“嗯”“啊”“哦”勉强回应着她。

“Lea，什么是正太？”

“就是很可爱、很萌的小男孩啊。”

“Lea，这个是什么啊？”

“哎呀，这个是我的德语听力教材。”

“Lea……”

“怎么了，你不喜欢吗？那我们看点别的。”

“不……我很喜欢……”

被 Lea 这么一折腾，我的瞌睡虫被逼出来了。不过 Lea 好像一点都没有觉察到似的，继续兴致勃勃地给我推荐着新鲜玩意儿。真不知道她的小脑袋瓜里到底装了多少东西。看到 Lea 兴致很高的样子，我实在不忍心打断她，只好硬撑着眼皮。到后面我已经晕晕乎乎，不知所云。好不容易才熬到 Lea 起身告辞，她刚走不到一秒钟，我就趴在桌上睡着了。

就是这个令我哭笑不得的下午，让 Lea 记住了我喜欢什么，不喜欢什么。哪怕只是一句不经意的话，她都默默地放在心上。比如她知道我爱喝茶，所以买了瓶装绿茶给我；她知道我对美术和设计很感兴趣，所以约我来看展览。不需要过多的话语，也不需要刻意的表达，这份心意我能品察到。

在一楼展厅的时候，我还能够静下心来观看展出的作品，一踏上楼梯，记忆就被拉回到一年前。同样的展厅，同样是雨过天晴的日子，我和安安来这里看过吴冠中的画展。

大三下学期的课程安排得非常紧张，一周有 40 多节课，每天累到苦不堪言，好像一夜穿越回了高三。很偶然的机缘，我在网上看到吴冠中画展的消息，立刻在班级的 QQ 群里发了通知，我想让更多的人看到这样的画展。周六是画展的最后一天，要看画展就必须翘掉周六临时加的课，我在群里吆喝了半天，最后只有安安回应了我。

那天我们点了名之后，就从后门溜走了。一路上我们都没有说话，我知道安安心里很害怕，在车上不停地给待在教室的麦子发短信，生怕被老师和辅导员发现。安安一向是最守纪律的，从来没有迟到早退的记录。而我向来讨厌这样繁复的课程安排，所以心里感到的是挣脱了束缚的轻松。但看到安安那么紧张，我还是觉得有点过意不去。好在那天的画展很精彩，一进了展厅，安安的眼睛就被画作吸引了，那些忐忑和不安一扫而光。我们静静地沉浸其中，连交谈的声音都不觉放得很低。

“真棒，早知道该借个相机的，好遗憾。”

安安很羡慕地看着旁边偷偷拍照的学生。

“没关系，美好的事物用心记住就好了，不一定非要拍下来啊。怎么样？不后悔翘课来看吧。”

“嗯，真是值得一看。以后有这样的画展一定要叫上我啊。”

“一定的。”

我曾经学过四年画画。最爱的就是水墨画，喜欢看墨在宣纸上晕开的感觉，喜欢闻墨的香味。我总觉得油画太浓烈太厚重，不适合去表现清淡疏离的自然神韵。吴冠中的画颠覆了我的观念。呼之欲出的景物，深藏不露的抒情意味，以及穿透画纸的生命力，非常令人惊叹。最让我痴迷的还是他后期的画作，踏入二楼的展厅，明显就感觉到了不一样的气场。那些抽象的符号，如一个大彻大悟的人，用简单大气的笔触勾画出生命最本质的东西。我站在巨幅画作前，久久不愿意离去。

看完画展，我和安安直接摸到了美院的食堂。安安是个生活特别有规律的人，绝对不会因为玩而忘了吃饭和休息。那天，我们惊讶地发现,美院的饭菜比我们学校的还要便宜还要好吃。两个人很开心地要了两荤两素，安安一个人吃光了两碗米饭，被我狠狠地取笑了一番。其实我很喜欢和安安一起吃饭，她是典型的南方女孩，骨架小小的，看着很匀称，其实身上都是肉。安安自己也说，唯一戒不掉的就是吃。和她在一起，可以没有顾虑地尽情享受美食，一顿简单的饭都可以吃得有声有色，快意十足。

也许是在学校闷得太久了，看什么都觉得新鲜有趣，我和安安索性连下午的课也翘掉了。我们几乎跑遍了美院所有的教学楼，躲在窗帘后面偷看研究生做设计，半懂不懂地旁听了一个博士生的答辩，在美院旁边的皮影艺术博物馆里逗留了很长时间，最后又回到美院的校园里。随意地躺在草地上，没有任何言语，偶尔相视一笑，静静地享受着黄昏慵懒的时光。

这些零零碎碎的片段，现在回忆起来，好像还沾染着那天阳光的味道。我感觉眼睛有些湿润了，原来幸福真的会让人流泪的。若不是 Lea 在我身边，可能真的要失控了。我心里觉得有点对不住 Lea，强迫自己把注意力转移到展品上面。可过不了多久，脑海里又会浮现出和安安在一起的片段。一直到我们走出展厅，回忆的闸门终于合上了。

“今天展出的作品你最喜欢哪一件？”

“陈列室里的那些盒子就很有趣啊。做得那么漂亮，故意诱惑你去打开看看里面到底装了什么。”

“嗯,就知道你会喜欢那个。我喜欢的是楼梯上堆放的衣服，一件接着一件，用一条拉链无休无止地连缀下去，没有尽头。”

“我也猜到你会喜欢那件作品。”

Lea 眨眨眼睛，我们会心一笑。

“去吃饭吧。对了，美院食堂的饭菜很好吃，而且可以付现金，不需要刷卡。”

“不要，好不容易出来一次，又要去食堂。我们去吃日本料理吧，我知道有一家店很不错哦。”

我也只是随口一说，我知道她是不会去食堂的。Lea 和安安不一样，她并不在意食物的口味，只是喜欢追求精致的感觉，在这一点上，我绝对拗不过她。

三 麦子

晚上回到宿舍，意外地发现，麦子正坐在我的座位上和三个小学妹聊天。三个月不见，她已经穿上了职业装，多了几分成熟和干练，我不觉有点恍惚。麦子露出笑容后，我的心安定下来了。她还是我熟悉的那个麦子。

“怎么突然回学校来了？”

“想你了，过来看看你不行啊？”

“真是这样，那我就感动地飘上天了。”

“找个地方去喝东西吧，我请客。”

“好，今天要狠宰你一次。”

我和麦子去了学校的饮品店，找了个角落里的座位，然后一人要了一份饮品。她点的是奶昔，我点的是冰柠檬茶，来了那么多次，我们的口味从来都没有变过。

“还要点什么吗？我去买点吃的。”

“不用了，我不饿。刚才是和你开玩笑的。”

麦子是自己开公司，创业初期非常不容易，我舍不得让她花钱。

“其实我今天就是想和你说个事儿。听我的话，和安安和好吧。看到你们现在这样不冷不热的，我心里都觉得难受。”

“我们现在不是挺好的吗？”

我装作在看饮品单，避开了麦子的眼神，心里莫名地感到有些烦躁，本来很美好的气氛也因为这句话烟消云散。

“明眼人一看就知道，你们之间在闹别扭。有什么事情说清楚不就行了吗？你们又不是那种磨叽的人。”

麦子一向很聪明，不过这次她错了。有些事情不是想说明白就能说明白的。

“我和安安是真的回不去了。”

“我不知道你们之间到底出了什么状况。可是你必须要想清楚，你失去的是一个什么样的朋友。别忘了，在你被大家孤立的时候，是安安一直站在你的身边。”

我被麦子的话狠狠地呛到了。我知道在别人眼里，我和安安分开，责任全都在我。可这样的话从麦子口中说出来，我没办法接受，更何况是这么硬生生、不拐弯的质问。

“麦子，你以为我心里好受吗？我们吵架之后，我眼巴巴地等了她整整一个月啊，她压根儿就没来找过我。有时候在路上见到了，她看都不看我一眼，绕得远远的。你觉得我心里是什么滋味？”

“我只知道，你们吵完架后，安安回到宿舍大哭了一场，同住那么久，我第一次见她哭得那么伤心。”

话还是很硬，不过麦子的语气明显软了下来，我的心也软了。我以为安安像她表现的那样冷漠，没想到她也会因为那天的事情哭泣。

“麦子,你为什么不问问,我和安安闹成这样是因为谁吗？”

“是谁？”

“小欣。”

我挑了挑眉毛，麦子不吭声了。我和小欣的分分合合，麦子再清楚不过。若不是我和小欣闹翻，也不会和麦子成为朋友。一个小欣一个安安就已经把我的心全都占据了，再容不下其他人。

我喝完最后一口冰柠檬茶，把埋在心底的事又重新掏了出来。

大四刚开学立刻感觉到无形的压力。面对前途，有些人已经有了方向，有些人则还陷在一时的迷茫当中。我就是后者。班上有一半的人选择了考研，我、小欣还有安安都是这其中的一员，不同的是，她们知道自己想要什么，我不知道。

就这么晃晃悠悠地到了10月份，报完名后，复习的强度就开始加大了。图书馆里面挤满了人，用功的不用功的都往一个方向奔，只不过有些人会在图书馆里面窝上一天，有些人虽然占了座，却一整天都见不到人。安安一个人占了两个座位，她是铁了心要好好搏一把，小欣也像换了一个人似的，从来没见她那么用心过。我也会去图书馆，就好像是上班点卯一样，到点了就去，图书馆关门了就回来。不同的是，我没有占座，而是采取了“打游击”的方式，看到哪个座位空着就往哪儿坐。不过我还是有意避开了小欣和安安，和相熟的人坐在一起，免不了会相互干扰。

时间如流水，哗啦啦地就来到了11月份。那时候我已经搬出了宿舍，在外面租了间房子，去图书馆的次数也明显少了很多。就算是在图书馆见到安安或者小欣，也只不过点个头或者停下来说几句鼓励的话，然后匆匆离开。我以为日子会这样平平淡淡地打发过去，再不会有任何纠葛。

那天我和竹子相约去图书馆还书。图书馆的书规定一次能借10本，可以借两个月，超出时间就要续借。不过为了防止学生霸占书籍，续借必须要再等上一天。我和竹子考的是不同的专业，借的书也不一样。所以我们就想出个法子，一起去还书，然后当时就可以把对方的书全部借过来，这样就不必再等上一天。考研的人那么多，专业书籍又只有那几本，等上一天估计就被别人借走了。

我和竹子交换完书就打算离开图书馆，在楼梯口，我遇到了小欣。她明显瘦了很多，人也很憔悴。一个本来那么要强那么爱护形象的人被考研折磨成这样，我有点看不过去。

“复习怎么样了？你最近连课都不来上了，真的不要太勉强自己。”

“没事，我自己知道。”

“再见。”

我知道话多没好事，赶快终止谈话想要转身离开。小欣一伸手拉住了我：“等下和我一起吃饭吧，我想和你聊聊。”

我有些为难地看了看竹子，但终究没舍得拒绝小欣。竹子独自离开了，我留在图书馆等小欣。

“如果早知道会发生之后的事情，我压根儿就不会留在那里。麦子你知道的，小欣只要一个电话，一个动作，甚至一个眼神，我还是会走到她身边。我想过和她绝交或者从此不再搭理她，可是我做不到。”

“发生了什么事？”

“小欣还完书以后，离吃晚饭还有段时间，她状态很不好，说想和我聊聊天，我们一起去了学校假山旁边的亭子里。我们互相问了问对方最近的情况。一开始有说有笑，气氛还挺不错的。后来不知道怎么就聊到考研复习上面了。小欣说她写的影评被老师批了，说写成这样，考研肯定不行。她心里特别难受，越是想努力越是找不到方向。我只能在一边安慰她，让她不要着急，总能找到解决的办法。再说那时离考试还有两个月，还来得及。她就狠狠地冲我发了火，然后开始发飙，哭得特别厉害。我只能傻呆呆地站在一旁，又难受又无奈。”

我当时真的很害怕，这样的事情在我们相处的过程中发生过不止一次，我担心小欣控制不住情绪，可又没有办法把她抛在那里。

“后来呢？”

“后来还能怎么着，我站在那里陪了她半个多小时，她发泄完就好了，我心里却堵得没办法排解。我把她送回图书馆，晚饭都没吃就回了租的房子。我心里越想越委屈。我知道她压力大，我知道她要强，我统统都知道。可我也是人啊，那些难听的话现在回想起来心里都觉得疼。”

若是在以前，我可能忍一下就算了，不会去计较什么。那时候我和小欣是好朋友，朋友之间即便做些过分的事情，能原谅的还是会原谅。可是我和小欣之间发生了太多的不愉快，也背负了太多不能回忆的往事，我已经做不到像以前那样去包容她的言行了。

“这件事情和安安有什么关系？”

麦子突然插过来的问话打断了我的回忆。

“第二天上课前，我见到了安安，就把她叫到一间空的教室里。我心里难受得不行，就想找个人说说。没想到安安听完后，第一反应居然是替小欣说话！安安让我不要计较，说小欣压力太大了，说小欣很在乎两个月后的考试，说小欣……麦子，我一听这些话，心里的火蹭的一下就上来了。我其实就是希望安安能够说几句宽慰我的话，我不是让她来和稀泥的！”

我紧紧地握住拳头，手颤抖得厉害。麦子递过来第二杯冰柠檬茶，我想都没想，拿起来就喝了一大口，冰冷的液体让心里舒坦了许多。

“麦子，我不知道安安那天为什么要说那些话，也不知道她为什么那么维护小欣。我和她是朋友啊。如果是安安受了伤害，我绝对会无条件地站在她这一边。”

麦子在桌子上比画了一个方框：“我们每个人的身上都有一些条条框框的东西，你和我有时候还可以突破这些边框，安安做不到。她永远都是生活在方框里的人，她绝对不会为了你去得罪其他人。不是她不想，而是她在方框里面待得太久了，根本就做不到了。”

我知道，麦子说的我都知道。也正是因为我知道安安是一个怎样的人，心里才会那么不甘。我是多么希望安安可以为了我突破一下，哪怕只是一脚踩在边框上都可以。她就连这一点都做不到。或者说，她根本不愿意去做。

“别生气了。我知道你心里很难受，安安心里也不好受啊。找个时间说清楚吧，你们做了三年多的朋友，这段感情多珍贵啊。”

我苦涩地摇了摇头，从旁边的盒子里抽出一张纸巾，紧紧地攥在手里，揉成一团，再慢慢地摊开：“我和安安的关系就像这张纸一样，就算再怎么展平，也抚不去上面深深浅浅的折痕。你以为我会舍得这个朋友吗？后来是我主动去找安安谈的，我向她道了歉，只可惜选的时机不对。”

“什么时候？”

“辅导员宣布她当学习委员的那一天。”

麦子不相信地看着我，我用眼神坚定地做出了回答。麦子轻轻地叹了口气。

大四上学期已经过半的时候，某天早上，刚上完课，辅导员突然进到教室里，匆匆宣布班组成员的调动。以前的班长被撤职，学习委员升为班长，而没有任何职务的安安成了学习委员。对于辅导员的决定，大家各种不理解，但也无话可说。我就是在那天中午把安安约了出去。

“其实本来我早就打算找她和解的，连措辞都想好了。冷战了一个多月，首先崩溃的是我，我真的受不了安安的冷漠，所以我选择了维持表面的平和。只是我万万没想到，那天安安会当上学习委员。我的主动和解也变得那么苍白可笑。”

我永远都不会忘记，当我去找安安的时候，她脸上露出的笑容。没有任何吃惊的反应，她料到我会来找她，所以丝毫没有掩饰笑容里那么明显的几分得意。

“我和安安有太多太多美好的时光，如果再给我一次机会，我宁愿选择决裂，然后一个人默默地守着，不让任何人和事插进来破坏以前的记忆。”

“你这个丫头，就是一根筋，不，是没筋！”

麦子故意装出一副凶巴巴的样子，说出来的话却一点威慑力都没有。

我们彼此都太熟悉对方了。在安安的问题上，麦子要我给她一个交代。我给了，事情也就了结了。可是我和安安的事情真的没有那么简单。小欣的事只不过是一个导火索，剩下的事情，我是不可能告诉麦子的。好在麦子也知道，能说的我一定会告诉她，不能说的她也不会去追问。这就是我们之间的默契。

4月底，天气早该热起来了，偏偏吹来的晚风还是冷冷的。麦子第二天还要上班，所以不能在学校住，我把她送到了校门口。本想把她送回公司的，麦子执意不肯。

“把我送到公司，你再一个人走回学校，我能放心吗？”

“可是……”

“没有什么可是的，赶快回宿舍，再晚点就要关门了。我到了就发短信告诉你。”

麦子轻轻地拍了拍我的肩膀，然后狠狠地拥抱了我。好像用尽了全身的力气。很疼，也很温暖。我还在贪恋麦子的体温，她已经抽身离开。我呆呆地站在校门口，看着麦子慢慢地走向十字路口。直到这时，我才深刻地意识到麦子已经是一脚踏出学校的人了，而我还固执地死撑着不愿离开校园。对于过去，我远比她要执念得多。

四 竹子

说好了我、Lea还有麦子三个人一起给竹子过生日，结果计划赶不上变化，最后真正坐在小饭馆里的只有我和竹子。

“麦子的公司遇到点事，脱不开身，Lea人在市区，也赶不回来。”

“没关系的，我知道大家都很忙。我本来也不打算过生日的。说真的，有可能的话，我谁都不想见。可偏偏他又请了三天假过来看我，这会儿已经坐上火车了，我这副样子怎么见他啊。”

竹子口中的“他”是她在南京工作的男朋友。我瞪大眼睛盯着竹子。

“我也是刚刚收到他的短信。他事先都没有告诉我，真是太突然了。我心里乱得很，完全不知道该怎么办。”

看着竹子浮肿的眼睛，我知道她还没有从那件事情里走出来。

竹子报考的是上海戏剧学院的研究生。分数差了几分，又不愿意服从学校的调剂，结果复试放榜的时候，她的名字被划去了。从知道初试分数到现在，竹子经历了太多情绪上的波折，一直躲在宿舍里面，连吃饭的时间都见不到她。就算今天不是她生日，我也会把她拖出来，我不能看着她那么消沉下去。

“实在不行，明年再考一次好啦。换个学校换个专业，好好准备一年。”

“可是我只有这一次考研的机会。”

竹子的眼圈又红了。

我不知道该说些什么，两个人默默地吃了几口菜，嚼在嘴里都不知道是什么滋味。

“其实考研也不是唯一的路，再说，我又没怎么复习，能考到这样的分数，也该知足了。不过今天我心里还是很难受，因为我听说小艾复试通过了。她虽然和我报的专业不同，但那毕竟是我最想去的学校啊。你能理解我的心情吧？”

我握住了竹子的手。这一个多月，她瘦了好多，以前手上肉肉的，现在都能摸到骨头了。

“抱歉，弄得你心情也不好。如果换成别人，我根本不会多想什么，可是我真的不愿意是她。你说我嫉妒也好，小心眼也好，我真的不愿意是她。”

竹子哭了。这么多天来，她第一次当着我的面流眼泪。我不顾别人的眼神，走过去抱住了竹子。

竹子最要好的朋友就是小艾。小艾长着一张可爱的娃娃脸，小个子，说话带点湘西口音，软软的，甜甜的，和高挑丰满的竹子站在一起，就好像是个小妹妹。她们从大一军训起就形影不离，好得像一个人似的。我跟小艾只是点头之交，和竹子更是没有什么交集。我和竹子是因为大三下学期一起拍 MV，才成为朋友的。

一般来说像这样的拍片作业都是同学自行组成小组完成的。安安是和她们宿舍的三个人一组，正好缺人，我就去了她的小组。竹子和 Lea 落了单，麦子也把她们拉进了小组。就这样，安安、麦子、小林、小艾再加上我、竹子还有 Lea，组成了班上唯一的一支娘子军。

大家最终选定了小艾的创意，加上 Lea 提供 DV，竹子提供三脚架，拍摄工作热热闹闹地拉开了序幕。组里的姑娘们都明白，这可能是大学期间最后一次拍摄机会了，大家都格外上心。一大群人在学校里面跑来跑去，这边的戏拍完了，就赶紧转移到下一处，忙得不亦乐乎。最投入最认真的就要数安安了，除了最后的剪辑，其他如场记、道具、临时摄像之类的事她都要进去掺和一下。本来 MV 里每个人都有两三个镜头，安安为自己多争取到了一场戏，更激励了她的干劲，片场到处都能看到她的身影，好像从来都不会疲倦一样。

当然，热闹是属于别人的，我只是个沉默的参与者。以前在其他小组的时候，当过两次编导，觉得太累了，所以从一开始我就打定主意，不参与出谋划策。该拍的戏，我拍；该做的事，我做，其他的事情一概不管不问。组里还有个和我同样懒散的人，那就是竹子。别人出去拍外景的时候，我和竹子在教室里看道具和服装，一人霸占一张课桌，晒着午后的阳光。也不知是谁先挑起来的话头，反正就这么搭上了话。原来觉得竹子是个挺闷的人，没兴趣和她打交道，一聊天才发现，其实她是个挺活泼的姑娘，言语里还带着点幽默和开朗。MV 还没拍完，我和竹子就熟络起来了。

现在回忆起这段往事还觉得好神奇。竹子的情绪平复下来后，我忍不住问她:“你还记得我们第一次搭讪时说了什么吗？”

“啊？你说的是拍 MV 时候的事吗？我真记不住了哎。”

“当然不是啦，是大一上学期的事。那天一出教学楼就开始下雨，我没带伞，你正好打着伞从我身边走过，我就问你去哪儿，你撂下一句回去洗澡，然后头也不回地走了。我本来还想蹭一下伞呢。”

“有这件事吗？我怎么都记不得了。不过我那时候心情郁闷，不爱搭理人倒是真的。”

成功地转移了竹子的注意力，我心里悄悄地松了口气。

MV 刚拍完，转眼间就到了 6 月份。6 月下旬考试扎堆，英语等级考试和期末考试只隔了一周，大家的头皮都开始发紧，偏偏学校在这个节骨眼上，宣布要划分学院，还要依据学院重新安排住宿，并强制要求在考试结束前全部搬完。这下整个学校都开始躁动起来，炙热的程度赛过 6 月的大太阳。

我们班上总共只有 9 个女生宿舍，公然闹翻天的就有 8 个，积攒了三年的怨气好像都在这一刻爆发了，所有的矛盾一触即发，所有的人都参与到了这场宿舍大战之中，而我是唯一的看客。早在进校之初，我就被调剂到了文秘专业的宿舍里。我宿舍的三个姑娘已经毕业了，我一心想着继续留在那里，直到辅导员给我下最后通牒之前，我还一直悠哉悠哉地冷眼旁观着周围的一出出闹剧。可辅导员的一个电话，把我也拉进了这个乱局当中。

放下辅导员的电话，过了好一会儿，我才意识到该找个人商量对策。头脑里第一个冒出来的就是安安。相处了那么久，这已经成了一种下意识的习惯。

那天我刚进安安的宿舍，就嗅到了浓浓的火药味，安安、小林、麦子、小艾，四个人各坐各的电脑前，一人一个耳机，没有言语，拒绝交流。这让我深感意外，我只能把安安叫到了我的宿舍里。

“小林老是嚷着要搬到别的宿舍去,这两天我都快崩溃了。”

刚关上宿舍门，安安就忍不住开始抱怨。

“麦子觉得大家都住了三年了，最后一年怎么也能凑合过去，再说又没有什么大的矛盾。小林不愿意，就整天和麦子吵。结果这边还没停歇,那边小艾也嚷着要搬出去,这下全乱套了。”

“大概是小林求她的吧，她怕自己一个人搬到别的宿舍适应不了。”

“她俩根本没打算要搬到一个宿舍啊，是各搬各的。”

这下，我的头大了。班上唯一安静平和的就是安安的宿舍，我还以为她们已经开始搬家了呢，没想到私底下也是乱成了一锅粥。

“安安，我今天也快要崩溃了。辅导员刚才打电话来，非要我这几天就搬回学院，而且要搬回以前的宿舍。我快疯了。我本来就是因为宿舍有矛盾才搬出去的，他现在又让我搬回来，这怎么可能啊？”

安安也愣住了。我们俩呆呆地看着对方，大眼瞪小眼，一点办法都想不出来。

宿舍问题愈演愈烈，短短几天就上升到了白热化的程度。我往教导处跑了几趟，确定留在原来的宿舍已经没有任何可能性了，再加上我以前的宿舍已经放出话来，不会接受任何人住进去，我索性彻底不管不问，由着她们去折腾。倒是安安三天两头往我这里跑，一来就是大吐苦水："现在就麦子还硬撑着想维持宿舍的平和，小艾和小林心早就飞了，我真是不敢想象会闹成什么样。"

"随她们闹去。你就算是有心想去管，又能管得了吗？"

"我当然是不想管，都快要考试了，一想到那么多要背的东西我就头疼。可问题是现在我根本脱不了身啊。"

"怎么会这样？"

"算了，我就直说吧。麦子对小林好，这个你肯定是知道的。可那不是一般的好，麦子是真的喜欢小林。小林受不了麦子的纠缠，铁了心要搬走。小林一走，小艾就觉得这个宿舍没法住了。麦子对男生完全不感兴趣，她喜欢的是女生，以前有小林在还比较安全，至少麦子不会注意到其他的女生，如果没了小林，难保不会发生其他事情。所以小艾这两天一直鼓动我和她一起搬走。我现在也拿不定主意，我和麦子的关系一直很好，这样搬走我觉得挺对不住她。可小艾的话也很有道理，让我继续和麦子住下去，我心里也不踏实。你说我该怎么办？"

安安的一番话听得我晕晕乎乎。我只抓住了一个重点，那就是麦子喜欢小林。这点我很清楚，因为是麦子亲口告诉我的。我以为那是我们之间的秘密，却没想到这个"秘密"会从安安口中说出来。

"你怎么知道麦子喜欢小林的？"

"怎么会不知道呢？毕竟在一起住了三年，有什么看不出来的？如果不是麦子把小林逼得太紧了，小林也不会吵着要搬出去。以前麦子只是默默地对小林好，现在则是公开地管着小林，小林只要和男生打交道，麦子就一脸的不高兴。小林要是哪天心情不错，给麦子点好脸色，麦子能高兴上一整天。麦子的那些反应，我看在眼里都觉得别扭。我倒不是有什么偏见，麦子喜欢谁是她的自由，可这毕竟是四个人的宿舍。唉，天天如此，谁受得了啊？小艾有时候看不下去，还会说上几句，我是连说都说不出口，只能装作看不见。”

安安面对这些感到为难，我听到这些也感到为难。安安是我的朋友，麦子也是我的朋友，我不能劝麦子放弃小林，也不能替安安做出选择，我唯一能做的就是保持沉默。几次谈话之后，安安也变得沉默了。她终于明白了一点：在这场闹剧里，她和我都是一样的被动，我们根本没有选择的权利。

等我从宿舍问题里彻底挣脱出来的时候,已经到了考试周。最终掌控了局面的是辅导员。他的处理方式非常高明，没有别的花招，就是一个字：拖。不管谁到他这里来哭诉，他根本不理睬。最后大家的耐心全都耗光了，他才开始有条不紊地布置搬家事宜。

折腾了一圈之后，一切又回到了原点。全部宿舍维持原状，大家无话可说，只能把抱怨咽进肚子里，该收拾的收拾，该搬家的搬家。安安终于不用夹在中间受委屈了，只可惜了麦子苦心维持的良好宿舍形象被毁得干干净净。

竹子的宿舍搬来了一个同系不同专业的学生。以前的三人宿舍突然多了一个人，宿舍关系需要重组，竹子趁机缓和了宿舍矛盾。虽然还是不冷不热，但至少大家可以相安无事地在同一个屋檐下住了。

辅导员最终把我安排到了学妹的宿舍里，而且允许我考完试再搬家。和其他人相比，我算是这场搬家大战中的幸运儿了。

如今临近毕业，新的混乱又开始了，有人欢笑有人哭，我依然是个被动的人，没有主宰自己命运的能力。

竹子在小饭馆里擦干眼泪，我们吃了点东西就回了学校。竹子的生日餐就这么匆匆地结束了。

一直到了竹子的宿舍，她才勉强平静下来。这是竹子搬家之后，我第一次走进她的宿舍。我知道竹子宿舍的情况，所以每次来找她，我都是把她叫出宿舍，免得引起不必要的尴尬。现在，竹子宿舍的其他三个姑娘还没有返校，我可以安心地坐着陪她。

“谢谢你一直陪着我。我刚才哭得很难看吧。”

“没有啦，不要想太多。”

“有你在我身边，感觉心里好受多了，真的谢谢。晚上要请你吃饭。”

“不用了。”

“喂，今天可不是我一个人请你哦。”

“我知道啦。今天晚上你们就好好甜蜜吧，我就不当电灯泡了。请客吃饭的事明天再说。”

我做出一副很了然的样子，拍了拍竹子的肩膀。竹子露出了这么多天来最灿烂的笑容。

五 小艾

刚走出竹子的宿舍，我就接到了安安的电话。那一刻，我心里真是悔死了。若是刚才答应了竹子，就不会那么尴尬了。虽然短信和电话的内容是一样的，都是安安妈妈请吃饭。但短信我可以很果断地无视，电话就不能了。

5点半，我准时下了楼。我心里很忐忑，下楼梯的时候，脚步沉重了许多。今天晚上注定了不会是什么愉快的饭局，至少对我来说不是。等到了宿舍楼前，我发现了一件更尴尬的事情。小艾正在和安安的妈妈聊天，气氛似乎非常融洽。那一瞬间，我真有回自己的宿舍的冲动，可是已经没有退路了，只能换上笑脸迎了上去。

一路上，我都尽量走在比较靠后的地方，刻意和小艾还有安安保持着一段距离，好像这样，我的心里才会稍微轻松一点。

打车、找饭店、点菜，所有的程序都被安安的妈妈包办了，我们坐在饭桌前，各想各的心思。我是第一次见到安安的妈妈，之前也没有什么了解。我很少打听朋友的家庭，一来觉得是他们的私事，二来也不感兴趣。不过安安的妈妈倒真是和我想象的差不多，说话做事风风火火，妆容衣着都很讲究。暗暗揣度一番之后，我决定今天要少言语，多微笑。

安安的妈妈落了座。寒暄客套一番之后，接下来所有的话题都围绕着安安。女儿要去香港读研，做母亲的言语里自然流露出一份骄傲的神色。我知道这是人之常情，不过心里还是很不是滋味。考研失利就像一块大石头，压得我抬不起头。麦子来不了，小林还在返程的车上，安安和她的妈妈坐在我的对面，小艾坐在我的旁边，这种种的一切都让我感到心里非常不自在，只能频频端起杯子用喝水来掩饰自己，真算是尝到了如坐针毡的滋味。

一直等到菜都上齐了，小林终于赶了回来。多了一个人，气氛立刻出现了变化，大家的注意力很快就被转移了。我这才算是解脱出来，长长地舒了口气。然后我慢慢地从局内退到局外，不动声色地观察起每个人的反应。

小艾平日里总是顶着一脸的浓妆。其实小艾的娃娃脸就算不上妆也很可爱，可她偏偏喜欢深色的眼影，浓烈的唇彩，这样的妆容衬上微卷的褐色长发，好看是好看，就是显得肤色有点脏。做同学那么久，我很少能见到小艾不化妆的样子，今天她难得化了淡妆，感觉就像是变了个人似的，一下子有点适应不过来。我偷偷打量了她几番，看得出今天小艾有些不自然。

她论文的英文参考文献被查出来是用了软件作假，被迫延期答辩，所以她整个人显得有点强打精神。小林今天的面试似乎比较顺利，能看得出她心情很不错。小林很会察言观色，说话也很有分寸，就算话比较多，也不讨人厌。两厢一比较，小艾就差得多了。在安安妈妈面前，她极力想表现得跟安安很亲密，聊天却总是莫名其妙地冷场。这种时候，小林就会把话语权抢过来，说些学校的趣事，顺带着把安安也拉上聊几句。小艾就只有在一旁干笑的份儿。

看到小艾的尴尬，我心里不由得有些暗爽。心情一转好，就有了说话的欲望，自然而然地重新插回到饭局中。

我插进来的很不是时候，话题又被安安妈妈转到了个人前途上面。小林把自己应聘的那家公司狠狠地夸了一通；小艾低调地说已经被上海戏剧学院录取了，要继续读研；轮到我的时候，我实在不知道该怎么回答，又不能保持沉默，只好用正在找工作来搪塞过去。安安妈妈偏偏揪住这个话题不放，开始大谈她四年来是怎么给安安设计人生道路的，听得我们三个人都无话可说。正好我们身后的大屏幕在转播世界杯足球比赛，我借口关注赛况，频频回头来转移自己的注意力，至于其他人的反应，我再没有心思去关注了。

这顿饭吃下来真是身心俱疲，一觉睡到了第二天下午才迷迷糊糊地被竹子的短信叫醒。她约我去图书馆，先见人，再吃饭。放下手机，我躺在床上开心得吹了几声口哨，终于能见到竹子的神秘男友小柯了。竹子的保密工作一向做得很好，大家套来套去，都问不出什么有价值的内容。对于小柯我也只是比别人知道得多一些，零散的细节拼不出一个完整的印象。

一进图书馆就看到了竹子和小柯。小柯确实是个挺普通的男生：中等个儿，瘦瘦的，看上去很学生气，还有点腼腆。简单介绍了一下，我们就直奔今天的主题——找饭馆吃饭。一路上，竹子都显得很活泼，看上去挺闷的小柯也是个健谈的人，他们之间的气场旁人很难插进去，作为朋友，我看在眼里，真是既羡慕又嫉妒。直到进了饺子馆，竹子和小柯才算是从二人世界里走出来。

“好奇怪哎。昨天他见到 Lea 的时候，还有些不好意思，今天就放开多了。你没发现他今天话还蛮多的吗？”

“估计是因为 Lea 的气场和别人不一样吧。”

此话一出口，我和竹子都会心一笑。Lea 是个特别奇怪的家伙，如果我和竹子单独和 Lea 在一起，聊上一个下午、一个晚上都很开心。如果是我们三个人坐到一块儿，各种冷场不说，还经常出现我和竹子已经转到下一个话题了，Lea 还停留在上一个话题的情况，总之气氛非常诡异。我和竹子屡试不爽，却都摸不清原因。

“说吧，想吃什么？今天有人买单，不要客气。”

竹子这话是冲着我说的，其实有一半也是说给小柯听的。我当然不会点破她的小心思。

“到了饺子馆，当然是吃饺子。菜啊什么的你就随便点一点儿好啦。”

“那我要猪蹄行吗？”

我一咧嘴：“没问题，你要吧。”

“她是故意逗你的，她跟我说过你不吃猪蹄的。”

小柯突然插进来的话让我很意外。

“你怎么知道？”

“你们上次去‘外婆家’吃饭的事，竹子都告诉我了。”

我狠狠地瞪了竹子一眼，居然把我们之间的事情全说了，真是重色轻友。

“外婆家”是一家连锁餐厅，我和竹子去市区看 3D 电影的时候，约好中午去“外婆家”吃饭。去了之后，才发现点菜成了大问题。我忌口，大部分的菜都吃不来，竹子本想美美地吃一顿海鲜，为了迁就我的口味，只能忍痛放弃。我提出各点各的，竹子坚决不同意，非要点我们都能吃的菜，我知道这是竹子的体贴之处，心里觉得很过意不去。第二天竹子拉上麦子特地去吃了一次，才算是饱了口福。

“你要是想吃猪蹄就要一盘，你俩吃，不用顾忌我嘛。”

“真的不用，我跟你开玩笑的，我们中午已经吃过了。”

“我就喜欢看她吃猪蹄的样子，超级好玩。”

这两个家伙说了没三句话，就又进入了二人世界。看到竹子一脸甜蜜的样子，我打心眼里替她高兴。这些朋友里，竹子和我的脾气性格最像，看到她，就好像看到我自己。竹子能够开心快乐，对我来说也是无形的鼓舞。

和竹子真正成为可以交心的朋友还是在大三搬家那会儿。我被辅导员特许考试后再搬家，为自己争得了安静的考试复习时间之后，才意识到已经进入了高温期。杭州的夏天是很难熬的，太阳毒，湿气重，住在一楼，更是难受。说是一楼，其实已经算是二楼了，宿舍楼的一楼整体架空，用来当自行车车库。即便如此，宿舍里还是待不住人，往往到了后半夜才能勉强入睡。不过比起占不到座的图书馆和那些乱糟糟的新宿舍，我的空宿舍俨然成了复习宝地。Lea和竹子早早地瞄上了我的宿舍，成了我这里的复习常客。我本想把安安也拉过来，可安安执意要去图书馆。她在图书馆里占了两个座位，三餐全是叫外卖，几乎把那里当成了家。我知道安安很看重成绩，考试期间什么都不顾，也就没有勉强她过来。

考世界电影史这门课前，我和竹子还有Lea说好一起整理资料。刚吃过晚饭，Lea和竹子就抱着厚厚的《世界电影史》来我宿舍挑灯夜战。刚坐下复习的时候，我们一个人抱着一瓶冰凉的可乐，还能抵御一会儿炎热，过不了一个小时，就有些受不了了。热气一浪接一浪地从窗户外面滚进来，人坐在房间里，就像蒸桑拿一样。头顶上只有一个小风扇，慢悠悠地转着，开了也只是心里安慰。更不巧的是我的蚊香用完了，我们仨只能一边拍蚊子一边背书，最后发展到花露水和风油精齐上阵都抵挡不住蚊子的进攻。后来还是竹子想到从楼管阿姨那里借来了一些蚊香片，才算把我们解救出来。这么一折腾，复习的兴致也被打乱了，Lea 早早地跑回宿舍睡觉了，我和竹子则索性聊起天来。

“真是不想考试了，这两天光是搬家就累掉了半条小命。”

“我也不想考试啊，一想到考完试还要搬家，还要去和几个 90 后的小孩一起住，头就大啊。”

“那也好过和班上的人住在一起。经历过这次宿舍风波以后，我算是彻底看透了。”

竹子愤愤地把脚翘到了椅子上，我也蹬掉拖鞋，盘起了腿。

“不过，我真没想到麦子她们宿舍也能闹起来。”

“所以说，看问题不能只看表面啊。对了，你觉得小艾是个怎样的人？”

我知道一聊天，必定绕不过小艾。幸好是竹子主动挑开的话题。

“我真不知道。我和小艾几乎没打过交道。”

“大家都以为是我追着小艾做朋友的，其实呢，是小艾先过来拉拢我的。”

我微微有点惊讶，竹子对我的反应一点也不意外，继续说道：“那时候我和宿舍的关系糟透了，有个人主动过来对我好，我当然很感动。可真正相处了之后，才发现根本受不了。小艾是个特别任性的姑娘，经常一个电话就把我招呼过去了。和她在一起，我真的很累很累。可就算是心里再有怨言，我嘴上也说不出来，该陪她还是要陪。小艾也就是吃准了我这一点，上哪儿都要拉上我。”

“竹子，你的性格其实挺好的，怎么会受到宿舍其他人的排挤呢？”

“原因很简单，她们三个都是有男朋友的，就我没有。”

竹子无奈地笑笑。别人有的，你没有，那么你就是异类，就要被欺负。现实就是这么残酷，没什么道理可讲。

“刚开始和小艾做朋友的时候，确实很开心，觉得自己不是孤单一个人了。再回到自己宿舍的时候，怎么都忍受不了那种压抑的气氛，就想去找她。可能去小艾那里的次数太多了吧，麦子对我还挺有意见的。”

“麦子就是这样的家伙。以前我老去找安安玩，她对我态度也不好。熟了以后，她向我解释说那会儿她觉得一个宿舍的就该在一起玩，看到其他人把自己宿舍的人拉走，就很不爽。我现在还老拿这件事跟她开玩笑呢。”

我忍不住笑起来。竹子的表情还是很严肃，没有丝毫的缓和。

“互相看不顺眼的人，可以成为朋友；用心去对待的人，反而弄成现在这样，是不是很讽刺？小艾是个嫉妒心特别重的人。她和我在一起的时候，根本看不得我有比她强的地方。她总觉得我是个可怜虫，她和我做朋友，是在施舍我，我天生就要比她低一等。所以她看到我的宿舍关系有所缓和，就又进去插了一脚。”

“她做了什么？”

“我和小艾在一起的时候，曾经抱怨过宿舍里的人睡觉太晚，影响到我休息。这本来是很正常的事啊，我当她是朋友，才会和她说体己话。结果她把我的话又学给我宿舍的人听，故意挑起事端。那次我被整惨了，如果不是麦子出头帮忙调和，我肯定在宿舍里待不下去了。因为这件事，我和小艾彻底掰了。”

“这件事情是发生在拍 MV 之前？”

我大概明白竹子的处境了。

“没错。拍 MV 前，我们已经不来往了。只不过我害怕我和小艾之间的矛盾会影响到组里的拍摄，所以才会把自己的三脚架贡献出来。”

“那是你的三脚架？”

“嗯，是我的。本来是攒钱买 DV 的，结果被忽悠买了个三脚架。自己都觉得这事儿太荒唐了，所以就跟大家说是我借的。你还记得吗？有一次拍完宿舍的戏以后，我们要转到教学楼去拍下一场。等我从宿舍抱着道具出来时，人全都没影了，就看到三脚架孤零零地立在宿舍楼前。那么一大群人，就光顾着自己跑了，根本没人想着要拿上三脚架！我当时差点都快哭出来了。”

我拍了拍竹子的肩膀。竹子平静了一下情绪，继续说道：“后来的事情你也都看到了。MV 一直拖到课堂上才第一次放映，之前谁都没看到过样片。其实我早就猜到小艾会做手脚，只是没想到她会那么狠。”

竹子的正面镜头和台词全被剪了，只留了一个背影和一个匆匆的过场。放完片子，竹子就默默地出去了，之后的课也没来上。

“算了，不值得为这种人生气。再说了，其实这次的 MV，大家心里都有怨气。你看那片子剪得七零八落的，最过分的是所有人出现的时间加起来都没她一个人露面的时间长。但咱们也没办法，歌曲是她选的，故事是她编的，分镜头剧本是她写的，男主角是她联系的，连最后的剪辑也都是她亲手操刀的。大家嘴上不说，心里可都清楚她是怎样的人。”

“你知道小艾为什么要找那个男生吗？她其实是想借这个机会追他。只可惜那个男生从头到尾就没搭理过她，她的一番苦心白费了。”

“原来是这样啊。”

竹子的嘴角微微动了动，扯出一丝很勉强的笑容。

“其实小艾身上也有不错的地方。她敢说敢做，能力也不差，就是太爱花钱也太八卦。我总把她当妹妹看，其实她比我们要成熟多了。很多我们看不透的问题，她轻轻一点拨，就有一种拨云见日的效果。”

“都到这份上了，还想着维护她？”

“如果是安安，你的心也会偏向她的对不对？”

“那不一样。”

那时候我和安安还没有闹翻，我们还是朋友。直到我有了相似的经历之后，才明白竹子话里的苦涩。

之后的聊天就轻松了很多。我们一人捧着一杯滚烫的绿茶，喝得满头大汗，聊得畅快淋漓。我惊讶地发现，竹子是那么热爱话剧，对音乐剧的了解也让我自叹不如。不过所有的话题中，最让我感兴趣的还是她一直小心守护的恋情。

“你们是怎么认识的啊？”

“我们是高中同学啊，都认识六年了。”

“哇！怎么会现在才开始交往呢？”

“那个……以前只是普通朋友罢了，没有感觉啊。”

“嗯，那他是个怎么样的人啊？”

“就是个很普通的男生啊，没什么特别的。”

“这么说，前段时间你突然失踪，其实是去南京看他去了？”

“嗯。”

“那其他人知道吗？”

“喂，我都说了，就你一个人知道，其他人我压根没提过。”

竹子面对我的连环问题哭笑不得，最后实在招架不住了，嚷着要换话题，还逼着我发誓帮她保守秘密。

后半夜，气温降下来了，我们的心依然是暖暖的。如果不是天已经亮了，我们会一直这样聊下去。早上 6 点半我们互道晚安，拿着整理好的资料去狂背，8 点 50 还要准点上考场。幸好这门功课我们都没有挂科，那个夜晚也因此成了我们最难忘的回忆。

每当我和竹子回忆起这段往事的时候，都会唏嘘不已。幸好我们读的是四年制的本科，如果是专科，就要错过彼此了。人与人之间的关系就是这么微妙，上一刻还是路人，下一刻或许就成了熟人。

“对了，我听麦子说，昨天安安的妈妈请你吃饭，你去了吗？”

竹子的话又把我的思绪拉回到饭桌上。

“嗯，去了。”

“看来我今天把你拉出来是对的，正好调节下情绪。”

我递给竹子一个微笑，没有搭话。

竹子知道我昨天肯定很不自在。她和麦子都以为我不想见安安，其实我最不想见的人是小艾。没有人知道，我曾经跟小艾玩过一场游戏，而游戏的主角就是安安。一场游戏，造成了无法挽回的结果。

吃完饭，竹子送小柯回旅馆，我独自一人默默地走回宿舍。传媒学院生活区的晚上是很热闹的，一大群人聚在小广场上玩轮滑，一对对情侣从我身边走过。欢笑声刺激着我的耳膜，我踩着被路灯拉得细长的影子，感到从未有过的落寞和悲哀。

六 我

收拾完最后一包东西，躺在光秃秃的床板上，整整一夜没有合眼。能带走的我都塞进包里了，就连贴在墙上已经残破不堪的海报，我都撕下来，小心翼翼地压在书里，一起打包邮回了家。曾经属于我的空间里只剩下了一盆仙人掌。杭州空气湿润，不需要浇水，它一直默默地待在书架上，成了很没有存在感的摆设，没想到它竟是我唯一带不走的东西。思来想去，我还是把仙人掌挪到了阳台的角落里，户外的环境或许更适合它的生长。

第二天一大早，我提着三个大包轻手轻脚地出了宿舍，三个小学妹都还在熟睡，也唯有这个时候，向来喧闹的宿舍里才会这么安静。遗憾的是，我从来没有融入过她们的生活，以后也再没有可能了。

直到走出宿舍楼，我才发现，自己的行李实在太多了点，三个大包只有一个是拉杆箱，一个人拖着非常吃力，只能慢慢地往前挪。照这样的速度能不能赶上火车都是个大问题。还没有走到校门，我就已经是满头大汗了。突然，我听到好像有人叫我的名字，等我反应过来的时候，安安已经跑到了我身边。

“你怎么起这么早？”

“我去送小艾了，她是早上 6 点半走的。刚从公交站回来就看到你，正好可以送送你。”

“你回去休息吧，我一个人能去火车站。临走之前能看到你，我就已经很高兴了，不用送了。”

“行李这么重，你一个人根本到不了车站的，我送你去。”

看来是没办法拒绝了，我只能把拉杆箱递给她。刚走了几步，安安停了下来：“好像有个包破了。”

我连忙去检查包，果然裂开了一个大口子，大概是从楼梯上拖下来的时候被磨破的。

“没关系，就这样吧，应该能撑回家。”

我心里已经有些慌乱了，嘴上还装得很淡定。

“这怎么行？半路上万一全破了怎么办？你是几点的火

车？”

“9点半。”

安安看了看表：“时间有点紧，不过应该来得及。这样，我现在去超市给你买个编织袋，你就在这里等我，我马上就回来。”

“真的不用……”

安安踩着我的话音就折回去了，她做事一向风风火火的，我站在原地，只有摇头跺脚的份儿。

不多时，就看见安安提着一个编织袋，一边跑还一边叫着我的名字。一种莫名的滋味涌上心头。安安离我越来越近，我眼中的安安则越来越模糊。风吹过来，脸上有一丝冰凉的感觉。安安已经跑到了我跟前，一边喘着气，一边飞快地帮我套袋子。

“安安，袋子多少钱？”

“哎呀，还什么钱不钱的，赶快走吧。”

安安坚持打车把我送到了公交总站，我直接坐上了去火车站的公交车。等车发动了，我才想起来和安安道别。安安站在车窗外不断地挥手，我看到她抬手擦眼睛，心里止不住地一阵心酸。我和安安的过往一桩桩涌上心头，每一件事的背后都夹杂着第三个人，这个人就是小艾。

大四开学后，我见安安的第一面就发现了她的变化。一个暑假不见，安安的单眼皮变成了双眼皮。我问她是怎么回事，安安说睡了一觉醒来就变成这样了。这借口实在太没有说服力了，明眼人一看就知道是怎么回事。等到实在瞒不住了，安安才选择了默认。

其实爱美之心人皆有之，双眼皮手术也没什么，只是连我都要遮遮掩掩，这样的态度让我很受伤。我不会去责问安安干吗要在脸上动刀子，也不会责问她干吗不肯说实话，即使是好朋友，有些话也不能当面说，只能埋在心里。攒得多了，心里装不下了，只要一根导火线，很轻易就会爆发出来。

某天去食堂吃饭，刚要开动，就听到有人在小声议论安安的事情。我一扭头，正好对上了小艾的目光。如果当时我把脸转过去就没有后来的事了，可那时候的我鬼使神差般地也随口议论了几句。这一搭腔，让我和小艾形成了某种奇妙的默契，此后这样的聊天就成了顺理成章的事情。我当然不会和小艾大大方方地议论安安，一切都是私底下进行的。

“安安其实超级在意自己的长相，别人看不出来，我可是知道得清清楚楚。你知道吗，安安妈妈是个很会打扮的人，比安安要新潮多了。能看出来她在安安身上也下了不少功夫，新款服装，白金耳环，名牌手表，样样齐全。只可惜安安底子真是不好，再怎么打扮也没用。她啊，就是那种能把名牌穿成地摊货的人。”

小艾说话不躲不闪，不隐不藏，这也是我愿意和她聊天的原因。她的话乍听上去挺刻薄，细细琢磨倒真是那么回事。

仔细想想，和安安相处了那么久，真没听她谈论过和外貌、服装有关的话题。记忆中唯一的一次还是我们一起去上海的时候偶然聊到的。

上海对我来说是个有着莫名吸引力的城市。以前都是从文字去感知上海，胭脂香粉，纸醉金迷，自然一段迤逦妖娆的世俗之气。或许这些触动了我内心的细腻敏感，我也一直很渴望去看一下这个城市，见证一下这冥冥当中的契合。来杭州读书后，与上海的距离骤然缩短，出行很快就摆上了日程。

本来打算一个人去的，临到出行时还是叫上了安安。说到底，我骨子里是个缺乏安全感的人，再说万一遇到口音问题，安安的苏州话还能派上用场。我和安安是周末去的上海，计划只待一天不过夜。杭州去上海的火车很多，我们到车站就买到了合适的票。上了火车我俩都呆住了，一个个独立的小包厢，淡绿色的窗帘，洁净的桌布，这绝对是我们坐过的最漂亮的车厢。我和安安面对面地坐着，一人戴着一边耳机听安安 MP3 里的音乐。安安趴在桌子上，目不转睛地盯着我看，我做了几个鬼脸她都没反应，我实在忍不住了，只能小声抱怨："喂，怎么老是看我啊，我脸上有什么东西吗？"

"没，我在看你的眼睛。黑白分明，特别有神，还是双眼皮，真好看。"

"谢谢。"

我说不出别的话，只能说谢谢。

"你的眼睛是真的很好看，不像我眼睛小还是单眼皮。而且我的嘴巴长得也不好看，嘴角有点往下撇。怎么办呢？"

安安依然目不转睛地看着我，一脸茫然的样子。

安安说的都是大实话。我当然不会傻到去承认这一点，可太违心的话我也说不出口，只好挑最保险的说："我喜欢你的眉毛，不需要修理，自然成型。不像我眉毛又浓又乱，跟蜡笔小新似的。"

果然，安安的脸上露出了笑容。

上海之行并没有给我带来太多的惊喜。这个城市已经被打造成了国际化的大都市，和其他大城市一样，触目皆是宽敞的马路和高大的建筑，一眼就可以把城市的里外看得清清楚楚，太直白了也太敞亮了点，早已失去了它应该有的韵味。

那次出行我能记住的就是安安的那番话。现在想来，或许那个时候她就动了做手术的心思吧。

"算下来，三年来安安真是没少折腾，发型改了，牙整了，现在又去割了双眼皮。只是安安的双眼皮手术做得好失败，据说一只眼睛割了两刀，另一只割了三刀，仔细看就能发现不是很对称。"

这是小艾在食堂告诉我的话。不管真实与否，我听到耳朵里都很不舒服。如果安安跟我说她要做手术的话，我一定会想尽办法阻止她。不过安安八成不会听我的，她有她固执的一面。安安在有些事情上做出的让步让我很惊讶，在有些事情上的坚持也让我很无奈。

“上次安安让你去她家里玩，你怎么没去？”

“我有事，去不了。”

其实安安从大一开始，就不断地邀请我去她家里玩，我都婉言谢绝了。我很害怕去一个陌生环境，也不喜欢给别人添麻烦。

“那你真是错过了好戏。安安在宿舍里绝口不提家里的情况，我和小林从她的吃穿用度上判断她的家境应该不错，不过真正去她家看了才知道她家多有钱。你根本想象不出来的。反正我们仨都惊呆了。”

麦子回来后向我描述过安安家里的情况，麦子不是没见过市面的人，能够让她不自觉地发出惊叹，安安家里的富裕程度可想而知。

“麦子这个人啊，看着很世故很聪明，其实也有大嘴巴的时候。她回来就到处宣传安安家里的情况，安安气得和她大吵了几次。安安就是不想别人知道她家里有钱。这个人啊，太小心谨慎了，什么都掖着藏着。我最佩服她的一点就是她特别能忍，什么事都往肚子里装，再不高兴，脸上都不会表现出来，这真不是一般人能做到的。”

我知道安安很能忍。安安很不喜欢别人碰她，平时我们走在路上，挽个胳膊她都受不了，更别说摸头、拍肩膀之类的亲密动作。我知道以后，就很注意这一点，私底下也会和她保持一点距离。有一次我看到 Lea 和安安开玩笑，一直在摸安安的头发，当时安安一声都没吭，我知道她应该很难受，就找了个机会把安安不喜欢别人碰她的事告诉了 Lea。Lea 听了以后非常惊讶。Lea走路的时候，最喜欢挎着同伴的胳膊，安安和她一起出去的时候，从来都没有表现出很抗拒的样子。再后来，我发现安安和别人在一起的时候，也可以一起打打闹闹，并不拒绝身体的接触，心里有种说不出来的感觉。

“安安特别会做人，这一点我和小林都比不上她。她在别人面前都是一副老好人的样子，从来没有听她说过谁的不是。这才是她最可怕的地方。没有任何宿敌，永远是一副完美的形象。其实呢，我们都被她的外表蒙蔽了，骨子里安安是个特别特别虚伪的人。”

“比方说……”

“你应该知道，我们宿舍脾气最大的人就是小林。安安每次考试的分数都是全班第一，但一等奖学金永远都是小林的，安安没有其他方面的加分，只能拿二等。她俩平日里为了这件事一直较着劲，只不过安安是搁在心里面，小林则是明着来。她隔三岔五地找安安的茬子，安安就任由着小林说她，一声都不吭。等小林走了以后，才会在我和麦子面前抹眼泪。一开始我们都好心疼她，后来每次都是这样，就有了做戏的感觉，好像那眼泪是专门流给我们看的一样。”

这话一下子就让我联想到了相似的事情。有一次我去图书馆找安安，她和小林正坐在图书馆的沙发上聊天，安安和小林产生了分歧，小林二话不说就开始数落安安，安安低着头一声不吭，我看不下去要说小林，安安按住了我的手。小林发完飙就走了，我坐在安安旁边，看着眼泪从她的眼眶里掉落下来，那一刻真的是心疼到了无以复加的地步。安安是个乐观开朗的人，我几乎就没见她哭过。所以打这件事情之后，我就没怎么搭理过小林。她当着我的面伤害了安安，我绝对不会原谅她。

如果真的像小艾说的那样，这眼泪只是做戏的手段呢？我心里顿时凉了下来。

之后小艾还聊了安安很多事情。一开始我心里还有很深的负罪感，知道这样做对不住安安。可一旦真正投入进去，就很难再停下来了。一想到心目中那个善良单纯憨厚的安安被剖析得体无完肤，精神的亢奋伴着内心的疼痛慢慢地滋生出一种莫名的快感。我已经不知不觉中越陷越深了。

在整个过程中，小艾始终是主导者，我是沉默寡言的旁听者。直到某一次小艾突然说出来的话触动了我的神经："安安从来不会欠别人人情,她最乐意做的事就是让别人记住她的好。如果你忘了，或者某段时间你对她有所疏远，她就会拐弯抹角地提醒你。"我终于坐不住了。这是我心里的一个疙瘩，我一直小心地避开，没想到居然被小艾轻描淡写地点了出来。

我刚进大学的时候，带着很强的戒备心理，用不信任的眼光打量着周围的人和事，这样的心态是很难融入集体的。无论是在宿舍还是在班级里,我都是边缘人,唯一的朋友就是安安。我宿舍的人为了把我排挤出宿舍，在班上散布了很多关于我的难听的谣言，就连麦子都深信不疑，只有安安始终站在我的身边。所以我心里一直非常非常感激安安。平日里，不管是遇到开心的事还是不开心的事，我第一时间想到的都是安安。看到了好书，发现了好电影，有了学习上的心得，也总是想着要分享给安安。大一上学期，我的大部分时间和安安一起度过，在她面前，我敞开心扉，毫无保留。到了大一下学期，情况发生了一些变化。我拿到了一等奖学金，班上以前看不起我的人都纷纷涌到了我的身边，我有了很多新的朋友，安安在我心里的位置依然很重，但不再是全部。她很快就感觉到了这一点，所以我们单独在一起的时候，安安总是会装作很不经意地提到我们以前的事情，提醒我不要忘了她曾经给过我的帮助。安安对我的好，我从来都记在心里，但有些事情是我不愿意去回想的，它会让我想起我曾经忍受的孤独寂寞和我曾经遭受的白眼嘲笑。安安不时地提醒，等于是在揭我的伤疤。我表面上不会说什么，心里是很反感的。那时我心里念着她的好，所以不会去斤斤计较，现在小艾挑起了话头，我也有了吐露心声的欲望。

最初我只是把这一切当成一场单纯的游戏，小艾乐意说，我也乐意听。当我和安安的往事被一点一滴地剖析开来后，我发现事情绝对没有我想象的那么简单。就像涂了油的石头，看上去似乎光洁无痕，如果放在太阳底下暴晒，等油流出来之后，就会发现上面布满了细小的裂缝。我和安安早已有了嫌隙，只是我一直选择性地无视罢了。和小艾聊过之后，我再也不能像以前那样面对安安了。就算我能继续和她维持友情，我也欺骗不了自己的心。

我告诉麦子，小欣的事情是我和安安决裂的原因。其实那是我对安安的一次试探，如果安安站在我的身边，我会继续无视那些嫌隙。只可惜，安安没有给我这样的机会，后来的决裂也是必然的结果。

我无数次问自己，和安安分开的时候，心里有没有感觉到疼痛？答案是肯定的。三年多的感情瞬间崩塌，过往的一切消失殆尽，我心里一下子无法承受这样巨大的变化。我以为安安会主动来找我挽回这段友情，可我没想到安安做得比我更决绝。那天吵过架之后，整整一个月，我们再没有说过一句话。我心里感到一种空虚和脱力，火热的头脑冷静下来后，我开始怀念起以前和安安在一起的充实和快乐。我想去找安安，可下不了决心。我真正意识到事情有点不对劲，是因为小艾对我的态度突然发生了变化。以前都是她主动过来找我，现在她见到我就会绕道，好像是刻意在避开我，冷漠得让我摸不着头脑。直到有一次，我和竹子一起去食堂吃饭，我看到安安、小欣和小艾坐在一起边吃边聊，不时发出阵阵笑声，终于明白了是怎么回事。我收回踏进食堂的那只脚，果断地转身离开。竹子以为我是看到安安和小欣在一起，心里不舒服，也就没有追问。

第二天我就决定去挽回我和安安的关系。我放下姿态约她出来开诚布公地谈谈，安安很爽快地答应了。我能清晰地看出来，她每个眼神都流露出施舍的意味，她每个微笑都在冲着我发出嘲弄。我只能咬牙忍着，表面上还要装着很亲密的样子，说些虚伪的体己话。这一次我成了追忆往事的人，安安则很有分寸地配合着我，我们都知道彼此是在做戏，都很应景地落了泪。这次谈话之后，我和安安结束了冷战。可我心里明白，这表面上的平和是用三年多的友情换来的，我们真正由朋友变成了路人。

我一直没有后悔和安安分开。这是我自己的选择，我要对自己负责。安安有她的固执，我也有我的固执。我重新披上了坚硬的外壳，把所有的脆弱和悲伤都包裹起来。沉重的外壳把我自己也折磨得伤痕累累，疲惫不堪。真的很累，可就是放不下来。好像不这么做的话，我就不是我自己了。

当安安提着编织袋，叫着我的名字一路跑过来的时候，我所有刻意压在心底的复杂情绪全部涌了出来。我才发现，原来我的坚持是那么的可笑。

我坐在火车上，侧过头看着窗外。车窗好像变成了一个银幕，那些过往随着车的行驶慢慢流动着，如一帧帧无声电影的画面，泛黄发旧，带着岁月的痕迹，偏偏色调又是那么温暖，暖得让人想哭。时间好像永远地停留在了过去的某个时刻，那时我和安安亲密无间，没有隔膜。她会真诚地说我的眼睛好看；她会在我们一起骑车游西湖的时候，一路护着车技糟糕的我；她会和我一起躲在教师楼下，对着仰慕的老师大声表白；她会拉着我的手，一脸严肃地和我约定做一辈子的朋友。

再郑重的约定，没有实现，也不过是一句美好的幻想而已。记得某次，我、安安、Lea 还有竹子一起骑车游西湖，那时阳光明媚，春暖花开。心怀梦想的我们信誓旦旦地约定，毕业后要继续留在杭州奋斗。现实的结局是，竹子回了老家，安安去了香港，Lea 即将奔赴英国，而我则坐上了北去的火车。就好像是玩了一场模拟人生的游戏，游戏里面我们尽情痛哭，尽情欢笑，一场游戏结束了，我们又将在下一场游戏里继续我们的人生。

再多的执念，再多的怀念，最终都会随着时间消散而去。我打开车窗，看着滚滚前进的车轮，轻轻地说出了游戏的结束语：再见，安安。

温暖的小窝

一

窗外，风裹着雨，飘飘洒洒，雨点细密而连绵，就好像竹子说话时微微有些拖长的尾音。屋里，门窗紧闭，把潮湿和阴冷锁在了外面，留住了一方干燥而温暖的空气。小屋里有一个很大的内置阳台，地是普通的水泥地，屋子里只有一张床、一个衣柜和一张桌子，简简单单的布置。唯有阳台上晾着的衣服和桌子上散放的书籍，显出了一丝家的味道。这就是我租住了两个月的小窝，一个属于我自己的空间。

我把床上的铺垫卷起，坐在硬邦邦的床板上，手上捧着一杯热气腾腾的红茶，热气扑在我的脸上，带来持续而短暂的温暖。笔记本电脑放在一边，耳机里播放的是刚下好的专辑，干净的男声和简单的旋律，温柔得像棉花糖一样。我喜欢听安静的音乐，然而此刻，我的心里很不平静。我想竹子，想得很。虽然我们才刚刚分开。焦躁和不安像一根羽毛，不时地从我的心头扫过，孤独感越发强烈地充斥在心里的每一个角落。

“如果晚上不下雨了，我就过来。真想在离开前和你好好聊一个晚上。”

我分明记得竹子说这句话的时候，脸上流露出孩童一般天真的微笑。她是个孩子气的女人。一直都是。

雨还在不停地下着，让等待变得空洞而没有意义。我已经清醒地意识到，竹子是不会来了。

我没有等到竹子，却等来了麦子。

麦子的到来是很突然的，没有任何预兆。她身上雨水的气味，霸道地推开门，迅速弥漫在屋里，好不容易存住的一丝温暖被冰冷冲得一干二净。

“你怎么来了？”

麦子的出现着实让我吓了一跳。

“想来看看你。”

麦子很随意地坐到了我的身边。她的头发和裤脚都是湿的，我不由得往旁边挪了挪。我觉得有点不自在，自从搬出学校，除了竹子，我没有见过其他任何同学。

“应该先打个电话啊，万一我不在，你不就扑空了？”

“都这么晚了，又下着雨，你能去哪儿啊？我把行李放在楼下保安那里了，你要是真的不在，我就直奔火车站。”

“怎么，你要回家吗？”

“嗯，其实考完试就想回去来着，结果一直拖到现在。”

麦子轻描淡写的几句话，我听了却很不是滋味。听到竹子说要离开学校的时候，我只是觉得有点感伤，而麦子要离开，我感到的是实实在在的心痛。

“一个人住在外面要注意安全啊！进屋之后就要把门锁上。我刚才一推门就进来了，这怎么行？如果不是我，是其他人呢？”

“我知道了，谢谢……”

起身给麦子倒了杯茶。关切的话语还是那么熟悉，不过心里的陌生感是没有办法消除的。

“给我拷几部电影吧，我带回家看。”

“好的。你想看什么类型的电影？”

“还是和上次一样。”

我默默地翻开碟包，从一张张刻盘中找寻着麦子需要的电影。

“抱歉，麦子。真的没有。还是那几部。”

“没有就算了。”

“我最近没下载什么电影，而且你知道，我也很少看……”

“没关系的，我明白。不过——你的电脑桌面上的照片好美啊。”

麦子指着我的笔记本，黑白照片上的女孩端着烟灰缸，长裙长发，沉静哀伤。

“这是一幅摄影作品，我第一眼看到的时候就被迷住了。”

“我也被迷住了。真的很美。”

麦子的目光一直停留在电脑桌面上。我的手下意识地翻着碟包，每一张刻盘都附着一张小纸条，上面写着刻盘里的电影名称。纸条上的字迹还带着初学写字时的那种稚气，歪歪扭扭的。我写字很不好看，有了电脑后，更是很少动笔了。

我一扭头，发现麦子正看着我。我想躲避，却躲不开。麦子看人的眼神特别专注，会让你觉得，她看你的时候，她的心里只有你一个人。躺在麦子的眼神里是非常舒服非常满足的，我曾经是那么迷恋这种感觉，而现在，我想的是，她是不是也用同样的眼神看过竹子。

“下了那么多电影，能看完吗？”

“慢慢看，电影总是看不完的嘛。我现在看片可不像以前那么疯狂了。”

“那是。他去法国了，你也就没有看片的动力了。”

麦子的玩笑开的真不是时候。她自己也觉察到了，紧跟着又问了一句：“他离开去法国前，你给他打电话了吗？”

“嗯，打了。”

我一辈子都忘不了那个电话。

我暗恋那个人整整两年,那是一段想起来就很心酸的日子。我知道他不是我需要的人，可是感情的沦陷是没有那么多考虑的。两年的时间一晃而过，他已经大四了，要去法国继续他的电影之梦。我也要在大三这一年时间里，为自己的将来做打算。整整一个暑假，我没有想过关于他的任何事，我把所有关于的他的记忆全都封存在了心底，我告诉自己他已经去了法国，他已经从我的世界里消失了,我告诉自己我已经能够把他放下了，其实我只是暂时欺骗了自己。刚回到学校，我就听到了他的消息。他还在杭州，要到 9 月底才离开。消息是一个学弟告诉我的。我几乎可以听到自己心跳的声音，那声音明明白白地告诉我，我根本就没有把他从心里抹掉。我把学弟约到了图书馆，有一句没一句地聊着天。我尽量装得很随意，其实心虚得厉害，我不是一个说话拐弯抹角的人，我这么做只是为了要到那小小的一串数字——他在杭州的临时号码。

这些过程都不是麦子想知道的，她关心的是那个电话。

“要到号码后，我犹豫了好几天，我真的不知道该和他说些什么。难道要告诉他我喜欢他吗？不，我做不到。麦子，你知道的，有些话我宁愿藏在心里，一个人守上一辈子，也绝对不会开口告诉他。可我知道，我也许永远也见不到他了。”

“我能够明白。那么，你在电话里是怎么跟他说的？”

“我设想了各种各样的情景，把每一个字、每一句话、每一个细节都想得清清楚楚。我知道这么做很傻，可是没办法，不把这些都想好我不敢打电话。我就这么想了整整一个下午，一直到天都黑透了，才狠狠心，拨通了手机。那天是 27 号。不过麦子，我真的没有想到老天给我开了个很大的玩笑。”

麦子没有发问，她只是用眼神示意我继续说下去。

“他在 26 号的晚上就坐飞机离开了，是他妈妈接的电话。”

那天我听到这个消息后，头脑一片空白。我以为自己会哭的，但那一瞬间，眼泪好像被蒸发掉了似的，眼眶涩得很，就是哭不出来。幸好他妈妈的声音听起来很温和，要不然我可能连张口说话的勇气都没有。我尽量用平静的语气告诉他妈妈，我是他的学妹，和他在同一个电影社团工作过，知道他要去法国，所以打个电话跟他说声再见，祝他一切顺利。我说的都是大实话。除了大实话，我还能说什么呢？放下电话后，我呆呆地坐在宿舍里，脑袋里想的只有两个字：一天。我完全不能接受这个事实。我宁愿自己没有打这个电话，也许那样会更好过点。我感觉心里好像被硬生生地抽空了似的，空得好难受，我必须得做点什么才行。当时我的第一反应就是抓起手机，不停地拨号码。那天手机的信号特别差，一直拨到竹子的号码时才打通。听到竹子声音的那一刹那，我的眼泪终于落了下来。

“麦子，我不知道该说什么才好。只差了一天。”

“别难过，你还可以用其他的方式联系到他。”

“不一样啊，麦子，真的不一样。我在网上给他留了言，他也回复了，可就是不一样啊。麦子，我暗恋了他两年，整整两年。实实在在地喜欢。我想要给自己一个交代，可是老天吝啬到连一个电话的机会都不给我。麦子，你知道吗？如果，如果我给他打了这个电话，我也许就能彻彻底底地把他放下了。”

“傻丫头，你以为你真的能放得下他吗？”

我感觉到麦子的手搭在了我的肩上。

“那么麦子，你能够很轻易地把一个真心对待过的人抛在脑后吗？”

“我不能。付出的情感是收不回来的。”

“不，你可以。”我在心里默默地反驳着。我没有告诉麦子，其实那天我最想听到的是她的声音。

二

四个小时前，我是和竹子在一起的。我们在学校对面的咖啡厅里喝下午茶。小咖啡厅设在面包房的二楼，装修得十分雅致。咖啡杯只有拳头大小，附赠一份精致的茶点，对我们来说，这算得上过于奢侈的享受了。我凝视着咖啡杯中用奶油做成的漩涡图案，小心翼翼地挪动着搅拌棒，图案慢慢地融化在热腾腾的蒸气中，我的心也随之沉静下来。竹子也默默地搅拌着咖啡，手指轻轻触碰着杯子，感受着难得的温暖。雨一直在下着，隔着紧闭的窗户，我们听不到雨水的声音，心里却能清楚地感知到窗外的阴冷。

“这是我们俩第一次单独相聚吧。也许是最后一次。”

竹子说话细声慢语，带着淡淡的伤感。她总爱为那些尚未发生的事情操心。

“你月底不是要回学校考六级英语吗？再说了，我们还要一起去北京考试呢，怎么会没有相聚的机会呢？”

“就算有，也不会是现在这样的心境。”

我不知道该怎么回答竹子的话。我和竹子都是非常感性的人。两个太相像的人在一起会感觉到更多的无奈。

“只一个星期没见你，怎么感觉好像分开了有一年的样子啊。一个人在外面生活习惯吗？会不会感到很孤独？”

“还好，我住的地方很安静。我不是很怕孤独，可能早就习惯了吧。”

大四开学后，我的心情十分糟糕。晚上只要有一点响动，我就无法入睡。每天游荡在学校的各个角落，不知道自己在做什么，经常在自修室里，呆呆地坐上一天，摆在面前的单词本永远停留在字母 A 的那一页上。我从来没有那么恐惧过。面对未来，我彻底失去了方向。我不知道我需要什么，也不知道我能做什么。好不容易才凝聚起来的一点自信荡然无存。我还没有去做任何努力就先给自己判了死刑。挣扎了两个月后，我离开学校，搬到了现在居住的地方。安安静静的小窝成了我逃避现实最好的借口。

“对了，我妈知道我交男朋友了。”

“你告诉你妈了？”

“不是，是我妈猜出来的。我本来以为能瞒得住她呢。今天她在电话里一个劲儿地逼问我,没办法,只好乖乖地承认了。”

我能想象得出竹子窘迫的样子。这样的事情想要瞒住妈妈几乎是不可能的。

“那么你妈责怪你了吗？”

“没有。我妈认识我男朋友，她觉得他是个好人。”

竹子低下头，微微一笑，垂下的眼帘掩盖不住内心的喜悦。她的左边脸颊上有个小小的酒窝，笑起来的时候特别好看。

竹子的男朋友是她高中时的同学。两个人相识六年，正式恋爱是在竹子上大三的时候。男孩子在南京的一家公司实习，平时只能靠电话联络感情。

“竹子，我真的很好奇，恋爱到底是怎么样的感觉？是像书里描绘的那么甜蜜吗？”

“怎么会呢，那些都是假的。等你谈恋爱了就知道了。反正我和我男朋友也是会吵架的，就连我去南京看他那几天，我们还吵了一次呢！”

“啊？那谈恋爱有什么意思啊。”

“两个人在一起也会有很开心的时候啊。”

“比如说？”

“比如……当你特别累又特别饿的时候，他会端着做好的饭菜出现在你面前。是不是很感动？”

我完全被竹子说话的神态迷住了。也许只有恋爱中的女孩子才会有那么美的笑容吧。我仔细地打量着竹子，她今天化了淡妆，新烫了头发，蓬松的发卷披在肩上，有一种说不出来的女人味儿。

“我明天一早就要离开学校了。在回家之前，我要先到他那里去一趟。你知道吗？他给我寄了一个皮箱。他知道我的行李箱坏了，就悄悄攒钱给我买了一个，事先都没吭过一声。我拿着箱子回宿舍，我宿舍里的其他三个姑娘见了都羡慕得一塌糊涂。”

我喜欢听竹子谈她和男朋友之间的点点滴滴。当然我必须承认，听的时候，我的内心深处是有些嫉妒的。

如果不是因为麦子，我和竹子可能做不了朋友。我们兴趣爱好大不相同。她收藏鞋，我喜欢帽子；她爱吃海鲜，我压根不碰；她会花两个小时乘车去市区看话剧演出，我则宁愿坐被窝里抱着笔记本看电影。我们是完全平行的两条线，不存在任何交点。直到麦子出现在我们中间，我们才开始慢慢接触。记得最初交往的时候，我们俩说得最多的词就是“求同存异”。再后来随着深入的了解，我们的共同话题越来越多，最终成了形影不离的朋友。

“你怎么不吃糕点啊？”

“太甜了，我不想吃。”

“是想减肥吗？我告诉你，其实男生不喜欢太瘦的女孩子。”

“真的？”

“嗯，以前我老觉得自己太胖了，一心想着要减肥。后来我男朋友抱着我的时候，告诉我，他觉得我不算胖。他还告诉我，他不喜欢太瘦的女生，抱着就一堆骨头，一点感觉都没有。”

竹子的言语中带着从未有过的自信。

初听竹子的名字，我在脑海中浮现出的是一个清瘦空灵的形象。其实竹子是个非常丰满的女孩，属于放在人群中一点都不扎眼的那种。不过竹子身上有一处特别吸引人，那就是她发育完美的胸。竹子的乳房非常丰满圆润，中间还有一道深深的沟，让我看了也心动不已。

我曾一度觉得胸部的发育是一件很羞耻的事情。也许每个女孩子都体验过胸部刚刚开始发育时的恐慌和刚开始穿小背心时候的不情愿。而对我来说，印象最深的是上初中后妈妈第一次带我去内衣店选购文胸的事。那天我被导购员领进了店里的更衣室，然后她要求我脱下衣服量尺寸。当时更衣室里还有几个中年女人，她们臃肿的身材和松弛的乳房映在更衣室的镜子上，每一个细节都被无限放大了，而她们浑然不觉，一边试着各种文胸一边谈笑风生。我做不到。我不想让她们看到我的身体，我不知道我的身体在她们眼中会变成什么样子，我不敢去想。妈妈在一旁不耐烦地催促着我，她完全不能理解我的感受。最终我还是妥协了，骨子里我一直是个顺从的孩子。我默默地脱下上衣，一件、两件……直到最后毫无保留地暴露在她们的目光中。那一刻，我彻底崩溃了，我觉得自己只是个任人摆布的木偶。整个过程中，我不停地哭，可是多少眼泪都洗不去我内心受到的伤害。此后相当长的时间里，我都不能坦然微笑着去回忆这段经历。

直到上了大学，我才发现，原来私底下，胸一直是女孩子之间热衷讨论的话题。竹子自然成了大家谈论的焦点，不过对此大家心里都隐隐地有些不满，好像这个平凡而且不讨人喜欢的女孩子是不应该拥有这么令人羡慕的胸的。那个时候，竹子和宿舍其他人的关系很紧张，在班上也没有多少朋友，于是大家看到竹子的时候，都会不自觉地流露出复杂的表情。竹子却一点都不介意，非常坦然地接受着各种各样的目光。

我是通过竹子才了解到美丽的胸对于女孩子的重要性。那天我们在拍摄学生作品，整个剧组全是女生，大家一起边拍边玩，似乎每个人都充满了活力，只有我和竹子没有办法坚持下来。我们两个那天本来身体就不好，又当剧务搬了半天道具，最后实在吃不消。于是其他人出去拍外景的时候，我和竹子被特别照顾，留在教室里休息。我们坐在窗台上，一边晒着午后的阳光，一边聊着天。聊着聊着，不知怎的，话题又绕到胸上了。

“竹子，我真的好羡慕你。你的胸真美。我真想摸一摸啊。”

“你这个丫头！是真的想吗？”

“嗯，真想。”

“那么，就满足你一次。”

竹子从窗台上跳下来，拉上了窗帘。我是开玩笑的，我以为竹子也是开玩笑，所以就坐着没动。

“嗨，还傻坐着干吗？我今天心情好，错过这次机会，下次就别想啦。”

我这才明白竹子是认真的。

“你，你真的愿意？”

“嗯，就现在。就这一次。”

我也从窗台上跳了下来，我们面对面站着。我窘迫得很，竹子的脸上则带着淡淡的微笑。面对她坦荡的态度，我低下头，像个被识破了小把戏的孩子，有点不知所措。我记得竹子那天穿的是一件白色的紧身长T恤，胸部的曲线清晰地显现出来，胸前简单的绣花勾勒出非常美丽的轮廓。犹豫了十几秒钟后，我咬咬牙，终于抬起了右手，小心翼翼地伸到竹子胸前。我的手慢慢地贴在那道深深的沟里，非常贴合，正好是一个手掌的宽度。我第一次触碰到一个女孩子身体上最醒目的地方。虽然平时在宿舍里，都是女生，彼此并不怎么回避，但实实在在接触到的感受还是不同的。一种温暖的压力透过她的衣服传到我的手心和手背，我的手被紧紧地吸附住。没有想象中的那么柔软，是一种很踏实的感觉。我的手只停留了片刻，便缩了回去。这轻轻的一触带走了我全部的勇气，不过我的心底却涌升起一种幸福的愉悦。

很长时间后，我再回想起这件事的时候，它经过记忆的沉淀变得通透而明净：在一个阳光灿烂的下午，我触摸到了一个女孩子骄傲的心灵。

三

“我去帮你续水。”

麦子搭在我肩头的手终于放了下来。我起身去拿她的杯子时，才发现她几乎没有动过。满满的一杯茶早就凉了，而我的杯子里只剩下一个茶包。

“还是那么喜欢喝水啊。别给我倒了，我不渴。”

我去倒水的时候，麦子走到我的桌子边，拿起一本参考书，胡乱翻了几页，放下，又拿起另外一本。差不多翻了五六本书后，她的手停下来，用疑惑的眼光盯着我：“书全是新的。你在复习吗？”

“麦子，说实话，搬出学校的这段时间我过得并不好。”

“出了什么事？”

麦子很紧张地走到我身边。

“我真的不知道自己每天都在做什么。我很怕，怕极了。我不知道我的未来会是什么样子。我不相信我都快毕业了，我总觉得自己好像还是个大一的学生。真的，对我来说，大一时候的军训就好像是昨天发生的事。”

在麦子面前,我又变成了那个脆弱的需要别人安慰的孩子。

“我看到你现在这个样子很着急。我想帮你，但我不能跟你一辈子。有很多事情是需要你自己去面对的，你已经不是小孩子了。”

“麦子，我不是个贪求的人。可是，你知道我的青春期是怎么过来的。我活在一个人的世界里,把自己全部封闭了起来。对我来说 13 岁和 18 岁没有任何区别，都是一样暗无天日的生活。麦子，只是上了大学后，我才有所改变，我才知道我浪费了那么多那么多的时间。没错，我已经 22 岁了，可是谁来弥补我失去的那六年时光？麦子,我真的不想承认我已经长大了。我不想。”

“那是你自己的选择，丫头。没有人强迫你去封闭自己，是你不想去和别人交流。”

“可是我过得很痛苦啊，而且我自己也不想那样啊。麦子，我真怕自己又回到以前那样的状态，我感觉不对劲了，我从来没有这么迷茫过。麦子，你告诉我，我该怎么办？”

如果是在以前，麦子总会用温暖的微笑来安慰我。而这一次，我没有从麦子的眼神中找到任何答案。

麦子对我的好和竹子带给我的温暖和触动完全不同，她曾经占据了我的全部思维，现在也是如此。麦子有一种天生的亲和力，这是任何人都抵挡不住的。虽然我曾无数次地怀疑过麦子对我的好，可是此刻她坐在我的身边，我依然摆脱不了对她的依赖。

我记不得我们最初是怎么开始交往的，或许在我的潜意识里把这段记忆自动删除了。我只知道，当我意识到麦子在我身边的时候，我们就已经是朋友了。在相当长的一段时间里，我们的友谊始终停留在某个阶段，没有更进一步的发展，直到麦子来找我拷贝电影。

麦子并不喜欢看片，她的兴趣不在这一块。所以当麦子满脸笑意地出现在门口的时候，我一下子有点反应不过来。

“给我拷点电影吧。嗯，最好是讲述女人之间情感的电影。”

“你指的是友情还是爱情？”

我开玩笑地问道。

“当然是后者。”

麦子随意地坐下来，我却愣住了。

“你怎么知道我会有那样的电影？”

“他们说你什么片都看。”

我知道麦子说的“他们”是谁，不过麦子不知道，我并不是什么电影都看的。

那天，在我的宿舍，就只有我和麦子两个人。麦子就是用这种方式间接地把她喜欢女生的事实告诉了我。不过那个时候我并没有意识到这是麦子对我的坦白。直到很久很久之后，麦子亲口告诉我，我才明白过来。

“你那时为什么会对我那么坦诚？你不怕我说出去吗？”

我很直接地问麦子，语气非常认真而固执。

我到现在都忘不了当时的情景。我们坐在操场的看台上，周围是静默的黑暗，操场上空荡荡的，只能听到冷冷的风在耳畔呼啸。麦子用外套把我们紧紧地裹在一起，我靠在她的肩头，眼睛被风吹出了眼泪。

“我从来没有想隐瞒任何人。只不过，对你……我觉得你应该可以理解我。”麦子轻声在我耳边说道。

那天麦子被她深爱的女孩子小林伤害了。她喝了很多很多的酒，不过她说这句话的时候是非常清醒的。麦子呼出来的热气把我的耳朵弄得痒痒的，我的心被这份信任一点一点地融化了。

和麦子在一起的日子里，我感觉到一种无法言说的快乐。我像个贪婪的小孩，不断地向麦子索取温暖，而麦子总是用带着宠溺的眼神看着我，纵容着我一切肆意的言语。当然我在麦子面前是很乖的，乖得都不像我自己了，她是我最不想去伤害的人。只是偶尔的偶尔，竹子会出现在我们中间，她是以电话的形式出现的。每次和竹子通完电话，麦子总是很无奈地笑笑，她告诉我，竹子又有事找她了。那个时候的我是很怨恨竹子的，我把麦子当作专属于我一个人的朋友。

或许这一切都来得太容易了，我从来都没有想过失去麦子的我会怎么样。其实在我和麦子相处得最好的时候，她就打算放手了，只是我完全没有意识到。

那天我们在多媒体教室上大课。我进教室的时候，老师已经在讲台上整理课件了。麦子坐在第一排最右边的座位上，她左侧靠里边的位置是空的。我知道那个座位是留给我的，我们平时都是坐在一起的。不过等我走过去后，麦子并没有起身让开。

“麦子，快闪开，我要进去。马上就上课了。”

麦子坐着没有动，她甚至都没有抬头看我一眼。

“怎么了？麦子，快让开啊！”

我意识到不对劲了，提高了声音，旁边的同学都朝我们看过来，我尴尬地站在她的身边，不知所措。我不知道发生了什么，也不知道麦子到底在想什么。

“麦子，让开。”

我又说了一遍，用最诚恳的语气，虽然我心里急得不行。麦子还是没有动。

“麦子！”

我做了最后一次努力，麦子仍然没有任何反应。我听到老师开启屏幕的声音，已经上课了。一排有十几个座位，我如果要从最左边的座位挪进来，就要有一排的人给我让开，这显然不现实。我的耐心被磨光了。我一狠心，倔强地坐到了桌子上，用最快的速度翻了过去。

我当时只有一个念头，就是无论如何都要坐到麦子身边，所以完全没有理会老师和同学异样的目光。不过事情并没有那么简单，还没等我坐稳，麦子就站了起来，她向最后一排走去，只留给我一个冷漠的背影。

那天我一个人躲在图书馆七楼的阅览室里,哭了很久很久。我不明白我到底做错了什么，也不明白麦子为什么会如此狠心地把我抛在一边。直到这个时候我才意识到我有多么可悲。我只有麦子一个朋友，而麦子，需要她的人可并不只有我一个。

过了几天后麦子突然来了图书馆，我在二楼的自修室门外看到她，感到非常意外。麦子从来不来图书馆的，她不是个爱看书学习的人。我连忙上了楼，我不想让她看到我。不过麦子还是来了，她知道我喜欢去七楼的阅览室。那里存放的都是下架的老书，没有学生愿意爬那么高的楼，于是我可以一个人惬意地霸占整个阅览室。麦子捧着本书坐到我身边。我心里还在生气，而她一脸淡定，好像什么事都没有发生过一样。

“你到这里来干吗？”

“看书。”

“你什么时候变得那么用功了？”

“我今天就想来看书。”

“你要给我道歉。”

“道什么歉？我又没做错什么。”

“你做了什么你心里清楚。”

“我什么都没有做。”

我们再没说一句话。我看书，她也看书。我们就这样坐了很久很久，直到班花过来找麦子，麦子才离开。麦子到最后也没有给我道歉。那天，我装得很坚强，一直冷着脸，其实我的心很痛很痛，我很清醒地意识到麦子不是为了来找我和解，而是为了等在自修室学习的班花。

这件事情最终还是和解了，麦子买了半个冰西瓜给我。杭州的西瓜是很贵的，在炎热的夏天能吃上半个冰西瓜真是一种享受。那天她和班花一起把西瓜送到了我的宿舍里。当着班花的面，我什么都没有说就收下了。麦子还是像往常一样谈笑自如，宿舍里的几个姑娘都很喜欢她，气氛很是热闹。不知为什么，看到麦子的笑容，我心里却非常不是滋味。那天她和班花坐了一会儿就离开了。门关上的那一刻，我长长地舒了一口气。

有一件事是我没有办法去回忆的，我翻桌子那天穿的是刚到膝盖的裙子。麦子送来的西瓜全分给宿舍的姑娘们了，我一口都没有碰。这个西瓜是我用尊严换来的，我吃不下。

四

咖啡已经喝完了。我打算去点饮料，竹子拦住了我："过了6点之后再点饮料就不再送茶点了。"

"没关系，我就是想喝点东西。你要什么？"

"热的拿铁咖啡。"

当我端着冰柠檬茶和咖啡回来的时候，我看到竹子眼中流露出责怪的神情。

"怎么又喝冰的？今天这么冷，等下回去又要胃疼了！"

"我就想喝点冰的东西。破例一次嘛，今天就别管着我了。"

竹子很无奈地笑了笑。

"竹子，谁娶了你是谁的福气。"

"怎么会这么想？"

“我们两个在一起，都是你照顾我啊。”

“那是因为我碰上了一个比我更不会照顾自己的丫头。”

我和竹子都笑了起来。我们是一类人，彼此了解，所以相处起来简单而轻松。

“不过说真的，我们很快就要离开学校了，到了社会上，就要学会自己照顾自己了。”

“这我明白，麦子以前就这么说过。”

我刚说完就后悔了，麦子是我和竹子最不想提起的人。

竹子沉默了许久，慢慢地吐出几个字：“麦子是个好人。”她举起杯子，抿了一小口，接着说道：“我和宿舍吵翻了之后，是她站在我身边一直安慰我，还帮我去协调宿舍关系。不管她怎么样对我，我还是非常感谢她。”

竹子的语气哀伤极了。她低下头，我看不到她的表情，但我能理解她的心情。麦子在伤害我的同时也伤害过竹子。

我是和竹子相处之后，才知道以前竹子打电话给麦子，都是麦子先发短信给她的，不是竹子老缠着麦子，而是麦子需要竹子的陪伴。麦子离开竹子时，竹子比我更加难过，她整整瘦了一圈，过了一个月之后才慢慢恢复过来。

“竹子，我们都是懂得感恩的人。可是我们对麦子的好，她是不会明白的。”

“麦子比我们都要聪明，她什么都知道。”

“她难道认为自己朋友多，就可以随便放弃吗？她如果聪明的话，就会明白朋友和朋友是不同的。她应该知道谁是真心对她好的。”

我有点失控了。我端起杯子，灌了一大口。太凉了，我差点呛到，只能含在嘴里，一点一点地咽下去。我需要用冰凉的东西来使自己冷静下来。

“竹子，麦子对你的好和你男朋友对你的好是一样的吗？”

我很艰难地问出了这句话。

“当然不一样。不过……说心里话，麦子对我的那种好，是我男朋友所不能给我的。她是女生，所以她更能了解女生的心理。她总是会在你最脆弱的时候出现在你的身边，然后给予你恰到好处的温暖。这种感觉是无法言说的。有时候我甚至会产生幻觉，觉得自己都快爱上她了。”

“你真的这样想过？”

“是的。怎么了？”

我紧紧地抓住了竹子的手。有件事情一直藏在我的心里，没有告诉过任何人。

麦子在大学期间曾经生过一场大病。当我得知消息的时候，她已经在医院做过手术了。我当天下午就赶到了医院，小小的监控病房里挤满了人，好多都是不熟悉的面孔，我才知道麦子的人缘是那么的好。人实在太多了，地上又堆满了鲜花和水果，我怎么都挤不进去，直到护士长把人都赶出病房，我才透过玻璃窗看到了麦子苍白虚弱的脸。好不容易等到周末，我一大早就赶去了医院，那天在医院的就是我和麦子宿舍的一个姑娘。麦子休养了几天，看上去好多了，也有精神和我们开玩笑了。不过我心里还是很难受。平时那么活泼好动的麦子现在只能躺在病床上，连翻个身都疼得皱眉头。在我眼里，麦子变成了一个需要别人关心的小孩。平时总是麦子照顾我，现在轮到我来照顾麦子了。所以像削水果啊找护士啊擦脸啊这样的事我都会抢着去做。

“你拿水果刀我看着都害怕，赶快放下！”

“你知道护士办公室在哪儿吗？还是老老实实地坐着吧。”

“哎哟，丫头，这是脸，不是桌子！你还是别擦了。”

趁着那个姑娘出去买午饭的空当，我忍不住小声地抱怨：“你这也不让我做，那也不让我做，我来医院就是要照顾你的啊。”

“你就坐在我身边陪我说话就行了。其实你来看我，我心里就已经很高兴了，哪能让你做事呢？”

麦子专注地看着我，我们靠得很近很近，近得可以看到她的眼中有我的影子。我心里不禁微微一动。

“闭上眼睛，我有东西要送给你。”

“又有什么鬼主意啊？”

“你快闭上眼睛。”

麦子有点疑惑，不过还是乖乖地闭上了眼睛。我撩开挂在她耳畔的一绺头发，伏下身子，亲吻了她左边的脸颊。

我曾无数次地回忆起这个瞬间。我真的不知道我为什么要这么做，也不知道这个吻意味着什么。我只知道我控制不住自己，我就是想这么做。我也不知道麦子心里的感受，我们之间从未提起过这件事。我唯一能够确定的是，那天麦子的眼睛里有我读不懂的内容。

“竹子，我心里一直很痛苦也很矛盾。我真的以为我爱上麦子了，我心里乱得很。听了你的话我才解开了一个心结，也许那不是爱，只是喜欢？”

“连喜欢都算不上。我们只是被麦子感动了。她在我们最困难的时候出现在我们身边，所以我们无形中对她心存感激，并对她产生了一种依恋。只不过，你比我陷得更深。”

“你是从什么时候开始明白过来的？”

“是在我和我男朋友交往以后。我彻底认清了麦子，也认清了我自己。”

“你爱你的男朋友，所以你清楚你的感情。”

“其实，我们之间真的说不上是爱。”

竹子端起杯子，举到嘴边，又放下了。她玩弄着手里的搅拌棒，我看出她的内心很不平静。

“你介意在婚前发生关系吗？”

竹子突然冒出来这么一句，我吓了一跳。

“你知道，我不是一个很保守的人。”

我没头没脑地回了一句。

“我当然知道，所以我才会这么直接地问你。”

“不，我不是这个意思……我是说我也许不会那么介意。你呢？”

“我？听说第一次是很痛的。我怕痛，这你是知道的。”

“这算是什么理由啊？”

“丫头，我们都不要开玩笑了。我想听你真实的想法。”

“竹子,你知道我是个有洁癖的人,我指的是精神上的洁癖。有很多事情我明知道是很正常的，但就是会觉得是不干净的，不能接受。我现在还是不能看比较暴露的电影，我越不过自己的底线。像这样的事情我更是根本没有办法去想象的。我说我不介意，是因为我不知道该怎么去回答。”

“对不起，我不该问你这个问题的。只是我心里真的很难过。”

“难道你的男朋友，他……”

“他和以前的女朋友同居过，不过他并没有向我提出过。”

“那你担心什么？”

“他没有提出来，是因为我们都明白，我们没有未来。”

我几乎不敢相信自己的耳朵。不过我看见竹子的眼眶里有晶莹的东西在闪烁。

“竹子，你总爱瞎想。你们现在相处得多好，连你妈妈都认可了你的男朋友，还有什么好担心的呢？”

竹子一直在摇头，她一口气喝完了咖啡，抬起头，眼泪掉在了杯子里。

“我们也许算是唯一一对在谈恋爱的时候就想着分手的情

侣了。感情是一回事，现实是另一回事。我妈妈说他是个好人，但不是好的结婚对象。我心里很明白我们要想继续下去真的非常非常难，他也很明白。只是在一起的时候谁都不提罢了。”

“到底有什么困难？”

“他现在已经正式工作了，一个人要干三个人的活，周末还要加班，薪水却仅仅刚够吃饭和付房租。而我面临毕业，工作没有着落，连留在哪个城市都没有决定。考研？这更不用想了，我根本没有心思去复习，这次只不过是重在参与。你说，我们怎么能有未来呢？”

“那你爱他吗？”

“说不上爱，我遇到过比他更让我心动的人。我和他彼此都太熟悉了，应该说好感是有的，感动的成分可能更多一些。我选择他也许只是希望有个人可以陪伴在身边，我很害怕孤独，我需要有个人照顾我。和他在一起我真的觉得心里很踏实。我其实骨子里面也是个自私的人。”

竹子从来没有在我面前掉过眼泪，我也不知道该怎么去安慰她，只能默默地把自己的杯子推到竹子的面前。她倒了一小半在自己的杯子里，然后一点一点地抿着。我们都没有再说一句话。窗外的雨还在下着，把我们本来就纷乱的心绪搅得更乱了。

直到杯子空了，竹子才抹去了眼泪，露出笑容。我的心里却并没有轻松多少。我从来没有对竹子说过，其实我心里一直都渴望着能收获一场像她那样的爱情。

五

时间好像凝固了似的，我完全觉察不到时间的流逝。麦子身上的水汽已经蒸发干了，屋里重新变得温暖起来。我和麦子坐在床板上，我捧着茶杯喝刚烧开的红茶，她戴着耳机听我下好的音乐。在这样安静气氛的影响下，我们的心慢慢放松了下来。也就是在这样的时刻，我才有勇气去问一个我一直都很好奇的问题。

“麦子，你是什么时候知道自己喜欢女生的？”

“应该是我上初中的时候。”

麦子想都没想，脱口而出。这个回答超出了我的预料，我一直以为麦子是上了大学才知道的。

“在那个时候你有喜欢的人吗？”

“没有。”

“怎么可能啊？不要不好意思承认。”

“是真的没有。其实我到现在都不能接受自己喜欢女生这件事。”

“麦子，这是天生的，你并没有错。为什么不能接受自己？”

“你知道我家里的情况。我爸妈都是农民出身，他们是完全没有办法接受这个现实的，我无论如何也不能让他们知道。连最亲近的人都要隐瞒，你应该能理解这是多么痛苦。”

“那你有考虑过将来吗？”

“我还有个弟弟，所以我也许不会被强加上太多的负担。也许……我是说有可能的话，我也许会一个人过一辈子。不过这很难。我的父母还是传统的观念，他们希望我能有婚姻，有家庭，有孩子，能够有一份稳定的生活。”

“你会顺从父母的意愿去结婚吗？”

“很有可能。我永远都不会去伤害我的父母。”

我心里其实是多么希望麦子能够说出相反的话。

“麦子，如果你将来结婚的话，我一定要去参加你的婚礼。”

我没有丝毫开玩笑的意思，我说这句话完全是真心的。

“不会有什么婚礼的。我根本就不敢想象那会是怎样一个尴尬而荒唐的情景。我也许会选择旅行结婚，或者领个结婚证就算了。总之如果我结婚的话，是不会通知任何人的。”

麦子说得那么坚决又是那么悲哀。

“麦子，如果能够让你自由地去安排自己的未来，你会怎么做？”

“我只希望可以和一个人保持一份稳定而长久的关系。”

麦子的要求是那么简单。就算是这么简单的要求，实现起来也是很困难的。我从她的话里听出了一丝不安的情绪。我没有想到麦子在心底是那么渴望安定。

我想起了在咖啡厅里竹子对我说的话：“麦子其实是不相信任何人的。她一方面渴望能够得到别人的认同，所以她拼命地结交朋友；另一方面她又极力隐藏着自己，不敢让人靠得太近。所以一旦她发现我们对她产生依赖，她就毫不犹豫地把我们推开了。”

她当时说的时候，我还不能完全接受。现在我相信了。不过麦子并不是为了隐藏自己而疏远我们，她选择在我们相处得最好的时候放手，是因为她害怕被我们先抛弃。

“那么麦子，我还有问题想问你。你在和女孩子做朋友的时候，会不会不由自主地喜欢上对方呢？”

我问这个问题的时候很紧张，紧张得手心里都是汗。

“会的。有时候真的会控制不住自己。不过我会很坚决地告诉我自己，这是我的朋友，我们之间只是朋友关系，我绝对不能去碰她。”

停顿了数秒之后，麦子给出了回答。我听到自己心里轻轻地叹了口气。

就在这时，麦子的手机响了。突兀的音乐一下子冲散了谈话的气氛，麦子接电话的时候也显出了几分不情愿。

电话是小林打来的，我不用问都猜得出来。麦子接小林的电话时总是小心翼翼的，连说话的声音都变得很轻很轻。

“小林问我到火车站了没有。我告诉她现在还早呢,不急的。真难为她还能想到我。”

麦子虽然嘴上说已经不在乎小林了，其实心里根本放不下她。

小林和麦子住一个宿舍，麦子默默地喜欢了她三年。在这三年里，麦子充当了同学、朋友、保姆、跑腿等等不同的角色。小林知道麦子喜欢她，所以心安理得地享受着麦子对她的好。那三年里，麦子的心都变小了，小得只能装下小林一个人。小林有时候也会和其他男生交往，这种时候，麦子会很难过。有好几次她都为此跑到宿舍楼的天台上去抽烟喝酒。不过一觉醒来后，她该怎么对小林还是怎么对小林。麦子不是没有想过会有分开的一天，只是没有想到这一天会这么早就到来。刚上大三，小林就找了个男朋友，然后用最快的速度把麦子甩得远远的。麦子从受伤的状态中挣脱出来后，也慢慢地疏远了小林，走到了班花的身边。不过小林只要一个电话，麦子还是会像以前那样把手头的事全放下，立刻过去找她。

“麦子，你对小林是认真的吗？你真的喜欢她？”

“是。我曾经非常非常喜欢她，现在我也……我真的没有办法忘记她。她在我心里就像一个天使。我觉得自己配不上她，我只能尽我所能地去对她好。不过我真的很想去保护她，我不想让她受到任何伤害。”

“那么麦子，你对班花也是喜欢吗？”

其实比起班花，我更愿意麦子去喜欢小林。小林虽然很任性，不过她毕竟是个没有什么心计的姑娘。而班花就不同了，她漂亮的脸蛋很好地掩盖了她的聪明。班花也是有男朋友的，我不敢想象麦子和班花在一起会是怎样的状况。

“我们只是朋友。非常非常好的朋友。我和她都是白羊座的，兴趣相投，在一起特别开心。我在心里把她当作是一个很重要很重要的朋友。”

麦子说谎了。她说话的时候一直没有正视我的眼睛。一直以来麦子在我心里都是一个坦率而真诚的形象，其实是我把麦子想象得太完美了。麦子也是人，她也会为了掩饰自己而笨拙地编织谎言。我看到了麦子真实的一面，于是我在心里默默地原谅了麦子，把那些不愿意回忆的事情彻底放下了。

麦子最终还是要离开了，我把她送到门口。就在她跨出门框的那一刻，我问了她最后一个问题。我鼓足了勇气，一个字一个字地说了出来：“麦子，如果我想和你在一起，你会答应吗？”

麦子回过头，用不敢相信的眼神看着我。随即她的脸上露出了我熟悉的微笑。

其实麦子回不回答，对我来说都已经不重要了。我看到麦子笑容的时候就已经知道了答案。重要的是，我终于还是把这句话问了出来。问出来后，我心里感到一阵轻松。原来有些话是可以说出来的，而且说出来也没有想象的那么难。

不过麦子没有说出我心里已经知道的答案，她只是淡淡地说了一句：“丫头，别傻了。不要开这样的玩笑。”

“我没有开玩笑。我知道我不是你喜欢的类型，你喜欢长得漂亮的。”

“也不都是。”

“那你说你喜欢什么样的姑娘？”

“你不是知道吗？我总共也就只喜欢过两个人啊。”

两个？我愣了一下，然后笑了。麦子最终还是承认了。

还没等我反应过来，麦子就抱住了我。

还是那么熟悉的温暖，不过我却有一种很陌生的感觉，好像和麦子隔得很远很远。我必须紧紧地靠着她的肩膀，才能感觉到她的存在。她的短发蹭在我的脸上，柔软得像婴儿的头发一样。我告诉自己不要哭，眼泪还是不听话地落了下来。

送走麦子之后，我收到了竹子的短信。我等了她那么久，却忘了去翻看手机。竹子发了好几条短信给我，最后一条短信，她是这么写的："对不起。我一直没有告诉你，其实我改了志愿，报了上海戏剧学院。我想认真地对待这段感情，为他，也为我自己。原谅我不能陪你去北京了，我不想离他那么远。"

竹子最大的梦想就是能考上中央戏剧学院的研究生，她从大二就朝着这个目标不断努力。我知道放弃对她来说是多么艰难，而且是为了另一件无法确定的事情。不过我还是默默地在心里祝福着竹子，我为她的勇气而高兴。

我把床铺重新铺好，坐在被窝里，第一次拿起了从未碰过的参考书。小窝虽然温暖，但我最终要离开，回归到外面的世界里去。再过些日子，我将踏上北去的路。虽然没有竹子的陪伴，我心里多少有点失落，不过那空缺的部分正在被一种温暖慢慢地充盈起来，它使我有了面对未来的勇气。

催 眠

一

今年的冬天格外的冷。在北京待过一段时间，知道了暖气的好处，就很难适应家里的清冷了。晚上熬夜，总觉得手脚冰凉，取暖器开到最大档也无济于事。冻得受不了了，正考虑关了电脑上床睡觉，手机突然响了。我的第一反应不是去拿手机，而是跳到了一边——真是被吓到了。自打从北京回来之后，手机就成了可有可无的摆设，它终日沉默，唯一的变化就是垃圾短信一天天增加。当我都快忘了它的存在时，手机又自己蹦了出来。

“喂，你知道现在都几点了吗？这个时间打电话不怕我睡了吗？”

“现在是北京时间 1 点半，我知道你肯定没睡！”

电话是麦子打来的。

“有什么事吗？”

“没事就不能打电话了？”

“大半夜的，打骚扰电话？拉出去斩

了！”

麦子轻声笑着，一恍惚，好像还在学校一样。熟悉的玩笑穿越时空的隧道，传递到电话那端。心里有只毛茸茸的爪子在挠啊挠，痒痒的，暖暖的。

“过两天我去淮南看你。”

“什么？”

我一下子没反应过来。

“我说我要去淮南看你。”

“……”

放下电话后，眼眶干涩，心底湿润，有一种想要流泪的冲动。这是毕业两年来，麦子第一次主动给我打电话。

现在还保持联系的同学，只有固定的两三个人。我可以和竹子煲电话粥，可以和 Lea 半夜互发短信，唯有麦子，心里时常记挂着，却很少联系。偶尔在网上遇到了，打个招呼，问候一下，便不知道该说些什么了。我知道麦子身边不缺少可以说话的朋友。我不主动联系麦子，麦子从来不会给我打电话。有时候，想听听朋友的声音，翻开通讯录，看到麦子的电话，总是有意无意地跳过去。两年间，我和麦子通话的次数，用一只手就能数得过来。每一个电话都在提醒着我，我心里对麦子还残留着难以抹去的依赖感。

毕业后，我并没有在家里待多久，就直接去了北京。每天游走在出租房和附近学校的自修室之间，为一个虚无缥缈的目标做着消极的准备。二次考研的压力和心里的迷茫持续了整整四个月。临考前，我拨通了麦子的电话。半年来的第一次联络，只是为了获得她的一句鼓励。考研分数下来之后，我又给麦子打了电话，只是为了听到她的一声安慰。今年是我第三次考研，我再次想到了麦子。电话接通，麦子的祝福送到，我安心走进了考场。

再没有人能够取代麦子在我心里的位置。只要听到她的声音，我就能瞬间安定下来，觉得不再孤单。

方才的情绪还没有平复下来，手机又响了。这一次打电话的人是竹子。

“喂，今天是怎么了，都在半夜给我打电话啊？”

“听说麦子要去淮南看你呢！”

“你怎么知道？”

“她晚上也给我打了电话，还问我要不要一起去。”

“那你来吗？”

“嗯，再说吧。我明天上网查查，能买到火车票就去。”

“好。”

放下电话，我就知道竹子不会来了。竹子遇事喜欢自己在心里踌躇，不会把自己真实的想法全部倒出来，总是说一半藏一半。看上去还有缓和的余地，其实是已经明明白白地拒绝了。而麦子则不同，什么能说，什么不能说，心里有一杆衡量的秤。她是典型的行动派，今天想到要去哪儿，明天拖上旅行箱就直奔车站了，从来不会瞻前顾后。只要是她认准的事，就一定要做成。在这一点上，麦子有时候就像个任性的孩子。

躺在床上，忍不住找出以前的短信，一条条翻看着，和麦子的聊天也夹杂在其中。都是些很琐碎的话：“吃饭去”“老师点名了，还不快点来上课”“我在校门口等你，你快过来”“我们周末去西湖，你也来吧”。我的回复基本都是一个字：“好。”这个字，在不同的情境，传递的情绪也是不同的。不过归结起来，就只有一点：我从来没有拒绝过麦子。无论是什么要求，只要是她提出来的，我的回答都是一个字：“好”。仿佛是为印证这一点似的，我不甘心地把存下来的短信全都翻了一通，最后在傻笑中关上了手机。

我知道自己一直都在期盼着能够见到麦子。我曾经在心里勾画过各种和麦子相见的场景。麦子真的要来了，我的心里又一片茫然。我想麦子，想得很。我想要见到麦子。不过不是在淮南，而是在杭州。

二

晚上 7 点半，我在火车站等候麦子。我的眼睛一直不敢离开出站口，生怕看漏了。春运刚结束，天气冷得很，厚厚的羽绒服也挡不住呼啸而来的风。我抱着胳膊，心里有些按捺不住的焦虑。

“傻瓜，让你站在出站口左边，怎么跑右边站着了？害我找了你半天。”

麦子拖着箱子冲着我跑过来，我连忙迎上去。

“怎么见到我都不会笑了？”

“哪有啊，我不是笑得很开心吗？”

我撩起围巾的一角，盖住自己的脸。挡去寒风的同时，也挡去自己被风吹得凌乱不堪的表情。

一路上麦子都紧跟在我的身旁。酒店的房间是父亲一早就预订好的。麦子一进房间就兴奋得不得了：“哇，有两张床呢，你晚上留下来陪我吧，我们好好聊聊。”

“今天晚上你好好休息，坐火车一定很辛苦，美美地睡上一觉。要聊天有的是时间。”

开了空调，被冻得发麻的脚总算暖了过来。我和麦子面对面坐下，目光在彼此的身上飞快地扫视着，不放过一丝细微的改变。两年没见，麦子胖了不少，脸圆润了，身上也有了肉。她脱了羽绒服，单穿着一件衬衫，从款式和尺寸很容易就能看出这是一件男式衬衫。麦子的穿着一向很男性化，现在更是从头到脚都找不出一点女生的东西。

“你还是以前的样子，没什么变化。”

“那当然，我离开学校后，一直都处于学习的状态，并没有正式走向社会嘛。”

“那我有什么变化吗？”

“你还是老样子，就是胖了。”

“没办法，管不住自己的嘴啊。平时工作又清闲，没事的时候就喜欢窝在房间里，久了就成这样了。”

麦子从对面床铺挪到了我的身边，我有点不习惯这突如其来的亲密。

“在火车站找你的时候，还想着，见到了你，一定要给你一个大大的拥抱。结果找你找了半天，就忘了。”

“那现在补上也来得及。”

我站起来，麦子拉住我：“等临走的时候再补上。”我借势往旁边坐了坐。麦子盯着我，目光里面有我琢磨不透的东西。

半晌，麦子活络了一下脸上有些发僵的表情，突然笑了起来：“好奇怪。在车上的时候，我还在想，见到你会不会觉得陌生了，毕竟这么长时间没见面了。结果在车站一看到你，我突然就有种感觉，好像我们一直在一起，从来没有分开过。”

“我也觉得很熟悉，并不生分。”

这么近距离地互相看着，想要掩饰什么几乎不可能。麦子的眼神让我很不自在。一丝微妙的感觉涌上心头，具体是什么，我又抓不出头绪。好在，麦子很快就起身去泡茶，我也迅速地调整了自己的情绪。

“你带烟了吧？”

“你怎么知道？”

麦子一脸诧异。我弯了弯嘴角，没有继续这个话题。

我和麦子是在大学三年级才真正成为朋友的。那时候我们都在经历着最复杂的感情纠葛，不同的是，她面对的是爱情，我面对的是友情。麦子拉着我去宿舍楼的天台上聊天，我们一起抽烟，一起喝酒，我靠在她的肩膀上倾诉烦恼……

思绪就此打住，刚冒了个小火苗，就被我自己狠狠地掐灭了。我提到烟，其实就是想要找回以前在学校时，和麦子相处的感觉。可真正回忆起来，心里又有一种说不出来的滋味。

麦子递给我一杯茶，然后打开了电脑，她是个闲不住的人。麦子一边玩着电脑游戏一边和我聊天，有点心不在焉，好在气氛热了不少。

“麦子，还有多少同学留在杭州？”

“没几个了，都回家了。我也想回去，唉。”

“我现在想回杭州都没机会呢。真是后悔当初毕业的时候，没留在那儿。”

“你都不回杭州来看我。”

“没有机会啊。”

“所以我就来看你了啊。我想着今年一定要和你见一面的。我不主动过来的话，还不知道要等到什么时候咱们才能见面。”

听到这句话，我心里真的很温暖。心里一暖，就不由得想关心麦子。

“你在杭州怎么样？工作忙吗？”

“工作还好。工资涨上去了，也清闲。不过我还在考虑要不要回家。留在杭州的同学越来越少，自己待着挺没意思的。回家的话，至少还有我以前的朋友和同学。”

我很理解麦子。即便同学之间不可能像在学校时那样，整天腻在一起，但知道自己所在的城市还有自己熟悉的人，总是个安慰吧。

“不过，我又不太想回家。因为……我今年回家的时候被催婚了。你知道的，就算父母不提，家里的长辈也会操心。”

我知道麦子总要去面对这个问题，只是没想到会那么快。

“那你会跟他们挑明说吗？”

“我父母会接受吗？”

麦子苦笑了一下，点了根烟。手胖了，夹烟的姿态就没有以前好看了。麦子把烟盒递过来，还好，不是麦子家乡产的那个呛死人的牌子。我犹豫了一下，拒绝了。

“这两年你在杭州有没有固定的伴儿？”

“刚跟我的女朋友分手。”

女朋友这个词让我的心里“咯噔”了一下，不知道是否该追问下去。

麦子自顾自地说了下去：“我们在一起八个月，前几天刚分手。我还以为能和她一起过情人节呢。其实也没有提出分手的事，只不过我们心里都明白，不可能再继续下去了。本来也没明确说是在一起，分开也不算意外。”

我的心里一时间五味杂陈。我真心希望麦子能够找到喜欢的人，慢慢安定下来。不过我隐约感觉到，麦子口中的女朋友和我想的并不是一回事。

墙上的时钟嘀嘀嗒嗒地转着，眼看着就过了 10 点。我犹豫要不要回家。来接麦子的时候，就和父母说好的，要回家过夜。真正到了麦子面前，又不知道该怎么说。

好像是看穿了我的心思似的，麦子开了口：“这么晚了，你准备留下来吗？”

“我跟父母说过了，要回去过夜。”

我有些为难地说了实话。麦子倒不是很介意：“没关系。不过明天晚上，你留下陪陪我吧，我们好好聊聊天。这么久没有见面了，一定有好多话想说。”

“好。”

我根本没有意识到自己说出了习惯性的那个字，只想着赶快起身离开。麦子犹豫了一下，忍不住说道：“你还记得你在杭州跟我说过的话吗？”

“什么话？”

我的心里又“咯噔”了一下。

“就是……你还记得有天晚上……你曾经跟我说过的……话么。”

“什么晚上？我真不记得了。”

“你真的不记得了？就是……有一天晚上，你说过的话。当时我还挺意外的。后来第二天我还问过你的。”

“我真的想不起来了。你记得的话，就说出来嘛。你说出来的话，我应该能想起来。”

“呃……我觉得……算了，今天可能不适合。等明天晚上，我们再谈这个话题吧。”

“有什么就直接说出来吧。要不，我心里还老惦记着。”

“不要。说出来就不好玩了。就明天晚上，你过来，我一定能让你想起来。”

麦子把我送到酒店门口。夜色掩盖住了彼此的表情，也掩盖住了我内心翻涌的情绪。其实麦子吞吞吐吐地说出第一句的时候，我已经知道，她在暗示什么。我当然不会忘记自己说过什么。只是我没有想到，麦子也没有忘记。更没有想到，时隔两年，她还会提起当初我说过的话。

三

淮南是个生活节奏不太快的城市。早上 8 点半，走在去酒店的路上，丝毫感觉不到行人和车辆的忙碌。整个城市还没有完全睁开惺忪的睡眼，迎面吹来的风里，带着慵懒的味道。我好像被传染了似的，不停地打着哈欠。昨天晚上我睡得很不好，满脑子想的，都是昨天晚上麦子跟我说的话。其实从麦子说她要来的时候，我就有点隐隐的不安。我的心从来没有落到实处过。如果有可能的话，我不想见任何以前的同学。

离开学校后，我并没有走上社会，而是一头扎进了英语、政治和专业课的书里，继续着学习生活，过得浑浑噩噩，全然不知道日期和时间。在北京的半年，是头脑最混沌的时期。现在回想起来，只有一个印象：干。在屋里坐着，感觉身体里的水在滋滋地往外面挥发，往肚子里灌再多的茶也压不住心里的火气。不到一个月，我脸上长满了痘痘。两个月后，竹子来北京，我就是顶着一脸还没平复的痘印去见她的。

竹子毕业后选择留在了杭州。每次和她通电话，不是在找工作，就是在找房子，总是稳定不下来。或许是厌倦了这种生活，又或许是心里的那份梦想还没有放下，竹子决定再考一次研，考自己最喜欢的专业，最喜欢的学校。她这次来北京就是去中央戏剧学院报名的。我来北京也是为了考研，考自己不喜欢的专业，不喜欢的学校。

那次见面真是出了很多状况。我和竹子在地铁口转悠了差不多40分钟才见到对方。来北京之前竹子有打电话问我天气，我说不冷。竹子来时，气温当天就降到了零下。造成的后果就是，我只穿了两件线衫，竹子只穿了薄棉袄，冻得手脚冰凉，头皮发麻。我们被迫跑进路边的服装店，出来的时候，我买了一顶帽子，竹子买了几双袜子。一个光顾着头，一个光顾着脚，最该保暖的地方却忘了。

竹子带我去了798。在这之前，我完全不知道798是什么地方，竹子说我们去798吧，我说好。竹子热爱美食，我们在杭州的时候，每次出去，都是她选吃饭的地方。按照惯性思维，我问了一句："798好吃吗？"竹子笑得上气不接下气，嚷着要把QQ签名改成这句话。我一头雾水，问她798到底是什么地方，竹子打死都不肯说。等到了目的地，我才反应过来。我和竹子站在798的门口，迎着呼啸的寒风，愣是笑出了眼泪。

那是我在北京笑得最开心的一天。我和竹子在798转悠了整整一天。我们走了一路，看了一路，聊了一路。聊的话题只有两个：杭州还有麦子。聊杭州是因为我的执念，聊麦子是因为竹子在麦子的公司打工。

所有关于麦子的事情都是竹子告诉我的。我知道麦子会过得很好，她不是那种会让自己受委屈的人。知道是一回事，从竹子的口中得到证实是另一回事。听竹子说起麦子，心里默默地勾画她现在的样子，情绪的起伏明明白白地摊开在脸上，自然被收罗进竹子的眼睛里。而竹子的情绪也被我全部捕捉到。关于麦子，我们有太多想说又无法明说的东西。

那天我开玩笑地问竹子会不会爱上麦子，竹子不加思索地一口否决，而我却不能。竹子说，麦子说我可能是“双”，我没有继续这个话题。我的感情世界一片空白，根本不知道自己想要什么，也不知道会遇到什么样的人。我自己都无法确定的事情，麦子又怎么可能知道呢？

不可否认的是，麦子的话确实让我心里产生了一些波动。遇到麦子之后，我很认真地回忆过那些在我生命中留下过深刻印象的女孩。我会偷偷地看她们，会被她们美丽的外表所吸引，但也仅此而已，再无其他的想法。麦子则不同，她不漂亮，从外貌上根本不会引起我的注意，可是麦子带给我的触动是我从来没有体验过的。以至于会让我闪过一些奇怪的念头，做出一些出格的举动。

麦子在大学期间公开追过两个女生。一个是她同宿舍的小林，另一个是班花。她在小林身上守候了三年，最终也没有获得一个明确的承诺。麦子心灰意冷，和班花走到了一起。当时班花身边还有个正在交往的男友，麦子夹在中间，要多别扭有多别扭。就这么一直纠结到了大四下学期，班花拍完毕业照就离开了学校。麦子知道的时候，班花已经上了火车。麦子立刻坐后面一班火车追到了班花的家。三天后，麦子独自一人回到了学校。无论是谁问到这件事，麦子都是轻描淡写地一笑而过，好像什么都没有发生过一样。

我知道麦子去追班花的时候，是非常震惊的。我没有想到麦子会为一段没有任何可能的感情，做到这个地步。不知为何，心里有种说不出来的滋味。现在想来，应该就是嫉妒吧。嫉妒有个人可以为另一个人不求回报地付出，嫉妒另一个人可以心安理得地享受这种付出。

麦子从班花家回到杭州的那天晚上，也就是麦子希望我想起说了什么的那天晚上，她是和我还有竹子在一起的。我们三个人吃过晚饭，在操场上边散步边闲聊。麦子不知怎的突然聊到了小林，言语中流露出恋恋不舍的感觉。

“小林在市区租了房子，过两天，我们去看看她吧。”

小林是麦子心目中的“天使”，不管麦子嘴上多么抱怨小林的反复无常，小林都是她心里最在意的人。

放在以前，我会自动屏蔽掉麦子的自言自语，可那天，我被内心的嫉妒所牵引，麦子的话被我全盘收到，心底的炸弹随时都会被引爆。偏偏这个节骨眼上，竹子又离开了——她包上的挂饰不见了。竹子沿着跑道一路找过去，很快就到了操场的另一边。空落落的操场这边只留下我和麦子两个人。

我知道我的脸色已经很难看了，可是麦子看不到。操场上没有灯，就算是有光线，她也一样看不到。麦子已经完全沉浸在她自己的世界里，喃喃地继续絮叨着小林。

“小林说她的工作特别忙。她应该继续学习的，不该怎么早就去工作。”

“小林在市区已经换了好几个地方了，总是找不到满意的出租房。市区的房价太贵了，比下沙贵一倍呢。”

“小林好像是兼了两份工作。老总对她倒是挺好的。”

“小林……”

“够了！”

我停下来，麦子回过头很奇怪地看着我。我已经完全控制不住自己的情绪了。

“为什么你只能看到小林？她有哪一点值得你去这么为她付出？她只能一次次践踏你的感情。为什么到了现在，你还不能放下心里的这份执念呢？为什么不去看看你身边的其他人呢？”

我的咄咄质问，让麦子根本没有反应的时间。黑色的夜幕掩盖不住麦子的惊讶。

“如果，如果我说，我们可以……”

我一狠心，闭上眼睛，艰难而又决绝地想要把心里的话全都倒出来。就在我的情绪升到最顶峰的时候，就在我要说出最关键的话的时候，竹子出现了。她穿过操场冲着我和麦子跑过来，一边跑还一边大声嚷嚷着，告诉我们，她找到了挂饰。我只能把后半句话硬生生地咽了下去。麦子迟疑地看了看我，又看了看竹子，转身朝竹子走去。我们的目光再没有任何交集。

如果那天竹子一直待在我们身边，我一定能克制住自己不说那些话。如果这次竹子和麦子一起来淮南，麦子也一定会克制住自己，不会问我说过什么话。

快走到酒店的时候，我给妈妈打了电话，告诉她，晚上我要留在酒店陪麦子。生活中不存在什么如果，该面对的，必须要我自己去面对。

四

我到房间门口的时候，麦子还没起床。一天的计划全被打乱了。早饭中饭一顿解决之后，其他时间全都窝在了房间里。我提议去商业区转转，麦子回了我一句：“我到淮南又不是来玩的，是来看你的啊。”只这一句话，我便乖乖地缴械投降了。

麦子实在太了解我，她知道我全部的软肋。

我印象最深刻的就是，有一次我为了电影社团筹划电影讲座的事，和社团的策划争得不可开交。我很少和别人吵架，能忍的就忍在心里了，这次是真的触到了我的底线。麦子正好从我们身边经过，她问清楚事情的来由之后，把策划拉到了一边：“她的脑袋里只能装下这么多的东西，你把这么一大摊子的事情，一股脑儿全塞给她，她怎么可能做得了？别着急，一件一件处理，给她点时间，她一定能处理好的。”

争了半天没解决的问题，被麦子这么一比画，就搞定了。当时我只顾着感激麦子，并没有多想什么。后来偶尔回想起来，才觉出惊讶：在我和麦子还没有成为朋友之前，她竟已经把我看得那么透了！

之后发生的一件件事，都印证了我的直觉。麦子了解我的每一分心思。她总是在我最脆弱的时候，出现在我的面前，给我必要的帮助。时间和分寸都恰到好处，好像是算准了一样。我心里原本的那一丝清明也被这份温暖模糊了。麦子纵容着我去依赖她，信任她。我越来越依恋麦子，到了不可自拔的地步。

对麦子的依恋一直延续到两年后的今天。即便我对麦子已经有了些许陌生，但只要看到她带着宠溺的目光，听到她含着笑意的声音，那份熟悉的感觉就又会浮现出来。就像此刻，麦子懒懒地躺在我的目光里，我的心也不觉变得柔软了许多。

麦子打开电脑，给我看她照的照片。陌生的环境，陌生的面孔，包括照片上的麦子都是陌生的。麦子兴致勃勃地给我介绍着她的朋友，我在一旁机械地听着，心里有些苦涩，又有些好笑。麦子还是和以前一样，喜欢热闹，喜欢呼朋唤友，喜欢……

追逐形形色色的女孩。

“看，这是你的照片！”

不知什么时候，电脑里的照片变成了毕业时候的合影。吃散伙饭的那天，班上的同学好像一下子变得热络起来，不管以前有没有打过交道，在那个晚上都成了最要好的朋友，有说不完的话，有拍不完的照片。我拒绝了所有合影的要求，一个人坐在一旁，冷冷地打量着这场闹剧。却不知道，这样的自己被麦子收进了相机里。

“来拍个照片吧。我们好不容易见一次面，一定要留个纪念。”

“不要。你知道我害怕照相。”

“那你唱歌给我听。”

“不要。你知道我唱歌很难听。”

“这张照片不是照得很自然嘛。你上次在KTV里不是唱得很开心嘛。”

“那不一样。”

麦子歪着头看着我，嘴角慢慢地勾起一个弧度：“如果我非要你和我照相，非要你唱歌给我听呢？”

无辜的眼神，任性的话语，这个招数放在以前屡试不爽，每一次我都会在麦子的注视下，说出不情不愿的“好”字，就好像是被催眠了一样。不过今天，再看到扮出这样表情的麦子，我却有一种反胃的感觉。就好像是许久看不清东西的人，突然间眼前一片清晰，这种巨大的反差是很难适应的。

“怎么没有你女朋友的照片啊？”

“什么？”

我突然的发问，打破了刚才的气场。

“怎么没有你女朋友的照片啊？”

我又问了一遍。麦子有些犹豫：“这个……因为她是你认识的人。”

“她是谁？”

“……你跟她不熟，就是认识而已。”

“那你和她是怎么开始交往的呢？”

我没有再继续追问下去，而是换了一个话题。

麦子点了根烟，慢悠悠地吐着烟圈：“刚毕业那会儿，留在杭州的同学很多，大家还能经常聚聚。这一年来，陆续有人回家，还继续留在杭州的已经很少了。你也知道我是个喜欢朋友围在身边的人，耐不住寂寞。我跟她就是通过电话慢慢热络起来的。她住的地方离我住的地方隔得挺远的，要坐两个小时的车。平时都是我去看她。有一次，玩得太晚了，我就住在她租的房子里了。然后……”

“然后？”

“就……发生了关系呗。”

我的心狠狠地跳了一下。拿烟盒的时候，手都微微有些颤抖。这是我见到麦子后，抽的第一根烟。

“那天我们都喝了酒，所以……你知道的，就很自然地……做了。我跟她说我会负责的。她只是笑了笑，什么都没说，我也搞不清楚她的意思。反正我理解的，就是开始交往了嘛。就这么在一起差不多八个月吧。过完年回来，她就跟我说，她想要回家，她家人给她找了份工作。虽然没有明说，但那意思已经很明显了，我们不可能再继续下去了。”

“你就没有挽留过她吗？”

“我是希望她留下啊，她非要走。本来开始的时候，就不明不白的，我们之间又没有什么承诺，也没有明确过关系。所以……连我自己都没搞明白的情况下，就莫名其妙地失恋了。”

麦子的语气里流露出来的是丝毫不加修饰的冷漠。那种无所谓的态度，就好像是在说别人的故事一样。这完全不是我认识的那个麦子。两年的空白骤然摆放在我的面前，我的内心涌升起一丝莫名的恐惧。我突然意识到，自己盲目地留下来或许是个错误。

麦子漫不经心地抽着烟，微微侧过脸看着窗外，神情有些落寞。时光好像倒流回了三年前。那时候的麦子就是以这样一个失恋者的形象出现在我面前的。在我最寂寞无助的时候，麦子给了我温暖。而她表现出来的那种对小林毫无保留的爱，也让我深受触动。麦子就这么住进了我的心里，一住就是三年。

我以为我和麦子都只有对方这一个朋友，我排斥一切出现在我们之间的人和事，包括竹子、小林还有之后的班花。不过很快，我就发现自己错了。我控制不了麦子。她不可能只有我一个朋友。随着和麦子交往的深入，我见到了她身边各种各样的女孩。她们都是麦子的朋友，我只是这众多朋友中的一个。我渐渐地接受了这个事实，默默地退到了后面，不再去强求麦子留在我的身边，只要我需要她的时候，她能出现在我面前，就足够了。

大四那年，麦子过生日，说好我和竹子帮她庆祝，没想到生日那天，她还带来了三个小学妹。我心里很不舒服，突然出现的陌生人让我感到很不适应。我跟着麦子一起去了 KTV。进了包厢，封闭的空间，晦暗的灯光，压迫得让人喘不过气来。这是我第二次踏进 KTV，第一次是因为宿舍的同学过生日。我不会唱歌，也不喜欢这样的场合，就呆呆地在里面听别人闹哄哄地唱了一个下午。这一次，我本是打定了主意不开口的，无奈，麦子执意要让我唱歌。犹豫地接过话筒的那一刻，我看到麦子脸上有些许得意的表情——她知道我没办法拒绝她。

我确实没有办法拒绝麦子。既然你想听，那我便唱给你听。我就抱着这样的心态，破天荒地当众唱了歌。我不知道麦子有没有认真地听我唱歌，我只知道，那些歌我是唱给她一个人听的。

“不聊这些了。你不是带电影来了吗？我们看电影吧！”

麦子笑嘻嘻地说道。

我掏出移动硬盘，插在房间的电脑上。这一次我没有拒绝。

五

我喜欢一个人看电影，也喜欢和别人一起看电影。一个人看电影的感觉是私密的、安全的；和别人，尤其是和亲密的人一起看电影，是温暖的、愉悦的。我已经两年没有认真看过一部电影。曾经那么疯狂地迷恋，现在都已归于平静，变成了一潭再荡不起一丝波澜的死水。离开校园后，很多东西都从我的生命里抽离了，我眼睁睁地看着曾经的执念一点点流走，却无力伸手去阻拦。

唯一舍不得的只剩下杭州了。杭州对我来说，就是四年大学回忆的承载体。随着时间的推移，这两个字也变得越发陌生和模糊，慢慢地蜕变成一个抽象的符号。每当饱受干燥天气折磨的时候，杭州就带着雾蒙蒙的水汽浮现在脑海里，让我回忆起在这个城市里，经历过的种种往事。

在北京，最常联系的人是竹子。和竹子通话是我在北京这个陌生城市里的慰藉。临考前，我想给竹子打个电话，却发现她停机了。我意识到出了状况。果然，等我从北京回到家后，接到了竹子的电话。她没有进考场，而是进了手术室。

分数出来后，带着一丝遗憾和不甘，我进了一家报社做实习记者。上午三个小时，下午两个半小时，如果有采访任务，就不用按时坐班了，采访结束就可以直接回家。下了班，还能优哉游哉地站在路边，看看归巢的鸟儿，瞅瞅散步的猫狗。时间过得很慢，慢得心里发慌。总觉得心里有一块地方是空的，怎么都填不满。

竹子的心里同样空落落的，隔着电话都能感觉得到。又到了研究生报名的时间，竹子问我要不要再考一次，我问她要不要再考一次。这已经是第三次面对选择了，我和竹子都不能轻易地做出决定。我一直拖到截止日期的最后一天，竹子比我更晚，她一直拖到了最后一秒钟，才艰难地做出决定。两个半月后，我准时进了考场，竹子又一次错过了考试。没有任何理由，只有一声叹息。

我掐灭了手中的烟，嗓子已经开始不舒服了。烟灰缸里堆积的烟头和散落在床边的烟灰泄露了我内心的不安。房间里开着空调，窗户一整天都没有打开，空气中混合着烟味、头油味以及雨季消散不掉的霉味，浑浊得几乎令人窒息。我的后背沁出一层黏腻的汗，毛衣贴在皮肤上，又痒又刺痛。我小心地变换着坐姿，借此来转移自己的注意力。从麦子坐到我身边的那一刻起，我的心里就没有停止过恐惧。我知道我在害怕，也知道我在害怕什么。我无力去阻止恐惧的事情发生，只能默默地等待着。

我感觉到麦子在慢慢地靠近我，感觉到麦子的气息贴在我的耳边，感觉到麦子的手触到了我的肩膀……

“麦子！”

“怎么了？”

麦子的身体随意地往旁边一斜，拉开了一点距离。

“没什么。”

我往旁边挪了挪，把距离拉得更大。

“你不太对劲。”

麦子又靠了过来，我索性把床都让给她，整个人贴在了墙上。

“我又没把你怎么样。”

“对不起，我害怕。”

“怕什么？”

“……”

麦子坐到了另一张床上。我闭上眼睛，头抵着墙，紧攥着的手慢慢地松开了。

“你一进到这个房间，就有些不对劲。到底怎么了？”

“抱歉。我一进到陌生的环境，就会觉得压抑恐慌。比如旅馆，比如火车的卧铺。我也不知道为什么会这样，就是会很害怕。”

我说的是实话。突然进入到陌生的环境，或者见到陌生的人，都会让我无所适从。在旅馆总是要熬到困得眼睛都睁不开了，才能入睡。坐火车卧铺，不敢爬到铺上，只能在靠窗的座位上坐到天亮。不过我并没有说出心里真正的恐惧，从内心深处一点一点释放出来的恐惧。

麦子默默地点了根烟，开启了暂停很久的电影。

我放的是土耳其电影《寂寞芳心》。银幕上的分分合合，看得太多，都有些麻木了，唯有此片的结尾一幕留在了心上。其实这个片子更适合一个人在晚上静静地观看，而不是像现在这样，在这么尴尬的场合，这么尴尬的气氛中，心不在焉地瞄上几眼。我的眼睛盯在屏幕上，思绪则飞到了杭州。此刻，我最希望的就是竹子在我的身边，我需要有个人能够帮到我。我渴望回到以前，和竹子还有麦子一起，过肆意而单纯的生活，而不是像现在这样，夹杂着种种说不清道不明的暧昧。

画面定格在最后徘徊不定的身影上。电影结束了，真正的故事才刚刚开始。已经到了午夜时分，关上灯，周围的一切都沉入黑暗中。我仰躺在床上，明明什么都看不到，却还拼命地睁大眼睛。我在等待，等待麦子问出那个暗示。不过麦子好像并不着急。她聊了在杭州的生活，聊了在杭州的同学，最后，话题又绕到了她的女朋友身上。

“是你追她的吗？”

“算不上追吧。就是会给她打电话啊，去找她玩啊。本来就是朋友嘛，那时候也没多想什么。”

麦子一直都是主动的一方。她在我最难过的时候，出现在我的身边，给我过生日，和我彻夜长谈，又在我最需要她的时候，冷冷地推开我，把目光转向其他的女生。当她在别的女生那里感到厌倦的时候，她又会笑眯眯地回到我的身边。我没有办法去拒绝麦子。不止是我，面对麦子，竹子也和我有着同样的感觉。竹子在我面前不止一次地倾诉过麦子对她的冷漠，话音刚落，麦子就出现了，带着让我们无法拒绝的温暖笑容。

遇到事了，我第一个想到的人就是麦子；拿起电话，习惯性拨通的号码也是麦子的。纵然知道麦子有种种不好，但心里能记住的还是她的那一份好。不多不少，正好戳中心窝。这种感觉就好像是——被催眠了一样。

据说催眠的时候，催眠师会给被催眠的人的心里种下一个暗示，这个暗示不解除的话，就会一直起作用。或许麦子从接近我的第一刻起，就给我种下了催眠暗示吧。

“你真的打算放弃这一段感情吗？”

“放弃？明明就是她先提出来的好吧？她要回家，我又不可能拦着她。”

麦子的语气听上去就像是玩游戏时，某个关卡怎么都通不过去，就索性放弃的感觉。她喜欢玩电脑游戏，玩起来很拼，但算不上厉害，也没有耐心，往往等不到通关就直接跳到下一个游戏了。

“可是麦子你有没有想过，你能不能给你的另一半带来安全感？你可以给她一个承诺吗？你可以用心去经营一段稳定的感情吗？”

麦子沉默了，许久才吐出一句："或许就像你说的那样，我还真没有想过。"

答案当然是否定的。还没等这段感情结束，麦子就来淮南找我，实在是太明显了。我苦笑了一下，心里有一块地方一直在疼。我选择了沉默。

不知过了多久，麦子再次开了口。这一次她说的是小林。

"你知道小林在杭州买了房子吗？她妈妈给她买的，好大的房子，我还去玩过。"

"你和小林还有来往？"

"当然，我们是朋友嘛。"

"这话说得太虚伪了。"

麦子干笑了一声："我和她那点事儿你不是都知道吗？"

准确地说，是认识麦子的人都知道，麦子追了小林三年。痴情的、执着的、无怨无悔的、不求回报的——这就是麦子呈现在我们面前的形象。即便在这三年间，她还和其他的女孩有过交往，包括公开追求聪明漂亮的班花，可我依然相信，她对小林是真心的，小林是她最放不下的那一个。

"以前的事就不用提了，说说你们现在如何？"

"还能怎么样？还是老样子嘛。你也知道的，不拒绝也不回应。我就这么傻傻地一直等待着。我有时候也会想，算了，这样折腾实在太累，可是在我失望想要放弃的时候，她又会给我点希望。每次都是这样，她就这么一直吊着我，我也没有办法。

"不过，她要是真的答应我了，或许我又没有感觉了呢。我就是这样一个人，喜欢想尽办法去追一个人，真正追到手了，很快就会厌倦。

"我就是喜欢玩嘛，我知道这样不太好，但改不了。就是爱玩，没办法。"

我躺在暖和的被窝里，心冷得像在冰窖一样。我以前真的很恨小林。我讨厌她那么吊着麦子，讨厌她尽情地使唤麦子，讨厌她虚伪又做作的态度。可是，这一刻，我突然理解了小林。舍不得麦子的好，又深知麦子是怎样的人，没有办法去回应她的感情，只能抱着一线希望祈祷，就保持现在这样的感觉：不是友情，不是爱情，只是一份亲密的关系。这对麦子来说，无疑是残忍的。可是，麦子的游戏心态，对我们来说，又何尝不是一种残忍？

“抱歉，麦子，我不能。如果那天，我说出那个暗示的时候，你回应了我，我会为你留在杭州的，我会去努力尝试一次。但是现在我不能。过了那个时间点，一切都变了。尤其是现在，你以这样的姿态出现在我的面前，我没有办法接受。真的没有办法接受。”

我不知道该怎么对近在咫尺的麦子说出这番话，只能在心里默默地对自己说。有好几次我都想从床上坐起来，因为控制不了心里翻腾的情绪。我心里在挣扎，麦子的心里也在挣扎。最终打破沉寂的还是麦子。

“睡吧。”

麦子翻了个身。声音从被子里传出来，很闷。直到最后，她也没有问出那个暗示。

我松开了一直紧攥着床单的手。耳畔传来的麦子的呼吸声是那么不真实，有一刹那，我甚至不知道自己身在何处，而沉重的脱力感又把我拉进了更加混沌空虚的梦境。

六

淮南的冬天干燥寒冷，风吹在脸上，像刀子。这样的天气在马路边上走，简直就是自己找罪受。这是麦子三天来第一次走出酒店，我想带她看看淮南。

淮南是一座煤城，生活粗糙单调、节奏缓慢。我家住在市中心，相对繁华一些，也不过是多修了几条路，多盖了些饭店和娱乐场所。我的童年是在距离这里半小时车程的市西度过的。那里十年来看不到任何变化，时间好像停滞了一样，循着童年的脚步，还可以看到记忆中的景象。只不过魔法消失了，一切都显出了本来的样子：居民区旁边的铁路依然存在，偶尔还有运煤的火车通过。空气中弥漫着细小的煤渣，落在衣服上就是一层黑色。马路对面就是父亲曾经工作过的陶瓷厂，厂子已经倒闭了，只剩下一片空荡荡的厂房。居民区里到处都是等待拆迁的老房子。走在路上，有些长辈会拉住我，问我还记不记得她，我只能尴尬地笑笑。年轻人都出去打拼了，留下的都是步履蹒跚的老年人和坐在路边等待变老的中年人。我很少回来，因为看到这里的一切，会心酸。

我带着麦子朝火车站走去，告诉她这边是我读高中的学校，那边是我常去的小店。麦子顺着我手指的方向，一一看过去，有些机械地点着头："很好。我喜欢这样的城市。"麦子表现出很认真在看、很认真在听的样子。实际上，她没有在看，也没有在听。她只是想着赶快回到杭州。

果然，离火车站还有一站路程的时候，麦子提出打车过去。

"只剩一站路了，直接走过去吧。时间还早，能来得及。"

"你确定你不会迷路？别忘了，我们上次在杭州市区转悠了两个小时才找到车站。"

"这里是淮南，不是杭州。"

"你让我怎么相信你？我们都是路盲，万一误了火车怎么办？走了这么长时间的路，我累了，走不动了。"

麦子伸手拦下一辆出租车，我没有再说什么，默默地跟着上了车。一眨眼的工夫就到了，我又默默地付了钱，跟着下了车。

"你看，我说的对吧？来早点肯定没错。"

站在车站前的广场上，风没有遮挡地吹打在身上，比刚才在马路边更冷。我知道自己的脸色不好看，我也没想过要去掩饰。是麦子主动提出来步行去火车站的，也是她一再坚持不肯坐车的。我真的很不理解麦子为什么会突然这么任性。

“进候车室吧，外面太冷了。”

“里面空气不好，就在外面等吧。”

我本来算好了时间，可麦子临时变卦，就意味着我们要在寒风中站上整整40分钟，只因为她的自私。我知道麦子是个自私的人。麦子身上的种种缺点我心里一清二楚。可是处于催眠状态下的我，唯一能记住的就是：麦子对我的好是任何人都无法取代的。

我曾经和麦子玩过一个游戏。那是我去北京的前一天，我在网上遇到了麦子。我告诉麦子，我要去北京，在一个陌生的出租房里，和一个陌生的同住者，一起为考研做复习准备。我很害怕，面对未知的一切感到恐惧。离开学校之后，我才知道，我已经无法习惯孤独了。麦子简单地安慰了我几句，我心里平复了很多。就在麦子断网前，突然一个念头在我心里闪过，我赶紧敲出了几个字：“麦子，我有话想对你说。”

“什么话？”

“当然是有关你的话。不过我现在不打算告诉你，一个月后是我的生日，如果你还记得住的话，给我发一条祝福短信，我就告诉你。”

“好，就这么说定了。”

麦子不假思索地答应了。我知道她会答应的，她不会放过任何一个游戏的机会。

一个月后，麦子的祝福短信真的到了，我却想不出该用什么话来打发她，最后只能编出了一句玩笑。麦子没有回短信。我知道她心里一定很失落，我很愧疚，但当时的我真的很需要这个祝福。那天我一个人在出租房里，忍受着水土不服带来的煎熬，过完了22岁生日。这是那天我收到的唯一一条祝福短信。即便这个祝福是用这样的方式换来的，依然让我在北京黯然的生活有了一丝光亮。

昨天晚上，我回忆起这个片段的时候，后悔不已。我知道自己做错了。麦子说小林一次次给她希望，给她暗示，其实我也在做着同样的事情。为了让自己能够继续沉浸在一些美好的幻想当中，为了让自己在冰冷而没有一丝人情味的城市里面有一丝慰藉，我也给麦子种下了催眠暗示。

“时间到了，我该进站了。”

麦子把烟头踩在脚下，有些无聊地碾压着。

“嗯，也该进站了。”

“对了，有件事你应该知道吧？”

“什么事？”

“就是竹子怀孕的事嘛。”

“什么？竹子怀孕了？什么时候的事？”

麦子不再折腾烟头，开始折腾我的神经。

“看来她没告诉你嘛。她去年不是说要考研吗，大概12月份的时候，我接到她的电话，说是不打算考了。她语气平静得很，听着就不对劲。后来我们一直聊到很晚，竹子才告诉我，她已经怀孕两个月了，刚查出来。她打算把孩子生下来，所以就放弃考研了。我以为她也告诉你了呢。”

“我是真的不知道。那……竹子的孩子是谁的？是不是她男朋友的？”

“这很重要吗？”

麦子反问了我一句，我沉默了。

在我决定在麦子的房间留宿前，我曾给竹子打过电话。我要求她把她知道的，有关麦子和麦子女朋友的事情，统统告诉我。竹子说的有些是我知道的，有些是我不知道的。最后，我问竹子，麦子的女朋友是谁？竹子反问了我同样的话——“这很重要吗？”

是的，一点都不重要。我听到心底深处固守的执念在一点点破碎瓦解，有些自嘲，有些无奈，更多的是一种彻底的释然。

“还记得吗？第一天在这里见面的时候，我欠你一个拥抱。现在补上吧。”

“这很重要吗？”

“当然重要。”

说完，麦子就在进站口抱住了我。

车站的广场上，有很多人用拥抱来迎接或者送别亲友，我们只是其中并不起眼的一对。我和麦子拥抱，不是因为相逢，也不是因为离别，只是为了完成拥抱这个动作。

我就站在那里，任凭麦子紧紧抱着，一动不动。直到有些窒息的时候，我把手搭在了麦子的腰上，隔着厚厚的羽绒服，很轻很轻地贴着。麦子却突然松开我，我趔趄了一下，等我反应过来的时候，麦子已经朝着候车室走去了。

我就这么站在原地，保持着刚才拥抱的姿势，眼睛则紧紧抓住麦子的背影，固执地追随着她，跟着她一起进站、候车、检票，直到被风吹得生疼，几乎流泪了，才敢眨一下眼睛。我要把离别的这一幕全部记录下来，不想放过任何一个细节。

我的心里隐隐地怀揣着一份期待，期待麦子能够回头看我一眼。不过麦子没有回头。我知道她不会，我已经彻底失去这个人了。我和麦子施与对方的催眠暗示已经解除了，彻彻底底解除了。我蹲下来，不想让别人看到我的脸。有眼泪从指缝间划过，为我和麦子的故事画上了句号。

达尔文的标本盒

一

天气就像林君的脸一样，说变就变。一连好几天的阴雨让阿南的房间里散发出一种潮湿的气味，雨水带来的清新已经被周围挥之不去的尘埃搅浑了，变得黏黏糊糊的。时间好像被连绵不断的雨水拉长了一样，慢得让人心里发慌。好不容易挨到雨停，太阳刚冒了个头，阿南就迫不及待地跑出家门去找林君。

院子里，看门狗大黄不安分地叫着，无花果树的叶子在风中瑟瑟发抖。客厅里，阿南和林君坐在沙发上，一人闷头啃一个苹果。苹果是阿南洗干净从家里带过来的，林君直接连皮吃，阿南把苹果皮细细地啃掉，然后再吃苹果肉。林君的苹果已经吃掉了一大半，阿南才开始咬第一口。

“今天感觉有点怪怪的。”

林君啃着苹果，口齿含糊地说道。

“确实很奇怪。”

“大概要发生什么事情吧？”

“会发生什么事呢？”

“反正肯定有什么事要发生。”

阿南抬起头，看了看外面。客厅的门敞开着，正对着紧闭的院门。一只黑得发亮的猫懒洋洋地趴在墙头上，一扭头，正对上阿南的目光。黑猫张开嘴无声地威吓了一下，阿南禁不住缩了缩脖子。

林君一声不吭地啃完最后一口苹果，走出客厅，将手中的苹果核朝着墙头的黑猫砸去，黑猫凄惨地叫了一声，迅速跳下了墙头。阿南觉得自己的耳朵好像被黑猫的叫声撕裂了一般，不疼，就是麻麻的，很不舒服。

“玩牌吧。”

林君的爸爸过完年就外出打工了，林君的妈妈也要上班。大人不在家里，自在倒是自在，就是闷得发慌。好在林君总能找出点乐子来。

林君摸出两副扑克牌，教阿南玩“丁钩钓鱼”的游戏。阿南的脸正对着牌，其实眼神在偷偷地瞄着电视。她家里的电视收不到几个台，每次来林君家，都想蹭电视看。林君没说开电视，阿南也开不了口，只能失落地吞了几口唾沫。

第一次玩“丁钩钓鱼”，手气差，再加上心不在焉，阿南只能眼睁睁地看着自己手里攒下来的牌被林君一次次“钓”走。等阿南回过神来想认真玩的时候，游戏已经玩不下去了。林君默默地把牌洗了几遍，重新塞回牌盒里。阿南看着扑克牌盒，又默默地吞了口唾沫。

“林君，我想看达尔文的标本盒。”

“有什么好看的。”

“你最近有做新的标本吗？”

“没有。”

林君闷着头，不知道在想什么。阿南想再找他说说话，还没开口，林君就站了起来：“出去吧。”

“去哪儿？”

“跟着我就行了。”

林君抓起钥匙，背上书包就往门外走，阿南赶紧跟上。大黄欢叫着也要跟过来，被林君一顿训斥赶回了狗窝。

林君家旁边就是一片田野。一条路从田野中间穿过，把田野分成了两半。右手边的田野上，是一块块分割好的田地，左手边的田野上，除了农田，还有一片荷花塘。这会儿田野里空荡荡的，一个人都没有，显得格外冷清。

阿南穿着妈妈用棒针织的毛衣，风从毛线的缝隙钻到了贴身的棉衫里，露在外面的手冰凉，身上也暖和不到哪儿去。这天气确实奇怪得很，该下雨的时节不下雨，该回暖的时候依旧吹冷风。

“今天确实很奇怪。你看这风刮得就不对劲。”

“这风怎么了？”

林君停住，用手在空中抓了一把，放在鼻子下面嗅了嗅：“这风的气味不对。”

阿南觉得身上更冷了，便口中吆喝着，学着骑马的样子一跳一跳地往前跑。跑了没几步，阿南扭头一看，林君还停在那里，并没有跟上来。平日里，林君最喜欢的就是骑马，可今天林君没有和阿南一起玩，阿南明白了——林君今天不高兴。

林君心情不好，阿南也像泄了气的皮球一样，打不起精神。一个皱着眉头，一个撇着嘴。阿南看了林君好几次，想问他为什么不高兴，话到嘴边就快要问出来了又被林君严肃的表情给逼了回去。阿南在心里琢磨着怎么能让林君开心起来，想着想着，就想到了昨天晚上看的电视剧里，女主角打扮得漂漂亮亮的从楼梯上下来，在大厅门口遇到男主角，女主角亲了男主角的脸颊，男主角立刻笑得一脸灿烂。想到这里，阿南心里便有了主意。

“林君。”

阿南叫住低着头往前走的林君。林君停下来，有些不解地看着阿南。阿南快步上前，飞快地在林君的脸上亲了一下。亲完之后，林君还保持着刚才的表情，只是眼睛瞪得更圆了。阿南还在纳闷为什么林君没有开心的表情时,林君冲着她爆发了。

“你干什么！”

“……”

“我问你刚才为什么那么做？”

“我……我只是想让你高兴。”

阿南极小声地说道。林君发脾气的样子实在很可怕，她被林君吓到了。阿南有些不知所措地绞着自己的手。

“高兴？本来就不高兴，现在被你这么一闹，更生气了。”

“对不起。”

“对不起管什么用？”

“那怎么办？”

“等下去朱何家的时候，你再亲他一下，这事儿就算了。”

阿南这才反应过来，原来林君是陪她去给朱何送作业本。这是阿南一想到就头疼的事情。林君一直没提，她以为林君忘了呢。

不过这些都不是重点，最关键的是林君的后半句话。

“你刚才说什么？”

“我说，等下见到朱何，你找机会亲他一下，我们之间就算扯平了。”

田地四周都用带刺的树条围着。阿南特别喜欢用手去揪那些刺，小一点的刺比较软，稍微用点力就弯了，硬一点的刺比较好揪一些。阿南紧张的时候手就停不下来。

“非要这么做吗？”

“嗯，你亲了他，今天的事情就算了结了。”

阿南继续揪着刺，心里则完全乱成了一团麻线。

二

阿南家住的这片住宅区里，小孩子很多。平日里都是女孩和女孩玩，男孩和男孩玩，阿南算是个例外。她和同龄的女孩子玩不到一块儿去，她们爱玩的过家家啊跳皮筋啊，阿南统统都不会。阿南打小就像个小大人，年长一些的女孩子不愿带她玩，想在她面前摆出姐姐的架子，压根不管用。和那些姐姐们拌过几次嘴后，阿南就再不搭理她们了。

没人和阿南玩，阿南便整日跟在男孩子的后面跑来跑去。男孩子们当然不太愿意身边老跟着个碍眼的女孩子，阿南一厢情愿地跟着，免不了要受些委屈。

夏天的时候，最受欢迎的游戏就是玩水枪。男孩子们聚到一起，先是比上一番水枪的大小和数量，炫耀完之后，就进入到实战阶段。一般都是一群人攻击某个特定的目标，非要把目标浑身上下全都喷湿才会罢休。阿南拿着自己的小水枪跑下楼的时候，这群男孩子们正在旁边的平房外面开战。阿南站在一边，还没考虑好要不要加入，就被男孩子们围住了。阿南成了被攻击的对象，被他们团团围住，无法逃脱，不出几分钟，阿南的衣服就全湿透了。目的达到了，为首的男孩子吆喝一声，所有的人一哄而散，只有阿南呆呆地站在原地，好半天才回过神来。

衣服湿成那样，阿南自然不敢回家，唯一的办法就是赶快把衣服弄干。这一溜平房的水泥墙被太阳烤了一个下午，手摸上去还感觉得到炙热的余温。阿南便靠在水泥墙上，一点一点往前挪动着，用水泥墙把衣服吸干。

这个点儿大人们都还没有下班，家家都是门窗紧闭着。阿南贴着墙一边挪动着，一边从窗户和门缝往里面打量着各家的样子。走到顶头的那一家时，阿南又透过门缝往里面偷看，结果身体前倾得太厉害，直接把门顶开了。

本来门没关就已经让阿南够吃惊的了，屋里还有人，更是让阿南吓得走不动路了。

屋子里坐着个和阿南差不多大的男孩子，他手里拿着一只纸飞机，地上还扔着一堆纸飞机。男孩子冲着阿南招了招手，阿南那一瞬间头脑一片空白，只知道赶快扭头跑开，离那扇门越远越好。

阿南的记忆里，从来没见过这个男孩子，这一片的男孩子聚在一起的时候，从来没见过他的身影。那天没仔细看，只依稀记得他很瘦。阿南对他一点好感都没有，一个天天闷在屋子里，无聊到只能叠纸飞机、自己跟自己玩的男孩子一定很讨厌。虽然心里装出一副不屑的样子，可阿南还是会忍不住想到那个男孩子，那天发生的事，每天都要在她的头脑里过上几遍。

就这么过了差不多半个月，阿南决定再去看看那个男孩子。这一回门是真的锁上了。阿南趴在门缝上看了半天，只看到里面黑乎乎的一片。阿南又来过几次，每一次门都是锁着的。开始的时候，阿南还纠结了一段时间，又过了些时日，便慢慢地淡忘了。

阿南妈妈跟阿南说，给她找到了个伴儿，可以一起上下学。等到见了面，阿南才知道妈妈口中的“林君”就是那个男孩子。

距离上次见到林君，已经隔了半年多的时间。阿南的个子已经蹿起来了，而林君还是那副瘦瘦小小的样子，没有什么变化。阿南和林君被双方的妈妈撺掇着比身高，结果阿南比林君还冒出了头尖儿。比完之后，自然免不了一通没有恶意的玩笑。

开学报到的那天早上，阿南一下楼，果然看到林君正站在路口等着她。在这之前，阿南已经知道了林君的名字，知道了他比自己大半岁,还知道他家现在住的房子是他爷爷留下来的。想了解的都已经知道了，再没有好奇心去从林君的口中打探任何其他的内容。一向爱说话的阿南破天荒地一声都没吭，一直走到田野旁边的岔路口时，两个人才说了第一句话。

“咦，你往那边走干什么？不是应该顺着这条大路走的吗？”

阿南看林君往田野走，赶紧叫住了他。

“我们走小路去学校，比走大路要快得多。”

说完，林君就拉着阿南直奔田间的小路。

阿南低头看了看被紧紧握住的手，心里微微纠结了一下。她一直觉得朋友之间才会手拉着手，她不觉得自己跟林君已经很熟了。至少在这一刻之前，他们还只是刚刚认识而已。这个想法只在脑袋里转悠了半圈就被抛开了，林君走路很快，阿南必须要小跑着才能跟得上。

半年下来，阿南和林君成了形影不离的朋友。林君搬了家之后，阿南住坡下，林君住坡上，坡上坡下靠着一小段台阶连接起来。林君家旁边是阿南舅舅的家，两家连在一起，组成了一个小小的院落。平时都是阿南去找林君，有时候阿南去舅舅家玩，回去的时候也要到林君家里坐一会儿。

“林君！”

每次阿南站在林君家门口，叫着林君的名字，等着他给自己开门，心里总是满满的愉悦。开了门，进了屋，就是另一番世界了。一个只属于林君和她的世界。

三

“作业本你带了吗？”

阿南没话找话地问了一句。林君指了指身上的书包，爱答不理地点点头。

朱何是阿南的同班同学，两天没来学校，阿南是小组长，老师叫阿南去给朱何送作业本，阿南害怕朱何，便和林君约好一起去。

阿南学校所在的那片地方叫朱家岗，一个年级里，差不多一半的学生都姓朱，重名重姓是常有的事儿。有时候站在走廊上叫一声，会有好几个人回头。所以，叫人的时候，还要在人名的前面加上班级号来区别。

每个班上都有一个不太受欢迎的孩子。这个孩子要么成绩不好，要么欺负同学，要么性格孤僻，要么外貌上有些残缺。反正这样的孩子在班上，同学不跟他玩，老师也不喜欢他。

朱何在阿南班上就是这么个存在。朱何平日里给人一种脏兮兮的感觉，头发从来都是乱蓬蓬的，脸好像从来没洗过，还结着一块一块干燥的皮，有了鼻涕，直接拿袖子擦掉，所以他的两只袖子都是黑乎乎的。没有人愿意和他坐同桌，老师只能给他安排到最后一排单独的一个座位上。就算这样，朱何也不安分，上课的时候总是小动作不断，搞得老师频频点他的名。他下了课就喜欢找男生打架，朱何的个子比班上的男生要高一些，块头也壮一些，打起架来从不服输，一副不要命的样子，男生见到他都会绕道。时间长了，朱何就成了完全被孤立的一个人。

林君和朱何也打过一架，拉扯的时候，林君的胳膊碰到了朱何的鼻子，朱何的鼻子立刻出了血。

“朱何是沙鼻子。”

后来林君跟阿南说起这件事的时候，总结出这么一句。

“什么是沙鼻子？”

“沙鼻子的鼻膜特别脆弱，轻轻碰一下鼻子就会出血。有沙鼻子的人，最好离他远一点。要不万一弄得他流鼻血，扯都扯不清。”

林君用手做了一个砸鼻子的动作，一脸严肃地做了科普。

跟同龄的孩子比起来，林君的发育似乎大大地滞后了，五官始终长不开，个子也没有蹿起来。不过，林君一旦认真起来，就有一种超越了年龄的成熟和聪慧。林君看过很多书，一般的小知识小常识都难不倒他。如果说林君是《百科全书》的话，那么阿南就是《十万个为什么》，只要见到林君，她总有问不完的问题。阿南也不是一定要知道问题的答案，她只单纯喜欢看林君一本正经说教的样子。

过年的时候，家家户户都要放鞭炮，每挂鞭炮不可能都爆炸，总会有几个漏网之鱼。林君带着阿南跑遍了这一带的平房，从一堆堆爆炸后留下的红色纸堆里找没有爆炸的炮，然后把里面的火药全倒到一个拳头大小的硬纸筒里，密封后，留出一段比较长的纸捻做炮芯。

林君本来想等天黑了以后再点燃烟花，阿南家里管得严，晚饭前一定要回家。阿南回家前，林君小心翼翼地点燃了炮芯。

烟花非常绚丽，虽然只持续了短短的几秒钟，阿南已经非常惊喜了。这是他们自己做的烟花啊！

“要是能把烟花保存下来就好了，这样想看的时候，就能看到。”

“我知道有一种办法可以把记忆记录下来。”

“拍照片？”

“当然不是。”

林君回到房间里，从床底下扒拉出来一堆玻璃盒子。每个盒子上都用胶带纸写着几个字：达尔文的标本盒。

“达尔文是谁？”

“是英国的生物学家，就是他发现了人类的起源。”

林君把盒子放在桌子上，摆成了一排。阿南顺着桌子一一看过去，又是好奇又是惊讶。

“这些是什么？”

“标本。全都是标本。用来记录以前发生过的事情。”

阿南指着一个盒子里面的雨花石问道：“这个石头记录着什么？”

“去年我去南京表哥家玩的时候，在雨花台捡的。只要一看到这块石头，我就能想起我表哥的那张脸。你看，这个轮廓像不像一张国字脸？这道花纹像不像鼻子？”

阿南隔着玻璃瞅了半天，才含含糊糊地点了点头。

“那么这只蝴蝶呢？”

“前年去水库玩的时候捉的，它的翅膀上还沾了一滴水库的水呢。”

“它还活着吗？”

“早死了。它现在就是个标本。”

阿南用手指轻轻地隔着玻璃抚摸这只美丽的生灵。蝴蝶安静地躺在盒子里，阳光反射在翅膀上，闪着点点荧光。蝴蝶的翅膀上，每一个斑点，每一条纹路，都清晰地呈现在眼前。组合得那么巧妙，搭配得那么精致。这样的美也只有近距离地观察，才能看得到。

看得久了，阿南的心里就有些发毛了。不管这个蝴蝶标本有多么美丽，它毕竟失去了生命，再也不可能扇动着翅膀在田野里无忧无虑地翩然起舞。它只能待在盒子里，永远维持着它死前最后一刻的样子。阿南仿佛感知到死亡气息般地缩了缩脖子。

林君从床底下扒拉出来一个空的玻璃盒，把刚才爆炸后剩下的炮筒残片以及没用上的一小撮火药放到了里面。然后在盒盖上用胶带纸贴上“达尔文的标本盒”标签，还仔细地标注上了编号和时间。

“这样，无论什么时候，只要看到这个盒子，就能想起刚才的烟花。”

阿南看到床底下好像还藏着许多盒子，她问林君那些盒子里装的是什么，林君告诉她是秘密。

“那些盒子装的是秘密，那么这些盒子呢？”

“也是秘密。不过这些盒子里的秘密你可以看。那些盒子里的秘密谁也不能看。”

阿南满足地抱着记录烟花的盒子，抿着嘴笑了。这个盒子里面装的是她和林君两个人的秘密。只有他们两个人知道的、独一无二的秘密。

四

“离朱何家还有多远啊？”

“进了村子再找人问。”

阿南知道林君还在生气，就不再言语了，只是默默地跟在林君的后面。林君出左脚，她就出左脚，林君迈右脚，她就跟着迈右脚，按照林君的步子不断地调整自己的步子。

平日里阿南就是这样,有事没事总喜欢跟在林君屁股后面，林君到哪儿，她就跟到哪儿，活脱脱一个小跟班。平常玩什么，到哪儿玩，都是林君决定，阿南只要乐颠颠地跟着他就好了。久了，阿南也就习惯了，觉得这样很好。

林君家的院子里种了一棵高大的无花果树，还养了一只看门狗，叫大黄。大黄就是最普通的土狗，黑黑的鼻头，温顺的眼睛，看上去就是一副憨厚老实的样子。阿南想不通，为什么林君一副机灵鬼的样子，他家的狗和树却长得蠢头蠢脑的。林君说大黄表面上憨憨的，其实头脑很聪明。这边话音刚落到地上，那边大黄就惹出了麻烦。

那天是腊八节，天气出奇的冷。阿南和林君裹着厚厚的棉袄，像两个粽子似的，在路边玩甩炮。回来的时候，阿南发现林君家的院子里莫名地围了一圈人，围观的主角就是大黄。林君的爸爸正拎着一大桶肥皂水，气哄哄地给它洗澡。阿南问了好几个围观的人，总算弄明白事情的始末：原来林君爸爸带着大黄去田野散步，结果大黄掉进了田地里的粪坑里。

大家刚开始听说这事儿的时候，全都不相信。狗的鼻子那么灵，难道闻不出粪坑的臭味？林君爸爸牵着大黄回家的时候，门口已经聚了不少人围观。一身污迹的大黄很争气地满足了人们的好奇心。不过，围观到这里才刚刚进入主题——大家最期待的其实是林君爸爸怎么处置大黄。

大黄身上脏成那样，自然要好好洗一洗。那么冷的天，给狗洗澡，对人对狗来说，都是一件痛苦的事情。林君爸爸一趟一趟从厨房拎热水往大黄的身上浇，大黄一边叫一边在院子里兜圈子，林君爸爸追在大黄的屁股后面，一边追着，一边随口骂着。这一通澡洗得真是风生水起，院子里的气氛越发热烈起来，每个围观的人都咧着嘴大笑。阿南一开始也看得很起劲，过了一会儿，她就感觉林君好像有些不对劲——她没有听到林君的笑声。

林君没有笑。他从头到尾都没有笑过。他的眼睛一直紧紧地盯着对面的某个人。阿南还没看清林君看的是谁，就被林君拉出了围观的人群。

“怎么了？”

阿南觉得很有意思，她是第一次看怎么给狗洗澡，还没有看够呢。

“看什么看，有什么好看的？”

林君紧紧地皱着眉头，狠狠地把炮往地上甩。一路走，一路炮响。阿南站在原地，不知道是该跟上去还是留下来。

那是阿南第一次见林君发脾气。阿南一开始也没觉得怎样。第二天上学的时候，她还专门到大黄掉进去的那个粪坑看了看。

粪坑被冻住了，上面又盖着些草，不注意看的话，还真不容易找到。阿南一直到了学校，看到林君已经坐在教室里了，才想起来，今天林君并没有在路口等自己。放学的时候，还没等阿南收拾好书包，林君就已经奔出了教室，阿南连张口叫住他的时间都没有。

又过了一天，依然如此。见了面，林君连声招呼都不打，就像从来不认识阿南一样，距离一下子就被拉开了。阿南再迟钝，也意识到不对劲了。她没想到林君还在为那天的事情生气。阿南想了好久也没有想明白自己怎么得罪林君了。就这么僵持了一天，到了第三天，阿南再也坐不住了，她从家里拿了两包糖果，主动敲开了林君家的门。

从那以后，每次阿南和林君闹别扭了，不管是不是阿南的错，都得阿南主动道歉才能和解。林君的妈妈都忍不住数落林君，明明是男孩子，却整天要阿南哄着。其实阿南哄林君也没有别的招数，只是带点吃的，说几句好话。林君也不是真的要跟阿南生气，他只是拉不下脸来跟阿南说话。只要阿南先开口，林君别扭一会儿，也就好了。

每次阿南和林君闹别扭的时候，阿南心里都很难受。阿南只有林君这一个朋友，如果林君不和她玩了，阿南就只能自己一个人玩了。林君也只有阿南这一个朋友，不同的是，林君就算是自己一个人，照样能玩得很好。

阿南想起了第一次来找林君，他就在这个房间里，正在看蚕蛾产卵。也不知道从什么时候开始，学校里突然兴起养蚕来。放学的时候，学校门口就有人卖蚕，一只蚕加一把桑叶，便宜得很。女孩子都要买上几只，养在纸叠的小篮子里。阿南也养了两只白蚕，不过她的蚕死在了蚕茧里。

阿南在林君房间里，才第一次看到蚕蛾的样子。十几只白色的蚕蛾挣扎着在白纸上产下一粒粒蚕卵，房间里支起的桑树枝上还挂着好几个蚕茧。阿南不知道为什么，突然感到很害怕，尤其是看清楚了蚕蛾的样子后，头皮都炸开了。

后来林君还送了些蚕卵给阿南，阿南偷偷地扔掉了。她没想到原来可爱的蚕宝宝长大后的样子会那么难看。阿南突然很庆幸，自己的蚕没有变成蚕蛾。

在达尔文的标本盒子里，阿南看到了死去的蚕蛾。阿南不理解，为什么林君还要把蚕蛾做成标本。

“蚕蛾产下卵之后就死了，它们死亡的那一刻是最美丽的，你不觉得吗？”

林君反问阿南，阿南坚决地摇了摇头。在阿南眼里，就算是死去变成标本的蚕蛾，还是那么的丑陋。她觉得不管是蚕蛾，还是和林君之间的别扭，都是应该被抛弃在心底最深处的角落里的记忆，要捂得严严实实的，永远都不要被翻出来。

五

“你干吗不亲朱何？”

林君低着头，踢着一块石头。这块石头是在朱何家的门口发现的，林君踢了一路。

在朱何家的时候，林君玩得还蛮开心的。这会儿快到家门口了，林君又开始纠结了。

阿南本以为朱何见到林君，会记恨上次打架的事情。没想到朱何客客气气地接过了作业本，还带着她和林君一起玩了跷跷板。院子后面的大石头上架一块废弃的门板，一人坐一边，就这么简单的玩意儿，三个人快快乐乐地玩了一个下午。临出门的时候，朱何的爸爸把他们一直送到村口。朱何的爸爸一脸黑青，在朱家岗的菜市场摆着个猪肉铺，今天收摊早，正好待在家里。看到朱何的爸爸，阿南明白了，朱何天不怕地不怕，唯一怕的就是他老爸。

“你干吗不亲朱何？”

林君又问了一遍。阿南低着头，看着林君踢石头。阿南憋了半天才憋出几个字：“我不喜欢他。”

“那你为什么亲我？”

“我们是朋友。”

林君撇了撇嘴，一脚把石头踢飞了。

已经走到门口了，林君却不怎么愿意进屋。他在门外踌躇了一会儿，转身往坡下走去。阿南有些摸不着头脑，只能小跑着跟上他。

“林君……”

“你和我去一趟木材厂，我们弄些碎木头回来，我要做模型。”

“林君……”

“木材厂又不远，我们早去早回，晚饭之前一定能赶回来。”

“林君……”

“你陪我去木材厂，今天的事情就算了结了。”

林君没有回头，话飘到阿南的耳朵里，阿南不觉得加快了脚步。

木材厂说近不近，说远不远。顺着林君家住的大坡，一直走到坡底，就是一条铁路。这条铁路周围都是工厂，所以铁路主要是用来运送货物的，在铁路上跑的也都是货车。而木材厂就在铁路的岔道口旁。木材厂已经处于半废弃的状态了，铁门没有上锁，随便一拉就开了。工厂里空荡荡的，没有一个人，只有随处散落的废木料和一堆堆的木材。风没有阻拦地呼啸着，幸好才下过雨，没刮起太多的木屑，不过扑面而来的木头味道也不怎么好闻。

阿南平时都是在自己家附近玩，木材厂还是第一次来。林君倒是三天两头地往这里跑，有时候林君会叫阿南和他一起来，阿南都拒绝了，她不敢离家那么远。这次若不是怕林君生气，她也不会来的。

阿南和林君捡了几块合适的木头后，爬上了高高的木头堆。只停了一天没有下雨，木头还是潮的，阿南挪来挪去，没找到一块干的地方，只好别别扭扭地坐下了。

木头堆的正前方就是不远处的化肥厂，能看到两个高高耸立的大烟囱，烟囱上面有铁梯。阿南看着那么高的大烟囱就害怕，更想象不出会有谁敢顺着铁梯爬上去。

好像是猜到了阿南的心思似的，林君开了口：“今天确实是很奇怪。你知道吗，今天早上，我看到有个人在爬烟囱呢！”

“谁？”

“一个戴着黑框眼镜的男人，留着小平头，身上穿着蓝色的工作服和方头皮鞋。鞋带是散开的，工作服是敞开的。我就坐在这里看着他一点一点往上爬……”

“蓝色的工作服里面是不是还有一件灰色的毛衣？”

林君诧异地看着阿南，那眼神绝不是因为阿南打断了他的话。

“我早上去你家找你，你不在。我就和这个叔叔还有阿姨一起看了部电影。”

“阿姨？”

“就是你妈妈啊。我去的时候，叔叔和阿姨就在看电影。我就跟着一起看了。”

“他们就只是看电影？”

林君问得奇怪，阿南反问得也很干脆：“我去的时候，他们就在看电影呢。你觉得他们会做什么？”

“我怎么知道。”

林君想说什么，嘴唇动了动，又咽回去了。他仰面躺下来，眉头皱得紧紧的。

“不过那个电影好奇怪哎。”

阿南不管木头潮不潮了，也躺了下来。

电影阿南是从中间开始看的，前面的剧情都不知道。电影里面有五个姑娘，最小的那个还梳着小辫儿，特别喜欢看戏。为首的大姑娘，带着四个小姐妹，偷偷给村里的巫婆送米，说是要逛“花园”。最小的姑娘还老是缠着巫婆，问“花园”里面有没有戏可以看。终于到了去“花园”的那一天。五个姑娘全都梳了油黑发亮的麻花辫，换上了崭新的大红衣裳，每人背着一个板凳。她们进到了一个房子里，那个房子在一大片田野里面，破破烂烂的什么都没有。五个姑娘踩着高高的凳子，把雪白的绳子系在房梁上面。然后不知怎的，五个凳子哗啦啦全都翻倒在地上，只看到五双穿着绣花鞋的脚在晃悠。电影的结尾是，村里的傻子在外面采着野花，突然看到那个屋子塌了，傻子一边朝着屋子跑去，一边发出可怕的哀号声。

天仙般的大姑娘，爱看戏的小姑娘，红色的衣裳，乌黑的发辫，雪白的绳子，晃悠的绣花鞋，破烂不堪的房子，轰然倒塌的房子，头上戴着花的傻子，疯狂奔跑的傻子，一路哀号着的傻子。支离破碎的电影画面，飞快地在阿南眼前掠过，冲向混沌不堪的前方。

“你说，那五个姑娘有没有去“花园”啊。她们是死了还是活着？我怎么一点都看不懂啊。”

阿南抓住了林君的胳膊，她觉得有点害怕，却说不清怕的是什么。

林君只淡淡地应了一句：“她们大概是变成标本了吧。”

阿南仔细一想，那个倒塌的屋子不就是像标本盒子一样吗？“标本”二字将那点说不清道不明的恐惧驱走了。阿南放开了林君的胳膊。

天色渐渐暗下来，阿南的视野里，能看见的东西越来越少。她感觉木头的潮气已经渗进了毛衣里，背后又冰冷又黏糊，难受极了。阿南挣扎着想爬起来，眼睛却不听话地想合上。

“我们回去吧。”

阿南迷迷糊糊地说道。

“再等一等。等一会儿就回去。”

“你要等什么？”

“嘘，那个戴眼镜的男人又爬上烟囱了。”

阿南努力睁开眼睛，却什么都看不见。阿南重新合上眼，听林君在她的耳边有一句没一句地描述着。

“那个男人还穿着那件蓝色的工作服，他的眼镜不知道哪儿去了，可能是掉了吧。”

“那个男人爬的速度很快，他爬得太快了，梯子都在晃。”

“那个男人已经爬到一半了，他停住了，好像是在喘气。”

“那个男人又继续爬了，不过速度慢下来了。他爬得很艰难。”

阿南感觉到林君似乎坐起来了，不过她分明还能感觉到林君嘴里呼出来的热气。阿南伸手摸了一下，没有摸到林君。

“林君，你在吗？”

“我在。”

阿南的心安定下来了。她翻了个身，开始往睡梦深处掉落。

“那个男的还在爬吗？”

“那个男人掉下来了。”

“他怎么了？”

“他变成了标本。”

阿南彻底睡着的前一刻，听到林君告诉她，那个男人变成了标本。

小世界

一

屋外，雨哗啦啦不停歇地下；屋里，瓜子的香味伴着细碎的声音弥漫开来，填满了整个屋子。嗑瓜子是女生宿舍最喜欢的一项消遣活动。一人捧着一袋瓜子，守着一个垃圾桶，散漫的光阴就在这一嗑一吐间被打发得干干净净。伴随着嗑瓜子的另一项活动，就是聊天。没有边际没有中心地聊，话从嘴里吐出来，就像吐瓜子壳一样，纯粹就是个机械化的动作。事后再回忆自己说了些什么，听了些什么，全都忘得一干二净。

天气一转凉，阿珍就开始恋床了。吃过早饭就蒙在被窝里睡觉，已经过了中午还没起来。我抱着一台笔记本看电影，慢节奏的影片看得我哈欠连连。像这样下雨天还愿意在外面转悠的，也只有阿珞。她一大早就和男朋友出去了，估计要晚上才能回来。周日的下午向来如此安静清闲，我关了电脑，正打算上床小睡上一会儿，小琦打开水回来了。我一看到她手里提着一大包奶油瓜子，就知道这个下午有事可做了。

“每天都要打好长时间的电话，真的很受不了。又不好说什么。唉。”

瓜子没嗑上几粒，小琦就抱怨开了。她是个大大咧咧的女孩子，高兴的时候，会很肆意地欢笑；不高兴的时候，清楚地摆在脸上，丝毫不会想到去掩饰。

小琦说的不是别人，正是阿珞。我们四个人里，只有她有男朋友。阿珞的男朋友是她的老乡，在当地读大学。异地恋想要维持感情很不容易，以前阿珞打电话还会去外面，天气冷了之后就改在宿舍里和男朋友煲电话粥了，两个人一聊就收不了线，真想不通怎么会有那么多的话要说。

“其实打电话什么的，我也能忍受，关键是受不了她变声啊。”

小琦连忙点点头。我的话说到了她的心坎上。

“故意装出那么甜的声音干吗？她觉得很嗲，很好听，其实特别不自然。我一听就一身的鸡皮疙瘩。而且她打电话还要用方言，那么奇怪的口音，再加上甜得腻人的声音——哎呀，真的受不了啊。我晚上睡觉，做梦都是那个调调。”

“小琦你不是在做梦，是她真的有用方言说梦话。而且每天都要说几句。她一般都是后半夜说梦话，我睡得晚，能听到。一开始我还以为她知道我没睡，是在和我说话，我还傻乎乎地回应她。后来才知道是在说梦话啊。”

小琦听得目瞪口呆：“不会吧，这也太吓人了。半夜突然一个声音从上铺冒出来，想想就出冷汗。也亏了你胆子大。”

“咱们还是要说出来，不说的话，以后都这样，还怎么忍啊。你是寝室长，要不你今天晚上和她谈谈？”

“怎么说？打电话又不是啥原则性的问题。说梦话？这更没办法管了。我们总不能去干涉她的自由吧。”

小琦一脸无奈的样子。最后商量的结果是：我和小琦干瞪着眼睛，默默地把无奈发泄到瓜子上。

我和小琦好不容易找到一个新的话题，刚开了头就被打断了。被我们完全忽视的阿珍突然掀开被子，跑进了卫生间，把我和小琦吓了一跳。我们以为阿珍睡着了，其实她在听 MP3。阿珍上完厕所又钻进了被窝。我俩愣在那里，连嘴里的瓜子壳都忘了吐。

如果知道阿珍没睡的话，我们是不会这么放开聊的。阿珍平日里少言寡语，鲜有笑容，每天就知道捧着 MP3 或者小收音机沉浸在自己的世界里。一开始我和小琦还会逗她说说话，久了，习惯了，也就随她去了。只不过，被阿珍刚才那么一闹，我和小琦总有些畏首畏尾的，聊天做事都放不开。阿珍一声都不会吭，我们却没办法再忽视她的存在。就像一团凝固的冷空气，突然这么一爆发，立刻让宿舍的气温降了好几度。

我和小琦默默地收拾了残留的瓜子，然后我继续戴上耳机看电影。刚才的小插曲一直在我心里萦绕着。我用眼睛的余光偷偷看了看阿珍的床铺，她还是蒙着头，不知道是睡着了还是醒着。

阿珞一直到天都黑了，才回到宿舍，还没进门就开始大声地嚷嚷："亲爱的，我回来了。"

小琦皱皱眉头，指了指阿珍的床铺。阿珞放下手里的东西，走到阿珍的床边，伸头看了看，然后一脸轻松地走了回来："没事，她睡着了。"

下完结论之后，阿珞就开始展示她今天的战利品——手链、发夹、钱包还有化妆品，满满当当地摆了一桌子。小琦把每样东西都拿起来看了一遍，还仔细地问了价格和品牌，然后用很实在的语言夸赞了一番。阿珞一脸得意的表情。我也连忙附和了几句，虽然我真心看不上阿珞的品位，但面子上总要过得去。

"这两个发夹好看吧？我和老板砍了半天价，原本要 20 块钱一个，结果我 15 块钱就买了俩。

“我有好几个钱包,不过这个很小巧,放在包里也不占空间。不错吧?

“这个手链是在专卖店买的。我还让店员送了我几个小盒子。”

“你要这些包装盒干吗？”

小琦指着那几个白色纸盒，很不理解。

“你傻啊，白送的还不要？再说以后肯定能用得上。”

阿珞把东西收拾好,又开始滔滔不绝地说起她一天的经历。无外乎就是在哪里吃了饭，去哪里逛了街，又到哪里去看了电影。小琦瞪大了眼睛，听得津津有味，还不时地插话问几个问题。我一边微笑着应付阿珞，一边想着怎么能结束这场个人秀。阿珞说话的时候特别在意别人的反应，我要是扭过头不听，她还会表现出很不高兴的样子。

阿珞说到兴奋处，阿珍又突然从床上跳下来，把 MP3 摘下来，放在桌子上充电，然后快速地回到了床上。阿珞被她的举动吓到了，半天都没有回过神来。我趁这个机会赶快回到自己的座位上，戴上了耳机。

“阿珍她怎么了？是生气了吗？我又没做错什么啊？”

阿珞不高兴地嘀咕了几句后，就不吭声了。

阿珞不是个很能忍的人，不过遇到这样的阿珍，她也只能选择沉默。小琦看了我一眼，我也看了小琦一眼。宿舍的气氛诡异到了极点。我们不知道阿珍到底怎么了，也不知道到底是哪里得罪了她。我看了看阿珍的床铺，有一丝无法言说的滋味。

二

宿舍楼规定 11 点准时熄灯。每天一过了 10 点半，小琦就开始催促大家轮流洗漱、收拾东西，争取在熄灯前就躺到床上。不是每次沾到床板就能睡着的，如果正好遇到四个人都没有睡意，就会开始夜话活动。

“小琦，你说怎么办啊？我感觉他好像对我有意思呢。”

一般都是阿珞挑起话头，她好像又遇到了情感问题。

“你怎么知道他对你有意思的？”

“能感觉出来啊。他是学生会主席，平时在工作上，他都很关照我。而且他今天也有暗示我，想和我交往。可是我已经有男朋友了。阿南，你说我该怎么办啊？”

“别问我。我没谈过恋爱，没经验啊。”

幸好周围一片黑暗，看不到彼此的表情。不过阿珞应该能感觉出来，我不待见她。

“那小琦，你说我该怎么办啊？”

“你都有男朋友了，肯定不能答应啊。”

“可是，他真的是个很优秀的人啊。长得不错，家境也好。关键是他特别上进，平时学生会的事情那么多，也没耽误他的学习，每学期他都至少能拿到二等奖学金。哎呀，好难决定啊。”

“那就把你家那位蹬掉，然后和他在一起不就行了？”

小琦的话里带着明显的揶揄。我听了不由得一阵暗爽。

“可我男朋友对我也不错啊，他是真心喜欢我的。我们两家又都认识，没理由地把人家甩了，不太好吧。”

“那只能你自己决定了。对了，你上次说的那个健身房的教练，这几天还找过你吗？”

“他今天还给我发短信，说要请我吃饭呢。我没去。他这个人啊，我觉得有点不靠谱，所以就不想和他拖下去了。”

“上次听你说的时候，不是挺好的一个人吗？也别断了，就当是后备人选嘛。”

我忍不住想和阿珞开个玩笑。

也不知道阿珞是真没听出来，还是故意装傻，居然还回应了我："我也想啊。不过我的后备人选也实在太多了点。对了，今天我又遇到了一个男生。是对面杭州电子科技大学的，长得超级帅。我们是在车上认识的……"

我的手机收到了一条短信，是小琦发来的。短信就六个字：故事又开始了。我回给她一个无奈的表情，其实心里早已乐开了花。

每次夜话，阿珞的追求者就会多上一位，我和小琦都已经数不过来了。听她的口吻，就好像见过她的男人都会对她趋之若鹜。只可惜那么多的优秀男生轮着转了一圈，留在阿珞身边的依然是她自己追上的男朋友。

"你刚才说的那个在车上遇到的男生不是杭电的吗？怎么现在又变成计量学院的了？"

"哎？哦，那可能是我说错了。他是计量学院的，他朋友是杭电的，是我没说清楚。"

阿珞编故事的能力实在不咋地。套路都是一样的，男主角也都是差不多的类型，不过作为夜话消遣，已经达到合格免检的水平了。我特别喜欢挑她故事里的漏洞，有时候冷不丁地问她一句，阿珞只能继续编谎话来打圆场，那急吼吼的样子大大地满足了我的恶趣味。

"别说了，明天还要上课呢！"

阿珍突然冒出来一句，打断了阿珞刚起头的故事。

"你要睡了吗？"

"我已经睡着了，又被你们吵醒了。"

"我又不知道你已经睡了。"

阿珞闷闷地从被子里传出了一句，算作夜话的结束语。

听到阿珍的话，我心里挺不是滋味。以前我们夜话的时候，都要确定下四个人有没有睡觉。现在，有意无意间，阿珍已经被我们当成了透明人。

我入睡本来就比较困难，心里再装点事，就更加睡不着了。让我意外的是，小琦也没睡着。她给我发了条短信：“明天，我们找阿珍谈谈吧。”短信的温度通过手机传递到了心里。我知道小琦和我一样，心里也惦念着阿珍。

我住的是跨学院的四人制混合宿舍，小琦、阿珞和阿珍三个人是一个班的。我和小琦、阿珍是老乡。在我最初的印象里，阿珍是个很好相处的人。那时她和小琦两个人住在一个宿舍，一个爱说话，一个爱微笑，每次走进这个宿舍，都感觉温暖得不得了。我和宿舍闹翻了以后，就经常跑到她们这里来诉苦。我清楚地记得，我哭得稀里哗啦的时候，是阿珍一直抱着我安慰我，最先提出让我搬到这个宿舍来的也是阿珍。我打心眼里感激这个文静的姑娘。我原以为宿舍四个人里，我会和阿珍成为最好的朋友。可后来我才发现，我根本走不进阿珍的内心。

我和阿珍不在一个班，所有的相处时间都是在宿舍。入秋之后，阿珍待在宿舍的时间长了，话却没见增多。每次回到宿舍，就看到阿珍躺在被窝里，安静地守着自己的一方空间，不去主动搭理别人，也不希望别人靠近她。

或许是曾经有过自我封闭经历的缘故，我看到阿珍总觉得是看到了以前的自己。固执地与其他人隔绝开来，用伪装的疏离包裹着自尊而又自卑的内心，被孤独和幻想折磨得遍体鳞伤，只能一个人悄悄地躲在角落里，默默舔舐着自己的伤口。看到阿珍用被子把自己裹得紧紧的，我心里感到莫名的心疼。

我想把阿珍从那个封闭的世界里拉出来，所以主动找她聊天。让我惊讶的是，阿珍并不拒绝和我交谈。我不喜欢打听特别私人的话题，聊的都是些学习生活上的琐事。我问阿珍什么，她就回答什么。我们可以毫不费劲地闲聊上几个小时，没有冷场，也没有特别的热络。每次聊天结束，我都会满怀真诚地希望阿珍可以就此敞开心扉。事实证明那只不过是我单方面的美好幻想。第二天阿珍该是什么样子，还是什么样子，一点点效果都没有。几次交谈之后，我彻底放弃了接近阿珍的念头。

三

杭州的冬天是阴冷且潮湿的。在北方待惯了的阿珞，怎么都适应不了杭州的气候。还没入冬，她就已经铺了两床垫被，加上了厚厚的毛毯，结果还是越睡越冷。后来还是小琦帮她发现了症结——阿珞的被褥全是潮的，她根本就没晒过被子。

“唉，你说这个阿珞，怎么连最基本的生活自理能力都没有啊？”

一聊到阿珞，我和小琦就有说不完的话。

“你看看她的衣服，扔得满床都是，也不知道是干净的，还是换了没洗的。”

“她的东西也太多了，塞得到处都是。床下面都是她的东西，平时根本没办法打扫，阳台上也堆着她的箱子，都不知道里面装了什么。我柜子里现在还放着她的枕头呢。”

“她整天乱买东西。你看，她桌子上摆了那么多化妆品，你见她用过几回？”

“那是因为她压根儿就不会化妆啊。她啊，就是看别人买什么，她就买什么，根本不管自己用不用得上，纯粹是盲目跟风。”

阿珞家住在一个小县城里，家里很有些钱。传媒学院的女孩子们在吃穿用度上都很讲究，私底下也经常相互较劲和炫耀。来了传媒学院读书之后，阿珞就想努力摆脱掉身上的世俗气。她越是想体现自己很有品位的样子，就越是弄巧成拙。不过阿珞的自我感觉实在太好了，根本意识不到这一点。我和小琦看在眼里，也懒得去点破她。

阿珞长得并不漂亮，身上毛病又一大堆，却是宿舍里唯一一个有男朋友的。我不得不承认，心里是有一点不平衡的。我知道我在嫉妒，嫉妒一个我其实很不屑的人，却怎么都管不住自己的心。

日子还是一天天地往下过，很快就到了期末。刚考完试，小琦和阿珞就迫不及待地踏上了回家的火车。我比她们多考一门课，等我收拾行李的时候，宿舍里就剩下我和阿珍了。

阿珍的火车比我早一些，我送她出门的时候，她突然回过头来，问了我一句："你发现小琦有什么变化吗？"

"没啊。她怎么了？"

我一下子没反应过来。

"你真没看出来？小琦恋爱了。"

"啊？什么时候的事啊？这个丫头怎么也不告诉我啊。"

"我也是刚知道的。她的男朋友就是和你互留电话的那个男生。"

我的惊讶是阿珍意料之中的。她又补了一句："你别多心，小琦不是故意瞒你的，她没那么多心眼。我只是觉得让你早点知道比较好。"

感谢的话还没说出口，阿珍就拖着行李出了门。门被关上的刹那，我的心狠狠地跳了一下。我觉得这件事情实在太突然也太微妙了。我很想笑，却怎么都笑不出来。

每学期开学的第一个月，总要评定上一学期的奖学金。随之而来的就是各种勾心斗角，明里暗里的竞争相当激烈。我不会拉关系，对于奖学金的额外加分也是一头雾水，只能凭着实打实的分数去评，自然是被别人挤出了名额。我心里知道这不公平，却没有地方说理去，只好一个人到操场上跑步去发泄。就是在这天，我认识了林。

现在再去回忆我和林的相遇，感觉就好像是小说里的情节一样。那天晚上，操场上跑步的人就只有我们两个人。我心里有怨气，所以比平时多跑了几圈，等我跑完，林也刚好跑完。一前一后地走出操场的时候，他叫住了我：“嗨，你每天都会来跑步吗？”

“对啊。不下雨就会来。”

“那我以前好像没见过你呢。”

“我平时都是下了晚自习就来的，今天是额外的加跑。”

“哦。你今天是不是心情不太好？”

刚才跑步的时候，我一直在想着自己的事情，根本没在意这个男生。刚才和他说话的时候，一心想着离开，也只是应付而已。直到他问出了这句话，我才认真地打量了一下他。中等个子，很干净的一张脸，再加上温和的笑容，我不觉得放下了心中的防线。

“别误会，我只是看你刚才跑步的时候，貌似哭了，所以才问问你的。没有别的意思。”

林看我一直没有回答，有些尴尬地解释。我把自己的不愉快告诉了他。

“没关系。下次再努力就好啦，遇到不公平的事情自己看开点。又不是你的错，没必要为此背上心理包袱。”

几句简单的话，就驱走了我心头的阴霾。我们沿着跑道慢慢走着，聊着彼此的专业。我才知道，林和我同一届，是电子信息系的学生。林告诉我，他本来可以拿到二等奖学金的，结果也因为莫名的额外加分，被别人挤掉了。相似的经历，让我们有了更多可以交谈的话题，也让我对林又多了几分好感。

我已经忘了那天我们具体都说了些什么，却清楚地记得那是个有月亮的夜晚。初秋的操场安静美好，晚风带着丝丝凉意，走了几圈后，身上的汗也快晾干了。等到告别的时候，我们才发现彼此都忘了带手机。

“没关系，反正明天我还会来跑步的，遇到了再留号码也不迟啊。”

“这样吧，你直接报电话号码，我回去就发短信给你。我应该能记住的。”

“那你也把号码报给我，我也能记住的。”

就好像小孩子玩记忆游戏一样，我们一边默记着对方的电话号码，一边用最快的速度跑回了宿舍。上楼的时候，我的心跳得好快，一直在心里反复念着那串数字，输进手机的时候还觉得很不真实，老是担心记错了。我们几乎同时收到对方的短信，很快我又接到了林的电话。听到他声音的那一刻，我确定自己品尝到了幸福的滋味。

我坐在行李包上，回忆不时地被阿珍刚才的话打断。阿珍告诉我，小琦和林是在乒乓球课上认识的，直到考试那天，林才向小琦表白。我知道我应该为小琦高兴，可心里却有一丝酸楚的感觉。这次不是嫉妒，而是淡淡的落寞。

四

一边嗑着瓜子一边说别人的闲话是一件快意十足的事情，唇齿留香，双重享受。不过，如果闲话的对象是自己的话，那就是另一番滋味了。

阿珞跷着二郎腿，抱着热水袋。一个寒假不见，她的脸圆了一圈，口口声声地嚷着要减肥，面前却摆了一大堆零食。阿珞难得老老实实待在宿舍一回，我倒宁愿她顶着料峭的春寒出去逛街。

“你听说了吧，小琦谈恋爱了。”

“嗯，小琦一回来就告诉我了。”

我回学校前就知道阿珞会来这么一出。既然躲也躲不开，我索性抓了一把瓜子，一边嗑，一边等着她问问题。

“小琦的男朋友好像是叫林。”

“嗯，小琦跟我说过了。”

“哦，该不会是你以前说过的在操场上认识的林吧？”

“就是他。”

“哎呀，那么巧。”

装吧，你就装吧。我一边愤愤地想着，一边坦然地接受着阿珞瞄过来的眼神。

“那你们现在还有联系吗？”

“嗯，林和小琦这周还要来看电影呢。我们社团这周放《ET》，美国大片，你有兴趣也可以过来看。”

我把瓜子壳扔到了阿珞的垃圾桶里，转身走人，不再多说一句废话。我不用回头看都知道阿珞脸上的表情一定好看不到哪儿去。幸好阿珍提前让我有了心理准备，要不这局面还真不好收拾。关门的时候，我特意看了看阿珍的床铺，却意外地发现，阿珍并不在宿舍。她的床上不知何时，多了一个巨大的泰迪熊玩偶，占据了床的三分之一。我心里微微一怔，这才意识到自己又是很久没有注意到阿珍了。

小琦倒真像阿珍所说的那样，刚回学校就把她和林的事情一点不漏地告诉了我。我的心情自然是无法言说的复杂。不过我还是打心眼里为小琦高兴。林是个不错的男生，小琦是个不错的女生。他们在一起真的很搭。

我喜欢小琦。喜欢她的率真，喜欢她的单纯，喜欢她身上所有美好的一切。小琦在我眼里就像是一张干干净净的白纸，没有任何涂抹过的痕迹。小琦始终保持着刚进校时的样子，瘦瘦高挑的个子，留着齐耳的短发，五官清秀中带着稚气。记得小琦第一次在宿舍换衣服的时候，我们惊讶地发现，她还穿着初中生才穿的小背心。阿珞二话不说，周末就把她拉到内衣店，买了好几个文胸。在我们三个的心目中，小琦就是个还没发育成熟的孩子。只有小孩子才会那么无所顾忌的大笑，只有小孩子才会在做了噩梦之后，傻乎乎地说自己又掉下悬崖了，也只有小孩子才会用那么信任的眼光看着你，纯净得找不到任何其他的东西。

我跟小琦说，大学的时候多看点书，小琦很郑重地点点头，第二天就从图书馆借回了一本《名人名言》，认真地看了不到一个小时，就趴在桌子上睡着了。阿珞说小琦穿得太学生气，不够时尚，小琦就跑去买了件露背装，买回来就压在衣柜底下，一次都没有穿过。阿珍说小琦太大大咧咧，不像个女孩子。小琦拉着阿珍一起看了一部韩国电影，从头哭到尾，用掉了几包纸巾，以此来证明自己心思细腻、情感丰富。

我坐在放映电影的教室里，回忆和小琦相处两年来的点点滴滴，心里感到温暖宁静。我真的很羡慕小琦，我也渴望自己能像她那样，没有负担没有顾虑地简单生活。可是我已经做不到了。就像蜗牛随身背负自己的外壳一样，我的心里也有一个装载我自己的小世界，同时这个世界也是我无法摆脱的重负。

林和小琦就坐在我的后面，我们相隔了不到三排的距离。我知道他们靠在一起，我甚至能听到他们的低声谈笑。说实话，我心里还真有点酸酸的感觉。看到身边那个空荡荡的座位，更是不习惯。毕竟，林曾经坐在那里陪伴了我整整一个学期。

第一次在放映教室看到林的时候，我是真的很意外。在我和林有限的短信联系中，他从来没有说过他有看电影的爱好。意外的同时也连带着有一丝惊喜。我不确定林究竟是真的喜欢看电影，还是单纯过来陪我。我从来没有去试探过林，我宁愿做一只鸵鸟，把头埋到沙子里，不管外面真实的情况，只愿相信自己的答案。

在看电影的时候，我曾偷偷地观察过林。林是真的在很认真地看电影，就算一些有名的大闷片，他也能看得津津有味。回去的路上，他还会和我一起交流讨论。这令我惊讶，在我的想象中，学理工科的男生应该都是呆呆的木头，林打破了我偏执的观念。

和林一起看电影是一件愉快的事情。他是个安静的男孩子，偶尔向我询问个别电影方面的问题，也都是在中场休息的时候，从来不会在观影的时候打断我。我其实很喜欢听林说话，他的声音沉稳中有一种说不出来的味道。我也很想在看电影的时候和他说上几句话，尤其是看闷片的时候。可看到林紧闭的嘴唇，我就打消了开口说话的念头。我们只是静静地坐在银幕前，看着或精彩或沉闷的故事，等到字幕升起后，再一同回去。

突然没了林的陪伴，看电影的时候总觉得心里有些空落落的。习惯果真是一件可怕的事情。我忍不住地想要往身后看，心里又担心小琦和林会觉察到，只能痛苦地挣扎着，最后强迫自己把注意力拉回到已经烂熟于心的剧情上面。

放映结束后，林和小琦留下来等我。小琦显然还沉浸在剧情中："这个电影真的好好看啊。阿南，下次放好看的电影一定要跟我说啊，我还要来看。"

"好啊。你呢？你喜欢吗？"

"我以前看过的。老片子。现在看还是很不错。"

我的眼睛看向林，他的笑容一如往常的平和温暖。我以为会很难面对他们，却意外地没有出现什么情绪上的波动。好像他们天生就有一种让人感到舒服的气场。只是当林转身朝男生宿舍楼走去时，我心里才涌升起一丝异样的感觉。就好像是失去了一个要好的朋友，当他再次出现的时候，早已物是人非，唯一留下的只是过去的一些印迹，终究也会随着时间的推移慢慢消逝。

五

三年的时间说短不短，说长也不长。真正留在脑袋里的回忆全部加起来也不过是嗑几包瓜子的时间。原本被阿珞塞得满满当当的宿舍差不多都搬空了，只剩下四张光秃秃的床板。阿珍南下广州打工，阿珞去了北京的一家报社实习，留在宿舍里继续忍受杭州湿热夏天的只有我和小琦。过了今晚，小琦就要去市区上班了，而我也要搬到另一个宿舍度过最后一个学年。

没有瓜子，没有闲情，我和小琦各怀各的心思，仰躺在黑暗中，一边吞咽着燥热的空气，一边有一搭没一搭地聊着天。

“有件事放在我心里，一想起来就好难受。”

“什么事？”

“阿珞走之前，和我一起去吃了顿饭。若是放在以前，我有一百个理由去拒绝她。可既然都要离别了，我也就没说什么。后来阿珍告诉我，那天阿珞回来拿行李的时候，告诉阿珍，她和我一起吃了饭。阿珍说，她从来没有见阿珞那么兴奋过。阿珍的话让我心里好难受，我真的没想到阿珞会那么高兴。三年来，我第一次单独和她吃饭。可能也是最后一次。”

一偏头有眼泪滑落下来。我从来就没有和阿珞认真相处过，只是一味地看不顺眼，一味地刻意回避，一味地暗中腹诽和中伤。仔细想想，其实阿珞真的没有我想象的那么糟。她有世故的一面，也有善良的一面。只因一时的偏见，让我错过了这个人。

“别难过。以后会有机会再一起见面的。”

安慰的话是那么的简单，又是那么的苍白无力。我知道，即便若干年后再见到阿珞，也不会是现在的心境了。

“人的心总是难以揣测的，不是吗？相处三年来，你对阿珍是个什么印象？”

小琦的话把我问住了。我心中的阿珍只有一个蒙着被子的模糊形象，或者说，她在我心中从来就没有一个明晰的印象。

“别说你不知道，我也说不出来。我是班上唯一和她走得近的人，可就算我们用短信彻夜畅谈过好几次，我还是弄不清楚阿珍到底是个怎样的人。”

“怎么会这样？”

“比如说……如果阿珍没有整理衣柜的话，你能想到她会有那么多的衣服吗？”

我沉默了。那是临近毕业时，阿珍带给我们最大的震撼。她整理了两大包不要的衣服，堆了满满一床。其中至少有一半衣服，我们从来没见她穿过。我和小琦在旁边看着都心疼，阿珍倒是一副满不在乎的样子，说是不喜欢就不想穿了。后来我和小琦实在看不过去，每人挑了两三件，剩下的全被阿珍扔到了垃圾桶。

事后，我和小琦都唏嘘不已。在我们的心目中，阿珍一直都是很勤俭的人，就连一日三餐都是自己偷偷在宿舍里用电饭锅做。她什么时候买过衣服，衣服都是从哪里买的，我们一点儿都不知道。

“你知道阿珍床上那个玩偶是谁送的吗？你肯定猜不到，是她在网上认识的一个男生送的。她谈过网恋，还不止一次，不过她跟谁都没说过，我是自己猜出来的。阿珍确实和我说过不少她的事情。你别生气啊，她连和你长谈的事情都跟我说过。不过说真的，阿珍的话不能全信。我怀疑连她自己都分不清哪些是真的，哪些是她的伪装。我能看透她身上的一些事，但更多的事是我看不透的。我只知道，阿珍和我们不是一类人。她有她的小世界，这个世界是容不下其他人的。”

同住三年，没能和阿珍成为朋友，这一度是我最有执念的事情。我能感觉到阿珍对我并不排斥，可我总找不到打开她心门的钥匙。听了小琦的话后，我释然了。阿珍有一个属于她自己的世界，我也有一个属于自己的世界。从某种角度而言，我和阿珍是一类人。我们各自守着各自的小世界，既不排斥也不相容。只是，像这样太过相似的人是不可能靠在一起的。阿珍早就意识到了这一点，她只是没有说破而已。

黑暗中，小琦继续冷静地分析着阿珍。从她的话语中，我逐渐构建起一个阿珍的形象，但也就在这个过程中，我心里小琦的形象却变得越来越模糊了。

一直以来，小琦在我的眼中都是个孩子，一个永远长不大的孩子。让我没想到的是，小琦已经悄然过了成长期，甚至，她比我还要成熟。我以为林喜欢上小琦，是因为她的天真单纯；而阿珍愿意和小琦做朋友，也是因为她的简单直白。直到今天晚上，我才突然意识到，原来，小琦的身上也有很多我读不懂的东西。

我们整整一夜没有合眼，就这么一直聊到了天亮。送小琦出门的时候，我和她说出了心中最后一点顾虑："小琦，我很害怕搬到新的宿舍，我害怕面对新的室友。我真的很怕。"

大一和宿舍闹翻的阴影一直萦绕在我的心头。面对未来的一年，我茫然失措，不知道该怎么办。

"阿南，不要担心。你用平常心去和她们相处就好了。你人真的很好，只是记住一点，不要对人太好。你就是吃亏在这一点上面，知道吗？"

小琦的话让我的心都颤动了。我根本没想到，我在小琦心里是这样一个形象。

"小琦，我没你想得那么好。真的。"

"你是我们宿舍公认的最聪明也是最傻的那一个啊。"

小琦轻轻擦去我脸上的眼泪，我第一次从她的眼神里读出了其他东西，有关怀，有温暖，更多的是心疼和理解。这样的小琦对我来说是陌生的，小琦眼中的我也是陌生的。这种陌生感并没有给我们带来什么阻碍。相反，它使我和小琦贴得更近，近得可以触摸到彼此的灵魂。

两个月后，我敲开了新宿舍的门，迎接我的是三个完全陌生的姑娘。一切又好像是回到了三年前。只不过这一次，我主动露出了灿烂的笑容。

白海芋

海芋，又称"滴水观音"，为天南星科多年生常绿大型草本植物。茎粗壮，皮茶褐色，茎内多黏液。巨大的叶片呈盾形，佛焰苞为淡绿色至乳白色，下部绿色。球茎和叶可以作为药用，但有毒，其叶汁入口会中毒。海芋喜高温、潮湿、耐阴。主要产于亚洲热带地区。

一

4月的杭州晴天多，雨水少，阳光诱惑着人们走到户外，逛街、出游。传媒学院的学生平时就懒散得很，周末的早上要么外出购物，要么在宿舍里补觉，没有人会乐意光顾一片死寂的操场。

阿南一动不动地坐在操场的铁架台上，半眯着眼睛，晒着太阳，心底涌升起一种深深的倦怠感。她最近一直失眠，晚上兴奋，白天犯困，做什么都提不起劲来。阿南知道自己的状态不对，却怎么都调整不过来。已经到了春末，风被太阳晒得暖暖的，吹打在脸上，更加深了困意。阿南抱着栏杆，斜歪着头，努力撑开眼皮。平日里见惯了的升旗台此刻也变得有些不真实，旗杆和旗帜一齐在风中抖动，晃得已经看不清颜色了。

阿南把目光转向了另一边。看台下的跑道上有一对情侣，男生走在前面，女生紧跟在后面，两个人脸色都不好看。绕着操场走了小半圈之后，男生终于不耐烦地爆发了："你到底要怎么样？"

"我要你给我一个交代。"

"该说的我都说了，放手吧。"

"别走。"

"……"

在传媒学院的校园里，每天都在上演着类似的戏码。人物不同，故事不同，结局不同，对白却惊人的相似。阿南有点无聊地打了个哈欠。

操场上的两个人还在纠缠不休，男生狠了狠心，把以前的情书撕了个粉碎，纸片纷纷扬扬地落在跑道上。女孩子孤零零地站在原地，单薄的身影很是凄凉。此刻如果配上背景音乐的话，一定是那种如泣如诉的钢琴曲。

"导演，你觉得是在上面拍摄效果好，还是在底下拍？"

突然有个声音从身边插进来，仿佛开启了音量键一般，周围的风声、说话声和脚步声统统充斥进了方才静默的画面里，阿南也慢慢从恍惚中回过神来。

说话的人是负责摄像的大黑。刚才那一幕是他们为今天要拍的分手戏所做的排练。

"把对白全部去掉，后期加上背景音乐就行了。男生撕情书的动作做得再夸张点。让他们站在看台上表演吧，不要走来走去了，你就站在看台下面用固定镜头拍。”

阿南站起来，看了看下面的操场，迷迷糊糊的大脑还没完全清醒过来，对于高处的恐慌倒是复苏了。大黑已经下去做准备了，阿南也想加快步子，腿却有点不听使唤。她是真的很怕高，刚才爬上来的时候，心里就一直发毛，下去的时候更是紧张得手心全是汗。阿南的眼睛死死地盯着梯子，一阶一阶往下挪。下到一半的时候，阿南没有悬念地一脚踩空，从梯子上摔了下去。

直到开拍前，阿南都没有想明白，为什么老师会选定这个剧本。她自己最想拍的其实是一个有关看电影的故事。

暗恋放映员的女孩每个周末都会准时去看电影，带着难以明说的心情偷偷在黑暗中窥视着放映员。在这期间放映员和另一个看电影的女孩好上了，银幕上下弥漫着一种暧昧的味道。女孩带着自虐的心理，继续窥视着，他们的分分合合都没有逃过她的眼睛。等到放映员重新恢复单身，女孩也终于明白了，他其实并不适合她。故事的结尾，女孩依然会去看电影，依然会偷偷窥视放映员，一切都是习惯，与爱情无关了。

阿南多么希望可以用摄像机把这些微妙的情绪都录下来，她连银幕上要放的电影都选好了——阿伦·雷乃的《广岛之恋》，文艺得不能再文艺的片子，很符合整个短片的调调。可惜，这个故事只能放在阿南的心里了。晚上失眠的时候，阿南就会闭上眼睛，让预想好的镜头在脑海里一帧帧地滚动着，最后总会定格在电影开头的画面上。

带着这样不情愿的心情去拍摄短片，阿南自然提不起精神。很多时候都是强迫自己把精力集中到正在拍的戏上面。从一开始她就打定了主意：只要能按时交上作业就可以了。组里其他人也都是这样的态度，随意得很，也懒散得很。

从梯子上摔下来的时候，阿南的脑中一片空白。她是先看到了腿上的血，然后才感觉到疼。伤口不深，就是划得很长，看着挺吓人的。阿南还想逞强继续拍片，无奈剧组的人都不同意，阿南只好在素素的陪同下，去学校的医务室处理。

素素是阿南剧组请来的表演系外援，在剧中扮演女主角小舞。阿南第一眼见到素素的时候，就知道这不是个简单的女孩子。就算素素的笑容再灿烂，嘴角的弧度再优美，她的眼睛始终蒙着一层迷雾，旁人看不透其中暗藏的情绪。拍片间隙，素素就在一边坐着，不多言不多语，安静得像一团凝固的空气。

阿南喜欢气质特别的人，喜欢他们个性的穿着、另类的妆容、夸张的饰物和坚定的眼神。素素对于阿南来说，就是这样特别的存在。阿南在心里一直默默地揣测着素素，她戴的六芒星耳钉、她涂的透明唇膏、她手上系的红色丝巾、她经常背的单肩粗麻包……素素身上所有的细节都对阿南有着莫名的吸引力。阿南一直刻意地和素素保持着距离，或者说得更准确一些，阿南不知道该怎么去接近素素。

一路上两个人都没有开口说话，气氛尴尬得要命。阿南知道素素在看她，她能感觉得到素素落在她身上的目光。阿南也想看看素素的表情，可又害怕会对上素素的眼神。两人就这么默默地走着，低着头，数着自己的脚步。素素任由阿南蜗牛一般地往前挪，只偶尔才伸手扶她一下。

离医务室不到一百米的时候，素素突然停了下来，她酝酿了一下才开口说道："别去医务室了，我那里有药，你去我宿舍吧。"

阿南愣住了，她没想到素素会和她说话，她以为是自己的幻觉。见阿南没有任何反应，素素索性自顾自地朝宿舍走去，阿南不由得跟了上去，身体的反应要比大脑快得多。走了一段距离之后，素素突然转过头来，小虎牙轻轻地咬了一下嘴唇，露出一个孩子气的笑脸。笑容明亮得令阿南有点眩晕，那一刻就好像是梦中的画面一样。一个过于真实而显得格外虚幻的梦。

二

阿南眼中的自己始终是个平凡的形象，放到人群中就会被淹没继而消失的那种。如果非要找出什么特别之处的话，那就是喜欢幻想。在阿南的幻想中，一直有个女孩的形象，女孩不是特别美丽，但一定是看着很舒服的。消瘦的身体，明亮的眼睛，带着一点淡淡的忧伤和孤独。在某个特定的时刻，女孩会遇到一个喜欢的男孩子，他可能会爱上她，也可能不爱。于是故事不可避免地会产生两个结局：一个是美好的，王子和公主幸福地生活在一起；另一个是悲伤的，女孩永远是受伤害的一方。

正在拍摄的作业《再见了，小舞》就是阿南幻想中的产物。剧本里的女孩小舞遭遇了两段恋情，两个截然不同的男生，结局却是相同的，都是以小舞的失恋结束。宠物狗小白默默地守护着她，却无法抚平女孩内心的创伤。剧本全部采用小白的视角，没有完整的故事，就是一个个生活的片断加上小白的旁白，组成了一个 20 分钟左右的短片。阿南写完就后悔了，觉得很俗套很矫情。她不愿意面对自己幻想出来的故事，觉得天真幼稚得可笑。可她又管不住自己在幻想中继续编织一个又一个故事，在幻想中获得一份隐秘的快乐。

阿南糊里糊涂地交上了剧本，糊里糊涂地被班上的同学拉进了剧组，等到剧本终于要呈现在镜头中的时候，阿南开始选择逃避。所谓的逃避，不过是把拍摄进程往后拖延几天而已。该拍的戏还是要拍，该面对的问题也一个都不会少。

拍摄初始，阿南的心情很不好，面对剧组的人，她觉得既烦躁又愧疚。再加上素素本身的形象和剧中的小舞相差甚远，阿南根本就没有抱过什么希望。没想到，几场戏拍下来，素素的表演大大超出了阿南的想象。镜头里的素素褪去了冷漠的外表，变得柔软了、亲和了，就连一些小动作都带上了小舞的性格特点。阿南受到素素的感染，不由得开始认真地审视自己的剧本，并补写了全部的分镜头脚本。她想把剧本做得更加丰满一些，不仅是为了让短片变得更好，也是希望能和素素有更多的相处时间。

由于阿南的意外受伤，拍摄耽搁了几天。将那场分手戏补拍完后，阿南跟着素素去了附近的一家咖啡店。阿南平日里很少走出校园，根本想不到会有这么一家不错的小店。墙上贴着做旧的海报，挂着黑胶唱片，桌子上摆放着牛皮纸做的便签本，菜单也是用带肌理的硬卡纸做的，摸在手上很有质感。店里循环播放着美国乡村音乐，温暖怀旧，低调闷骚。

“这里怎么样？”

“我很喜欢。”

“我就知道你会喜欢。”

素素的笑容里很奇妙地混合着成熟和童稚这两种截然不同的感觉。阿南不知道素素的童年是什么样子，她总觉得素素是那种被固定在某个成长阶段的人，无论过去多少年，岁月都不会在她的脸上留下痕迹。

“抱歉，我想抽根烟，可以吗？”

阿南点点头。素素抽的是很纤细的女士烟，她抽烟的样子好看极了。

“我刚学会吐烟圈，表演给你看看。”

素素仰起头，嘟着嘴吐出一个个烟圈，阿南被她的样子逗笑了。

“那天你怎么知道我会跟你去呢？”

阿南指的是素素送她去医务室那天。

“我就是知道。我看到你的第一眼就觉得你是个很特别的人，可是你把自己包裹得太紧了。如果我不主动跟你搭讪的话，你是不会主动跟我说话的，对不对？”

素素不假思索的回答一下子就击中了阿南的内心。她想不通自己有什么特质能让素素注意到自己。尤其是素素还特意加上“特别”两个字，更是让阿南感到有些意外。

“其实我也不是一个愿意主动和别人说话的人。可是我们俩总要有一个人先站出来啊，所以我就做了打头的那一个。”

“谢谢你，素素。”

阿南明白，如果没有素素的主动，可能她和素素真的就要错过彼此了。

“我其实也蛮担心的，万一你不愿意搭理我怎么办？万一你从一开始就不喜欢我又该怎么办？不过我就是感觉我们的气场有相似的地方，你应该不会排斥我。我猜对了吧？”

阿南微笑着点点头。她没有告诉素素，一开始她确实听到了一些有关素素的流言。

阿南班上的同学分成 7 个小组来拍片，表面上各忙各的，其实私底下都是很关注其他小组的拍摄进度的。阿南剧组请外援的事情传开后，就不断地有喜欢八卦的人跑她这里来说些“内部消息”。

“你最好不要让那个素素来演。你知道吗？她在她们班上的名声可臭了。”

“那个素素是个超级有毛病的人。你知道她在开学做自我介绍的时候说了什么吗？她说她喜欢看青春伤痛文学，而且很赞同下半身写作。你听听这话，可真够大胆的。”

“阿南，听说那个学表演的素素要到你们剧组。我跟你说，你还是换人吧。这个人啊，人品有问题，晚上不睡，白天逃课，又抽烟又文身的，她们宿舍对她是又烦又怕。我朋友就住她隔壁，你别不相信。”

“素素你都不知道？她在他们系里，那是出了名的人物。他们老师拿她都没辙，这样的人你都敢找？”

老实说，阿南不受这些话的影响是不可能的。不过就像素素说的那样，也许就是相近的气场吸引了她，从素素宿舍回来后，她就彻底抛开了那些流言。

“听说你身上有文身？我想看看。如果方便的话。”

素素轻轻地笑出了声，笑声带着点鼻音，好听得很。阿南不觉有一种似曾相识的感觉。

“我以前在手指上文过一个很小的图案，高考体检前洗掉了。呐，你看，现在还留着疤痕呢。我一直想再重新文一个，只是还没想好文在哪里。”

素素说话的时候，锁骨上的银链子星星点点地折射着灯光。她的眼睛藏在头发的阴影里，漆黑的眸子时暗时明，有一种说不出来的魅惑。

“真美，好像油画一样！好想把你画下来啊。”

“你学过画画？”

“嗯，很久以前的事了。可惜我一直都画不好人物。”

阿南说的是实话，她只上过一节人物素描课。那段学画画的日子对她来说，已经成了遥远的记忆。偶尔有时候阿南还会拿起画笔，却怎么都画不出一幅完整的画。

“给我设计一个文身图案好吗？我相信你能做到。”

素素眼睛里闪烁着异样的光彩。阿南不觉得点了点头，受到诱惑般地接过了素素递过来的女士烟，仿佛烟可以让她和素素贴得更近。阿南就着素素口中的烟点燃了自己的那一根，淡淡的烟雾袅袅升起。在彼此靠近的那一瞬间，她闻到了素素身上的香水味道。那是一款混合着薄荷和烟草味道的男香，是阿南最迷恋的香水。

三

遇到不开心的事情，阿南总是喜欢把自己关在宿舍里，一个人默默地消化着种种的不愉快。像放电影一样，把纠结的一幕幕循环播放，直到把自己折腾得体无完肤，伤痕累累。这个时候，她最怕见到熟悉的朋友或是接到家里的电话。阿南不想让身边的人见到她状态不好的一面。有时候实在撑不住了，她就趁着夜色跑到操场后面的小路上痛哭一场。

每个人疏解内心苦闷的方式是不同的，过于内敛的方式并不适合拍摄。阿南为此想了很久。她最初设计的方案是让小舞大哭一场，后来觉得不符合小舞内向的性格，临时做出了调整。剧中的小舞渐渐地走出了失恋的阴影，有了重新面对生活的信心。阿南觉得应该用一个更加开阔的自然环境来展现小舞的心情变化。于是剧组的全部人员顶着五月炙热的太阳，打车去了钱塘江大堤。

剧情设定是小舞带着小白去钱塘江散心，在大堤上和第二个男朋友邂逅了，两个人一见倾心，小舞甜蜜地开始了第二段恋情。依然是简单平淡的剧情，没有太大的波折。素素为了配合角色要求，特地穿上了白色的吊带裙和钩花的小开衫，样子很是清纯甜美。

拍摄快要结束的时候，意想不到的事情发生了。也许是天气太热，也许是路程太远，素素的心脏病突然发作了。组里乱成一团，几个男生轮流背着素素，好不容易才打到一辆车。阿南急得眼泪都掉下来了。

到了医院后，阿南紧张得连话都说不清楚，只知道继续抹眼泪。在急救室里，医生解开了素素的小开衫，用听诊器听她的心跳。阿南看到素素平板瘦小的身体，有些不忍心地扭过头去。

“心跳一切正常。”

医生放下听诊器，淡淡地说了一句。

“怎么可能？我明明看到她难受得都快窒息了。”

阿南吃惊地看着医生，完全呆掉了。

“真的没有什么大问题。给她吊点葡萄糖，再观察一下。你就在这里陪着她吧。”

阿南坐在病床边，紧紧地握着素素的手，医生的话并没有给她带来多少安慰。过了一会儿素素慢慢睁开了眼睛，脸上露出了疲惫虚弱的笑容。阿南一颗悬着的心总算落了下来。

“吓到你了吧？”

“没关系。你好些了吗？医生说没事了，不过还要再观察一下。”

阿南一边说，一边帮素素盖上被子。素素抓住了她的胳膊，脸上带着苦涩的表情。

“我有癔症。”

“什么？”

“我有癔症。”

素素又重复了一遍，阿南这一次总算听懂了。她知道癔症是一种精神上的疾病，却不知道确切的含义。

“刚才不知道怎的，突然觉得心脏疼得厉害，疼得快窒息了。其实我没有心脏病，只是我内心的一种暗示。就好像是自我催眠一样，我告诉自己，我觉得心脏好难受，我就能真切地感觉到疼痛。”

“这个……是从什么时候开始的呢？”

“在我上高三的时候。之前也有些感觉，不过我从小就喜欢幻想，所以也没放在心上，我家里人也没太在意。后来发生了一件事情，才让我意识到，事情远没有我想的那么简单。”

回忆往事不是那么容易的事情。素素调整了一下情绪，才继续说道："我有男朋友。我们上初中的时候就同居了。有一次我们没有做任何保护措施，事后我害怕极了。我还没有做好当妈妈的心理准备，而且离高考也只有不到两个月的时间了。我用试纸测了几次还是不放心，老是觉得自己怀孕了。后来我的脸上真的长出了蝴蝶斑，例假也停了，一切都像是真的怀孕了一样。我甚至还感觉到了胎动。我妈妈带我去医院检查了好几次，最后确诊是假孕。我也是从那时起，知道自己有癔症的。"

阿南不知道该说什么。素素说出来的事情离她的生活太遥远了。她只有紧紧握着素素的手，才能确定素素和她是处在同一个时空的。

"之后我被迫休学了一年，原因是我身上的痛感突然消失了。不管我用什么东西在身上划，都没有一点感觉。后来我身上的伤被我妈妈看到了，她就把家里所有尖锐的东西都藏了起来，连门把手还有桌角也都用布包了起来，她怕我会继续伤害自己。我手腕上的疤痕就是那时候留下来的。"

素素解开了一直系在手上的红色丝巾，阿南看到了重重叠叠的刀痕和烟头烫伤的痕迹。阿南小心翼翼地摸了摸那些伤痕，指尖感觉到了微微的颤动。那些伤痕好像是某种暂时冬眠的生物，遇到一点温暖就会苏醒过来。素素慢慢缠上丝巾，她低头的一刹那，阿南清楚地看到她的睫毛上沾着一滴眼泪。但是当素素抬起头的时候，她的眼睛明亮而干燥，丝毫没有哭过的痕迹。阿南觉得有点恍惚。

"你是不是觉得我很可怕？"

"不。"

面对眼前的素素，阿南感到的是一种难以言说的心疼。她心里明白，这个女孩子承受了多少孤独，多少痛苦。

如果可以的话，阿南宁愿素素一直保持着她们第一次见面时候的样子。

阿南和素素第一次约见的地点是学校图书馆。那天，素素穿着一件大大的T恤，长长的头发随意披着，紧闭的嘴角泄露出她内心的固执和倔强。阿南看到素素的绿色眼影和金色指甲的那一刻，就知道她完全不符合小舞的形象。阿南要找的女孩不一定要有多么出挑的长相，但一定要够清新够单纯。阿南说不清楚素素到底是哪里打动了她，或许是她淡定的微笑，或许是她迷离的眼神，或许是她的小虎牙带出来的一丝可爱，又或许是她眼神中某一刻突然绽放出来的光彩。总之，阿南有太多太多可以拒绝她的理由，却没有一个能够说出口。

再后来，素素把受伤的阿南带到了自己的宿舍。阿南一眼就认出了那个围着蓝色印染花布的床铺是属于素素的。很多事情，只需用心体悟就能知道，无须任何苍白的言语交流。

素素拿出小药箱，默默地为阿南清洗了伤口并涂了药水。整个过程中，素素没有说过一句话，不过阿南能感受到素素的变化。完全不似平日里的清淡疏离，那天素素的眼睛里多了很多以前没有的内容。她的细心和体贴也通过轻软的双手传递到了阿南的心上。

素素能够照顾得好别人，却照顾不好自己。裹在被子里沉沉睡去的素素看上去是那么脆弱，像个迷失了方向的孩子。阿南坐在病床边看着素素，忧伤静静地在两个人之间弥漫开来。阿南下意识地握住自己的左手腕，那上面也有两道已经淡去的伤痕。

四

阿南总是莫名地担心未来。对于未知的事情，她往往要分析上好一阵子，设想出几种情况，甚至把每个细节都想得清清楚楚。如果不这样做的话，她心里会更加不安。生活最有意思的地方就在于，永远都无法预测到下一秒钟会发生什么事情。阿南为拍摄的事情做了种种设想，到头来还是发生了她意想不到的事情。

直到拍摄全部结束，大黑才告诉阿南，有超过一半的镜头完全不能用。

阿南一听，立刻急了："你为什么不早点说？"

"我也没有办法啊。摄像机的电池不够用，拍外景的时候又不可能随时充电，根本不敢看回放。导片需要专门的数据线，我托我的朋友帮我们导出来，全部的镜头加上花絮有好几十个G。我的移动硬盘根本塞不下，都存在他的电脑里。昨天我才借到一个大硬盘，还准备连夜剪辑来着，结果从头扫了一遍，我就知道完了，必须要重拍了。"

大黑一脸无辜的样子，阿南把想说的话硬生生地咽了回去。

"没有其他办法吗？可不可以通过后期弥补一下？"

阿南一边咬着指甲，一边用笔记本电脑看着大黑拷贝出来的视频。她紧张的时候就爱咬指甲。

"不行啊。我们没有斯坦尼康，没有三脚架，就一台摄像机，所有的运动镜头都晃得一塌糊涂。你看，这场戏忘记调白平衡了，结果偏色成这个样子，也没办法用的。还有，为了模拟小狗的视角，宿舍的戏都是采用低机位拍摄，结果……"

"结果什么？"

"嗯，结果就是——素素走光了。"

大黑把走光的镜头专门挑了出来。阿南看在眼里，心里默默地流泪。她一边叮嘱大黑把此类镜头全部删掉，一边联系素素商量重拍的事情。一切安排妥当之后，阿南又赶紧修改剧本。她把几场需要重拍的外景戏都缩短了，白天的阳光越来越强烈，阿南害怕钱塘江的意外再次上演。

经过几天的紧张拍摄，终于将该拍的镜头都补拍完了，只剩下最后一场戏。小舞一见钟情的男生是个不靠谱的花花公子，她还没有品尝到爱情的甜蜜，就被这个男朋友甩了。忧伤的小舞坐在路灯下，默默地哭泣。

阿南以为这场戏很快就能搞定，没想到却和素素发生了争执。

“表现忧伤就一定要哭泣吗？”

素素面对阿南递过来的眼药水，不以为然地撇撇嘴。

“哭出来的话效果会比较好啊。再说，小舞本身就是个很脆弱的女孩子啊。”

“这场戏主要就是营造一个氛围，灯光这么暗，就算哭得满脸都是眼泪，也是看不清楚的。只需要用肢体语言表现出来就可以了。相信我。”

阿南再说不出任何反驳的话。大黑架好机器，素素按照之前设计好的路线，慢慢走到镜头里。低垂的肩膀，缓慢的步子，长发遮盖了一半的脸，路灯拉得长长的影子，无一不自然地流露出小舞的哀伤和落寞。镜头里的素素和剧中的小舞完全重合在一起，阿南完全分辨不出来，哪些是表演，哪些是真实。她静静地站在一边，久久回不过神来。

戏拍完后，阿南和素素又去了那家咖啡馆。依然是和上次一样的座位，心境却完全不同。阿南能感觉出来，今晚的素素有心思。她很少在人前抽烟，刚才在拍片的过程中，却抽完了半包烟。阿南没有说出自己心中的疑问，她在等待素素自己开口。

“我很喜欢你给我设计的文身图案，等片子拍完了就去文。我打算文在手腕内侧，你看好不好？”

素素笑嘻嘻地说道，一副故作轻松的样子。阿南看在眼里，忍不住一阵叹息。

阿南给素素设计的图案是一只抽象的眼睛。不知道为什么，阿南每次拿起笔，落在纸上的都是眼睛：大的、小的、细长形的、弯月形的、睁圆的、半闭的……各种各样的眼睛，有时候是一对，有时候是一只。每只眼睛都有浓密的睫毛、深深的双眼皮和漆黑的瞳孔。阿南也试图补上鼻子、嘴巴和脸，可画出来的人物总是一副扭曲的形象。

“我和他分手了，就在今天晚上。”

打破沉默的还是素素。她漫不经心地搅拌着咖啡，幽幽地开了个头，就好像是在说别人的故事一样。

“我和他从小就认识。有个词不是叫青梅竹马吗？我觉得就是形容我们俩的。我们两家住得很近，彼此都很熟悉。他妈妈很喜欢我，还给我们买了房子。我考这个学校纯属是闹着玩的，根本没想过要跑这么远来上大学。我高考结束后，就拉着他去登记，结果两个人都不够年龄。我们约定好两年后就结婚的，没想到那个房子里住进了另一个女孩。”

“你一定很难受。不过还是要想开点，不要太纠结好吗？”

“我才不难受呢，只是不甘心。这么俗套的故事会发生在我的身上，真是可笑。就算是结束这段感情，也该由我来结束。我来这儿上学的时候，他还担心我会变心，毕竟这是个太过于浮华的学校。结果还没等我变心，他就先迫不及待了。”

嘴上说很不在乎，其实素素的内心并没有那么强大。她倔强地擦去眼泪，还是有更多的眼泪涌出来。不管素素的装扮再怎么特立独行，性格再怎么难以接近，她毕竟是女孩子，有着女孩子都有的敏感和脆弱。

“我对待这段感情是认真的。我一直都觉得，我们天生就是属于彼此的。我是真的想和他结婚，也是真的想给他生孩子。”

素素从来没有和阿南提过感情方面的事情，阿南也一直很默契地回避着这个话题。

阿南没有谈过恋爱，她的感情世界一片空白。她从别人那里听来了不少恋爱故事：甜蜜的、伤感的、狗血的、离奇的，各种类型的都有。真真假假的故事听得太多了，阿南的耳朵都有些麻木了。不过素素的故事令阿南感到非常意外。在阿南的心目中，素素是那么一个特别的女孩子，她的生命里一定出现过不止一个男人，她一定有过各种各样的感情经历，每一段感情一定都是独特的、别人想象不出来的。阿南没想到小舞的故事居然真真切切地发生在了素素的身上。小舞的故事纯粹是她的幻想，当幻想中的结局变成了眼前的现实，反而变得荒诞不经了。就好像是一部超现实主义的电影，幻想与现实交织在一起，一切都被编进了朦胧的梦境当中，理不出任何头绪。

“别再伤害自己了好吗？”

阿南沉默好久才开始说话。她的眼睛始终没有离开过素素的手腕，红色的丝巾已经掩盖不住新的伤痕了。

“没事的。我没想过要自杀，也没想过要伤害自己。我只是很喜欢听刀子划开皮肤的声音。那个声音只有在特别安静的夜晚才能听到。就好像是一种暧昧的交流，那么亲密，那么缠绵，没有亲身体验过，很难想象得出，刀子也会有那么温柔的时刻。对我来说，这已经成了一种习惯。每个人都有这样或那样的习惯，这是很正常的事情。你也一定有改不掉的习惯，不是吗？”

素素落下的眼帘倏然睁开。阿南不觉一惊，感觉那眼神几乎穿透了她的内心。阿南下意识地把手蜷缩起来，她一直不想让别人注意到她的手。

阿南很小的时候就喜欢咬指甲。这个习惯保持了十多年，涂过紫药水，抹过辣椒油，父母打过骂过，各种办法都用尽了，怎么都改不掉。好像吸毒的人戒不掉毒瘾一样，阿南也戒不掉咬指甲的习惯。不管难过、兴奋、激动、气愤，第一个反应就是把手指放到嘴里，用牙齿慢慢地啃咬，直到把指甲咬得光秃秃的，指头上一片鲜红才恋恋不舍地放开。久而久之，指甲就失去了原有的圆润饱满，变得又短又小，没有一点光泽。

让阿南更不愿意去面对的是另一件事情，一段埋藏在心里的记忆。和素素的交谈将这段记忆从心底重新挖了出来，很疼，同时也带着一丝隐隐的快感。

五

没有任何人知道，阿南的心里一直住着另一个自己。这个阿南会说脏话，会放肆地大笑，会把头发染成各种颜色，会把手伸进男生的裤子里。一切在现实中，阿南不敢去做的事情，这个阿南都会肆无忌惮地做，没有任何的顾忌。在安静的夜晚，另一个阿南就会从心里跑出来，和现实中的阿南对话。在她的面前，阿南觉得自己无处躲藏。她就像一面镜子，把阿南最黑暗最隐秘的本质暴露无遗。在别人面前，阿南是个乖顺听话的好孩子，只有她自己明白，这一切都只是假象。真正的阿南住在她的心里，连她自己都不愿意去面对。

晚上，阿南躺在床上，头脑里反复想的就是她和素素在咖啡馆的聊天。越想越觉得不舒服，一丝隐隐的恐慌牵扯着她的神经，她想要伸手抓住，却又摸不到头绪。恍然间，阿南感觉到好像有目光落在了自己身上。她睁开眼睛，看见另一双眼睛正注视着自己。

另一个阿南就坐在床的另一边，用玩味的眼神打量着阿南。她大剌剌地敞开着双腿，身上不着寸缕。阿南有些尴尬地扭开头，她听到另一个阿南轻声笑了一下，笑声令她心颤。

“为什么不告诉她那个故事？”

另一个阿南幽幽地问道。声音好像是从很远很远的地方传来的，飘飘忽忽地钻进耳朵，听起来没有一丝气力，却刺得耳朵生疼。

“什么故事？”

阿南明知故问。她知道，今天晚上另一个阿南绝对不会放过自己。

“这个故事刚才还在你的脑子里转悠呢，你为什么不告诉她？”

“不想说。没必要什么都跟别人说。”

“你是怕素素看透你吧？你不说，她就看不透吗？”

另一个阿南轻声笑着，继续说道：“素素是个聪明人，没什么能瞒得过她。从一开始你就不该和她走得那么近。你不但不回避她，反而纵容着她一步步靠近你，你有多久没做过那么傻的事了？”

“我没有想过要去接近她，是她主动和我说话的。”

阿南轻声说道。她说的是实话，从来没有人能够像素素那样震慑到阿南的心灵。从来没有。阿南第一眼看到素素的时候，就被她深深地吸引了。在片场的时候，阿南的目光从来没有离开过素素。目光代替她的手，轻柔地描摹着素素的轮廓：眉毛、眼睛、鼻子、嘴巴以及下巴的曲线。一遍又一遍，仔细地描摹着，眼底和心底尽是一片温柔的水色。素素对于阿南来说，就好像是一件完美的艺术品，远远欣赏就已经心存满足，从来没有奢望过可以接近素素，甚至和素素成为朋友。她清楚地记得，当素素提出要带她去宿舍的时候，她心里是多么高兴，心跳得几乎快蹦出来了。去宿舍的路上，她整个人都像踩着棉花一样，恍恍惚惚，只知道机械地跟着素素，努力克制住自己，不让自己傻笑出声。

“你对素素有多少了解？”

素素对于阿南来说，有太多她琢磨不透的东西。越是不了解，也就越是好奇。阿南当然不会把好奇挂在脸上，她只会在心里慢慢地分析和揣测。也就是在这个过程中，她和自己想象中的素素不断地靠近，把她塑造成自己理想中渴望成为的那个形象。有时候，阿南甚至分不清，素素身上哪些东西是本身就存在的，又有哪些东西是她幻想出来的。

阿南闭上眼睛。素素的话浮现在她的脑海里：“我不是一个很善于和别人交流的人。关于我的事，你想问什么，我都会告诉你。你不问我的话，我不知道该从何说起。”

这句话是素素在宿舍对阿南说的，这份坦荡让阿南非常感动。在和素素的交谈中，她从来没有问过素素任何有关素素本人的问题，反而还有所回避。她在心里小心翼翼地为彼此留下了一定的空间和距离。

“你不问她，她有没有问过你？”

“我只是告诉过她，我内心的恐惧。”

阿南迷恋血腥恐怖的电影。她喜欢在深夜里，一个人坐在床上，静静地观看这种类型的电影。遇到特别恐怖的地方，还会反复播放，直到腻烦为止。面对那些恶心的镜头，阿南也会有不适的生理反应。她总是在心里暗示自己，这是假的，都是道具和特技做出来的，然后强迫自己睁大眼睛，不放过任何一个细节。

在别人看来，阿南的胆子特别大，看电影的口味也特别重。阿南自己很清楚，骨子里她是个特别胆小的人。她恐高，不敢爬梯子；她路盲，不敢一个人走夜路；她害怕一切现实中的黑暗，只能在虚幻的恐怖中找寻自信。

小时候，阿南最害怕的事情就是看禁毒展览。她对那些千疮百孔的身体有着极度的恐惧。每年学校都会有禁毒展览，每年的展览对于阿南来说，都是挥之不去的梦魇。记得有一次，她们是被带到一个很大的展厅里观看，那天，阿南在展厅门口站了整整一个钟头。还有一次，展览是在校门口，进出学校的时候都能看到大幅的照片。阿南只好闭着眼睛进学校，闭着眼睛出学校。印象最深刻的一次，是全年级观看禁毒的录像。幸好教室的座位不够，阿南所在的班级只能站在后面。阿南悄悄地站在高个子同学的后面，听完了整段录像。她记得自己走出教室的时候，身上的毛衣都让汗浸透了。

这些事情，她从来没有告诉过别人，都是一个人默默地承受着。唯有在素素的面前，她才有勇气说出来，没有丝毫的顾虑。她知道素素懂得自己的心。

“你怎么知道她不会嘲笑你？也许她早就在心里笑开花了呢。一个胆小又丑陋的家伙，真是太可笑了。”

阿南紧紧地捂住了耳朵，却捂不住另一个阿南的声音：“就比如，你那已经变形扭曲的指甲，你以为你藏得很好，其实素素早就看到了，她只是不说而已。谁都不会傻到会把看到的、知道的事情全都说出来。”

另一个阿南说出的每一句话都像是无声的耳光，狠狠地抽打在阿南的脸上。阿南火热的头脑彻底冰冷了下来。她想到了素素的眼神，永远捉摸不透的眼神。她不知道那双眼睛将她看透了多少，也不知道在素素的心里，是怎么想她的。她只知道，直到现在，她才觉得自己实在单纯得可笑。

“你不觉得素素很像一个人吗？”

另一个阿南突然飘过来的话，让阿南打了个寒战。她不觉得睁大了眼睛。

“谁？你说的是谁？”

“你知道我说的是谁。说不定素素就是她，她就是素素。”

“我不知道她是谁，我忘了，我什么都忘了，什么都不知道。”

“你没有忘记她，你永远也不会忘记她的。”

另一个阿南张开嘴无声地笑着，阿南用被子紧紧地裹住自己，却关不住内心的恐惧。阿南一直把那段记忆深深地埋起来，她告诉自己已经忘记了。阿南真的以为自己已经忘记了。当那段记忆又重新浮现出来的时候，她只能蜷缩在被子里，连哭泣的勇气都没有。

六

阿南上小学的时候，断断续续地学过四年画画。少年宫绘画班的教育是一段一段的，这几个月教点蜡笔画，下面几个月学点水墨画，再画上几个月的钢笔速写，最后落到了素描的学习上。

阿南画不好素描。那些明暗变化和光影线条，远远超出了她的理解能力。班上和阿南差不多大的孩子都画不好素描，每次上课，大部分的时光都消磨在机械的临摹和聊天当中。班上画得最好的是一个年龄稍长的女孩子，她的画每一次都被老师单独拿出来表扬。

那是个长得非常美的女孩子，留着短短的小子头，气质却非常温婉。眼睛、鼻子、嘴巴的曲线都优美极了。她的画和她的长相一样，细腻精准，无可挑剔。阿南从小就喜欢美丽的人。女孩在画画的时候，阿南会假装看墙上的范例，然后用眼睛的余光偷偷注视她。阿南注意到她喜欢用小拇指支在纸上，这样画画时，就不容易弄脏画面。阿南回家练画的时候，也学着女孩，把小拇指支在纸上，然后快速地移动着画笔，指甲在粗糙的素描纸上留下"沙沙"的声音，一声一声挠在阿南的心上，轻轻的，痒痒的，阿南忍不住笑出声来。

女孩还有个习惯，她喜欢把画好的画夹在画板外面。每次下课后，她爸爸骑自行车来接她，阿南的爸爸也骑自行车来接阿南，两个人的行进方向是相反的，阿南坐在自行车后座上，总忍不住要回过头来，看着女孩背的画板和画板上被风吹动的画，直到她的身影消失在十字路口。

后来，阿南和女孩成了可以说话的朋友。对阿南来说，能够和女孩做朋友是一件连想象都觉得奢侈的事情。几个月前，阿南还只能偷偷地观察她，现在却可以和她坐到一起，利用下课时间聊天说笑，实在是一件不可思议的事情。阿南有点受宠若惊，连说话都变得小心翼翼。

“你怎么不把画放到画板的夹层里面呢？”

过了很久之后,阿南才敢去问这个她一直都很好奇的问题。

“这样就不会把画弄脏了啊。”

女孩的笑声带着点好听的鼻音，温柔得像一块融化的糖。阿南也笑了，笑自己怎么会问这么一个傻乎乎的问题。

“你听说过在身上刻字吗？”

女孩突然问阿南，神秘地眨眨眼睛。

“刻字？怎么刻？”

女孩拉过阿南的手，用指肚轻轻地在她手腕的背面抚了两下：“呐，就像这样，用小刀刻上字，然后再涂上墨水。”

“小刀？就是削铅笔的那种小刀？”

“对啊。也可以用针刺，就是比较麻烦点。”

“那不疼吗？”

阿南皱了皱眉头，一想到用刀子在皮肤上面划，她觉得有点害怕了。

“当然疼了。你想想，是用刀子把皮肤划开啊，怎么能不疼呢？”

女孩又在阿南的手腕上划了两下，这次用的是指甲。手腕上留下了两道白色的浅浅痕迹。

“真有人会这么做吗？”

“我们班上好多人都喜欢刻字啊，男生女生都刻。手腕上都是蓝色、黑色还有红色的字。有时候处理不好，伤口就会感染，那样的话，就算是白费了。等好了以后，还要再刻一次。”

阿南心里开始发毛了。她想捂住耳朵，可是女孩的声音就好像有一种蛊惑的魅力，把阿南紧紧围住，使她无法挣脱。

“是自己刻还是别人刻？”

阿南觉得自己问出来的声音都有些颤抖了。

“简单的笔画就自己刻，如果是笔画比较多的字就找别人刻。”

“那么你刻吗？”

“我不刻。”

上课铃声很及时地中断了这场诡异的谈话。阿南走过女孩的座位时，特别留心地看了一下她的画，却惊讶地发现，她画得并不好。那天她们是头一回画人物，临摹的是一幅美丽的少女头像。阿南按照以前画蜡笔画的习惯，乱涂了一通，她画不好是正常的，女孩画不好是反常的。能看得出她画得很不用心，除了眼睛画得很细腻，其他部分都是草草几笔带过。后半节课，女孩依然胡乱地涂抹着，还没等到下课，她就已经迫不及待地开始收拾画笔，然后没有任何犹豫地把画塞到了画板的夹层里。

那天下课后，女孩的父亲和阿南的父亲依旧准时地出现在少年宫的门口。阿南看着女孩空空的画板，突然有一丝异样的感觉。她意识到了什么，想大声地叫女孩的名字，却已经看不到女孩的身影了。那天之后，女孩彻底地从阿南的视野里消失了。

对于身体刻字的恐惧并没有因为女孩的离开而消解。它始终伴随着阿南，一直无法摆脱。阿南以为这种难受的滋味会随着时间的推移而慢慢地消磨殆尽，却痛苦地发现，无论何时回忆起这段往事，都新鲜得如同刚刚才发生的一样。她记得住女孩每一句话的语气，每一个神态，甚至还会忍不住再去模仿一遍。就好像是被注入了一种毒素，总会在不经意的时候，弥漫出来，让她深深陷入其中，害怕却又无法自拔。

阿南的中学时期一直过得很不愉快。她整整自我封闭了六年，在这六年里，她没有朋友，没有恋爱，没有一个可以倾诉的对象，一切的一切都压抑在心里。父母只要求她听话、好好学习就可以，从来没有想到，阿南的心里已经背负了沉重的心理阴影。在高三强大的学习压力下，多年的压抑终于爆发了。

那天是个难得的休息日，阿南的父母外出办事，家里只有她一个人。阿南把头埋在厚厚的试卷里，做着做着，眼泪没有任何预兆地掉了下来，心里好像被针扎似的疼痛，痛得无法排解。阿南随手拿起一枚大头针开始在手腕上划。针刺入皮肤的那一刻，能够感知到一点点疼，再之后就什么都感觉不到了，她只是机械地划来划去，速度越来越快，最后几乎停不下来。阿南好不容易才控制住自己，看着手腕上半指长的伤口，她心里的疼痛缓解了许多，填补上空缺的是一种莫名的快感。

伤口两周后才结痂。之后，阿南又在旁边制造了另一道稍小一点的伤口。这一次，她把所有的注意力全都放到了大头针上，每一针划过，她都记下那一刻的疼痛，不放过一丝一毫。她就这么冷漠地在伤口上划着，直到再也承受不住。阿南当然清楚她自己在做什么，她知道是那个女孩的话在隐隐地起着作用。她知道自己迟早会去尝试做一回，她已经在心里演练了太多遍。只是当这一刻真的变成现实的时候，她突然感到了空虚和厌恶。

六年的自闭生活留给阿南最真切的身体感觉就是这两道伤痕。进入大学后，阿南就像是换了一个人似的，开始参加集体活动，开始有了朋友，甚至开始在心里去憧憬爱情。一切都似乎朝着最正常不过的轨道发展。可素素的出现，让阿南已经平静的心又重新掀起了小小的波澜。她才发现，那个女孩并没有从她的生命中消失，她以另一个形象存在着，继续控制着阿南，让她无法摆脱心里的阴影。阿南以为通过切身的疼痛，就可以忘了这一切，其实她只是暂时地欺骗了她自己。

黑暗中，阿南摸索着打开了折叠刀。刀片贴在已经愈合的伤痕上，身体对于疼痛的渴望渐渐被唤醒了。阿南用刀尖沿着伤痕慢慢地划过，一下、两下、三下……就好像是进行着某种神圣的仪式，心里平静得没有一丝波澜。阿南感觉伤痕处好像有温热的液体涌出，她把手腕举到嘴边，用舌尖轻轻舔着微腥的液体，一种久违了的满足弥漫在口腔里，牵扯出她一个痉挛的表情。阿南知道另一个阿南就在黑暗里注视着她，注视着她所有的一切。她知道，此刻她们的表情是一样的。

七

阿南是完美主义者。这个“完美”的标准是她自己定下来的，有着各种各样的条条框框。完美就是完美，不完美就是不完美，绝对不会有中间地带。对于那些不完美的事物，阿南总是想尽办法，把它变成符合自己标准的完美。如果做不到，那么她宁愿亲手毁掉它。

时间已经进入到了6月，阿南的心就像炙热的天气一样，焦躁不安。她在为开头的那场分手戏纠结。这场戏的问题在于，摄像机没有架平，使得画面有些倾斜。阿南本来是打算凑合用的，她的潜意识却一再告诉自己，这场戏需要重拍。阿南为此已经痛苦挣扎了好几天，她真的不想再和素素有任何接触。

戏全部补拍完后，阿南就再没和素素联系过。素素给她打电话，约她一起喝咖啡、看电影、参加动漫节，阿南都用各种理由回绝了。阿南已经在心里默默地对她说了再见。阿南在素素面前就像一个无处躲避的孩子，总是在捉迷藏的游戏里第一个被抓到，然后被揪到众人面前。那种滋味，伴随着难以言说的恐惧和不安，阿南不愿意再体验第二回。

最终，阿南还是屈服于内心对完美的执念。她让大黑联系上了素素，然后带着剧组去操场重新拍摄分手戏。

这场戏在原来的基础上加长了很多。一开始是第一个男朋友和小舞站在铁架台上，两个人发生了争吵，男生快步走下铁架台，小舞紧跟其后。沿着看台旁的跑道走了一段之后，男生爆发了，他狠狠地撕毁了情书，转身离开。小舞留在原地，慢慢地蹲下来，捂住了脸。铁架台的部分是远景拍摄，要求相对简单点。难的是跑道的部分。阿南对镜头做了很精心的设计，由大黑站在看台上，透过栏杆，模拟小狗的视角，随着演员的走动，一杆一杆移动过去，尽量保持低机位的平稳拍摄。这部分的戏对演员的走位以及表演的情绪要求很高。阿南站在看台边，冷静地指挥着排练。

“素素，你的台词说得再快一点，情绪再饱满一点。”

“他扔情书的时候，你就不要动了，就站在原地。”

“蹲下的动作要再慢一点。”

“把头发散下来吧，这样效果好一点。”

“头再低下来一点。”

今天的阿南格外地挑剔，好像变了一个人似的。素素一直很配合，没有说过什么抱怨的话。阿南知道素素不会说什么，她是个聪明人，明白这场游戏比的就是耐心。阿南仔细玩味着素素的表情，嘴角不禁微微地勾起一个弧度。

挑完了素素的毛病，阿南开始挑男演员的毛病。

扮演小舞第一个男朋友的是阿南剧组负责后勤工作的小李。小李是个温柔腼腆的男生，让他表现出冷酷绝情的样子，确实有点难为他。

“导演要不你来示范一下吧，我实在找不到感觉啊。”

小李没有素素那样的耐心，排练了那么久，他的额头上早已布满了细密的汗珠。

阿南也不客气，拿过情书，也没跟素素打个招呼，就直接进入了表演状态。素素很快地反应过来，按照剧本要求去拉阿南的胳膊。阿南用鼻子轻轻地哼了一声，狠狠地把素素的手甩到了一边，继续大步朝前走着。素素固执地追在她后面。阿南忍无可忍地转过身，正对上素素扭曲的笑容。素素微微仰起的额头流露出挑衅的意味，每一个眼神都在叫嚣着内心的不屑。阿南狠狠地往前走了几步，她和素素几乎撞到了一起，可以清晰地看到对方眼中的自己。就这么盯了几秒钟之后，阿南突然伸出手，向后推素素。素素踉跄了几步，摔倒在地上。阿南不觉一愣，手中撕碎的情书悄然离手，散落了一地白色纸屑。

“对不起。”

阿南感觉心疼得像要撕开了一样，她闭上眼睛努力克制着自己。她看到另一个阿南就站在角落里，冷冷地注视着一切。

“我没事，不小心被绊了一下而已。不过，我刚才真的被你的眼神吓到了，吓退了好几步呢。你没事吧？要不要到旁边休息一下？”

素素关切的声音飘到阿南耳边，她感觉心里好像舒坦了一些。阿南感觉到素素挎住了她的胳膊。她想推开素素的手，身上却软得没有一点力气，只能听凭素素搀着她往阴凉的地方走。

走了几步之后，阿南听到另一个阿南在她的耳畔浅声低吟，分辨不清的音调带着难以言说的淡淡忧伤。阿南的眼泪慢慢地涌上眼眶，就在眼泪要掉下的那一刻，低吟声突然变得越来越尖锐，像无数的针一样刺透了耳膜。阿南痛苦地捂住了耳朵，她聚集起全部的力量，猛地睁开眼，声音消失了，取而代之的是素素放大的脸庞。素素的眼睛里带着毫不掩饰的得意神色，厌恶的情绪瞬间填满了阿南的胸膛。阿南一抬手，打翻了素素递过来的矿泉水瓶。

“就按我刚才的情绪表演，把台词加上。”

只一瞬，阿南又恢复到了之前的状态。小李愣了愣，走到表演的位置上。素素似乎想说什么，小虎牙咬了几次嘴唇，最终一句话都没说出口。

阿南心里翻腾得厉害，她拼命压抑着自己的情绪，尽量不再爆发出来。阿南只要一闭上眼睛，就能看到另一个阿南站在她的对面，用嘲弄的神情和她对视。睁开眼的时候，又会看到完全变了一个人的素素。有时候素素会和另一个阿南重合在一起，有时候是她自己和另一个阿南重合在一起。她已经分不清到底是另一个阿南在操控着自己，还是自己在操控着这个荒诞的故事。

一场戏排了又排，改了又改，从清早一直拖到了中午。明亮得发白的太阳吞没了所有的情绪,只剩下一遍遍机械地重复。

剧组的人都感觉到了今天阿南很不对劲，大家都站在一旁看着，没有一个人吭声。现场的气氛诡异极了，不安笼罩在每个人的心头，每个人都在这场拉锯战中耗尽精力，疲惫不堪。阿南是唯一能够从中获得愉悦的人。她看到素素被太阳晒得有些恍惚的样子，心里感觉到一种说不出的快乐。下一刻，她又会感觉到一阵心疼。快感和疼痛交替出现，最后激烈地碰撞在一起。阿南终于失去了耐心，她让大黑做好准备，开始正式拍摄。阿南已经临近崩溃的边缘，她不知道自己还能撑多久。

素素和小李登上了铁架台。阿南感觉自己好像被什么牵引着似的，忍不住跟在素素后面上了铁架台。周围安静极了，静得就像是抽干了空气一样。她只看到素素的嘴一张一合，却听不到她说出来的台词。小李和素素争执了一番之后，小李转身下了梯子，素素紧跟在他后面。原本应该是很快地跑下台阶，素素的每一个动作却像是电影里的慢镜头一样，每迈一步都要很长时间。阿南用同样的速度跟着素素。在下到一半的时候，阿南看到自己的双手突然伸了出去，素素随即落下，悄无声息，轻盈得像一片纸人。

红色的血瞬间洇漫在阿南眼前，周围的一切都浸没在血泊中。铺天盖地的红色令阿南几乎窒息。她感觉到自己的腿上一阵疼痛，下意识地低头一看，原本已经结疤的伤口又裂开了，长长的一道鲜红从膝盖蜿蜒到小腿上，就好像看台上另一个阿南脸上狰狞的微笑。

八

有些人注定适合生活在黑暗中。阿南觉得自己就是这样的人，她的床铺四周都围着厚厚的布帘，布帘一年四季从来没有拉开过。阿南不讨厌白天，也不讨厌阳光，她只是不习惯把自己的空间毫无遮拦地暴露在别人的面前。钻进布帘里，把所有的繁杂都阻隔在外面，只留下清清静静的一个人。唯有如此，阿南才能有一丝安全感。

阿南的心里也围着同样的布帘。这层布帘只被素素掀开过，戏拍完了，布帘又重新合上了。那一天到底发生了什么，阿南完全记不清了。记忆好像被彻底删除了一样，没有留下任何痕迹，一切又回到了最初的状态。这样真好。阿南抱着膝盖，坐在床上，唇边划过释然的笑容。

吃杀青饭的那天，阿南给自己编造了一个生病无法参加的理由。她托小李送给素素一件礼物，作为对素素的感谢。礼物是一个牛皮硬卡纸做的书签，穿孔系了一小段麻绳。书签上面用彩色铅笔绘了一幅小画：花、树、流动的水。画的灵感来源于一枚美国手工艺者做的拼贴风格的胸针。阿南将这些简单的元素重新组合,用朴拙的线条和鲜艳的色彩还原了童年的味道。阿南一度想努力画出素素的侧面小像，最终画出来的只是一只眼睛。她还是画不好人物。素素的眼睛画在书签的背面，用黑色纸粘住，永远地封存了起来。

在做后期的时候，阿南意外得知，素素已经办理了休学手续，她的手机号也停用了。阿南并没有觉得意外。素素曾经透露过休学的念头，只不过这一天来得太早了一点。阿南继续剪辑着片子，凌乱的素材被一点点拼接起来，越接近完成，阿南越觉得有些不太对劲。当短片最终呈现在阿南面前的时候，阿南听到了内心坍塌的声音。

阿南在片子里完全看不到素素在平常生活中的样子，素素完全是按照剧本的要求在表演。素素的笑容是小舞的笑容，素素的忧伤是小舞的忧伤，她完全融入了这个角色，以至于找不到任何素素自己的痕迹。阿南意识到，素素从她的生命中彻底消失了。除了一堆视频素材，她什么都没有留下。

回想起和素素一起拍摄短剧的日子,那段时光是那么短暂,短暂得就像是打了个瞌睡。头脑清醒后，发生过的一切都记不真切了，甚至真实的素素是否真实存在过，她都无从判断。阿南怀疑所谓的素素只不过是她头脑的臆想，是一个由小舞的故事衍生出来的产物。小舞的故事完成了，素素也就自然而然地消失了。又或许，素素真有其人，她不过是个普通的表演系女孩，平平地扮演了角色之后，就淹没在了传媒校园众多的女生当中。阿南心中的那个素素是她通过想象为自己构筑的一个人物形象。

阿南拼命地回忆拍完片后，她和素素仅有的几次碰面。每一次，她都能捕捉到素素身上的细微变化：她染了栗色的头发，她换了银色的耳环，她的胳膊上多了一个暗红的彩绘，她的鼻子上穿了个亮亮的鼻钉。种种的细节都清晰可见，素素的面容却越发模糊。阿南不能把剧中小舞的脸安放在素素身上，也不能把她记忆中任何一个女孩的脸联系到素素身上。巨大的悲伤笼罩在阿南的心头——她知道真正的素素已经被她亲手毁掉了。

阿南的书架上一直放着一个碎花布袋，袋子是她手工缝的，里面装着《再见了，小舞》的碟片。那是一张永远都寄不出的碟片。阿南看着花布一点点褪去最初的清新颜色，慢慢地变得泛黄发旧，显出了棉布本身的软糯质感。直到过去的岁月蒙上了厚厚的灰尘，阿南终于按捺不住取出了碟片。她怀着复杂的心情，将碟片放进播放机里，重拾起这段被自己刻意遗忘的记忆。

短片开头是一个长镜头。女孩小舞漫步在校园里，一脸灿烂的笑容。宠物狗小白通过画外音，深情地描述着它和小舞的日常生活。接着，画面切到了宿舍里，小舞和小白嬉闹着，正玩得开心，被一个电话打断了，来电显示的是一个男生的手机号码。小舞轻快地跑出了宿舍。小白通过画外音告诉观众，小舞陷入了一场恋情。紧接着就是操场上的分手戏。小舞用背包带着小白溜出宿舍，来到操场和男生约会，没想到迎来的却是一句分手的话。小舞带着小白去了钱塘江散心，在那里展开了第二段一见钟情式的恋情。

现在看来，这个短片无论是剧本还是拍摄手法都是那么稚嫩，唯一成熟的只有素素的表演。阿南还是和以前一样，分不清屏幕上的女孩到底是素素还是小舞。阿南坐在黑暗里，看着烂熟于心的情节，默默地咬着指甲。直到手指咬出了血也没有丝毫的觉察。

屏幕上的小舞还是被第二个男朋友甩了，小舞忧伤地坐在路灯下，陪伴着她的只有宠物狗小白。故事就在伤感的音乐中结束了。突然阿南眼光一闪，发现了一个以前从未注意到的细节，她连忙把视频倒回去了一点点，捕捉到了一个一闪而过的小动作：坐在路灯下的小舞悲伤地低下了头。在她低头的一瞬间，她轻轻地用小虎牙咬了一下嘴唇。

这是素素最常做的小动作，也是阿南爱极了的小动作，她偷偷对着镜子模仿过好多遍，却怎么都模仿不出素素的感觉。

不到一秒钟的镜头，阿南疯狂地观看了无数遍。她感觉心被这个小小的动作撕开了一个伤口，轻轻的颤动都会牵扯出一阵疼痛。直到再也看不动了，阿南才终止了循环播放，按下了继续播放的键。

结尾本该就定格在路灯下的镜头上，剧情却还在继续着。画面又跳回到了钱塘江边，小舞和第二个男朋友并排站在大堤上，看着平静的江面。原来小舞被第二个男生抛弃，以及路灯下的悲哀都只是她的幻想。现实中，他们再次来到他们邂逅的钱塘江边，幸福地厮守在一起。画外音里，小白继续深情地回忆它和小舞的生活。画面闪回到开头，那时的小舞正憧憬着爱情，脸上带着毫不掩饰的灿烂笑容。

这是阿南亲手剪辑的版本。她利用现有的素材，改变了短剧中小舞的命运，也改变了整个短片的基调。为她心中一直找寻的真实素素，也为她自己，留下了一个充满希望的结局。阿南的内心一直在寻找着这样一个突破口。她以为自己是受到了素素的蛊惑而不能自拔，就像当年那个画画女孩对她所做的那般。现在她明白了，其实她是中了自己的毒。

时光倒流回阿南和素素第一次在咖啡馆谈心的时刻。那时的她和素素彼此敞开心扉，没有任何猜疑和顾忌。

“你觉得我像什么植物？”素素抽完一根烟后，突然问了这么一句，随后她又补充道，“你不必立刻回答。等我们把咖啡喝完，你再告诉我你的答案。”

阿南和素素在咖啡馆玩了很多小游戏，唯一能记住的就是这个。

临走之前，阿南和素素把答案写在了手心里。同时摊开的那一刻，两个人都笑了。阿南说素素像仙人掌，用尖利的刺包裹住自己，能够坚强地适应任何环境，却很难让人走进自己的内心。素素说阿南像白色的海芋。阿南并不知道海芋是什么植物，她的笑容带着些许尴尬。后来阿南上网查了海芋的图片和资料，才惊觉素素看到了她的内心深处。

白色的海芋没有令人惊艳的美丽，看似低调沉默，却是一株充满了剧毒的植物。

黑暗中，阿南的脸上露出了和短片最后的定格镜头一模一样的笑容。

图书在版编目（CIP）数据

卡农曲／曹潇著. -- 北京：作家出版社，2018.12
(21世纪文学之星丛书·2017年卷)
ISBN 978-7-5212-0307-3

Ⅰ. ①卡… Ⅱ. ①曹… Ⅲ. ①中篇小说－小说集－中国－当代 ②短篇小说－小说集－中国－当代 Ⅳ. ①I247.7

中国版本图书馆CIP数据核字（2018）第294866号

卡农曲

作　　者：曹　潇
责任编辑：史佳丽　李亚梓
特约编辑：赵　蓉
装帧设计：守义盛创
出版发行：作家出版社有限公司
社　　址：北京农展馆南里10号　　**邮　　编**：100125
电话传真：86-10-65067186（发行中心及邮购部）
86-10-65004079（总编室）
E-mail:zuojia@zuojia.net.cn
http://www.zuojiachubanshe.com
印　　刷：北京玺诚印务有限公司
成品尺寸：142×210
字　　数：207千
印　　张：8.75
版　　次：2019年5月第1版
印　　次：2019年5月第1次印刷
ISBN　978-7-5212-0307-3
定　　价：39.00元
